Infinite Dendrogram
インフィニット・デンドログラム
15.〈GAME OVER〉
海道 左近
イラスト タイキ

「《コードII：シェルター》」
半秒後、彼女に向けて無数の熱線が突き刺さる。
人体を穴だらけの炭クズにすることも容易な熱線の集中砲火。
だが、……それは届かなかった。

「——Don't touch the GAME OVER《私に触れないで》」

Character

レイ

レイ・スターリング／椋鳥玲二（むくどり・れいじ）

大学受験が終わり、初心者プレイヤーとして
〈Infinite Dendrogram〉に降り立った青年。基本的には温厚だが、
譲れないモノの為には何度でも立ち上がる強い意志を持つ。

ネメシス

ネメシス

レイのエンブリオとして顕在した少女。
武器形態に変化することができ、第一段階として大剣に変化する。
少々食い意地が張っている。

エリザベート

エリザベート・S・アルター

アルター王国の第二王女。
姉妹想いの無邪気なおてんば姫。特技は脱走。
黄河帝国の第三皇子である蒼龍が婚約者。

迅羽

ジンウ

黄河帝国に所属する〈超級〉、【尸解仙】。
決闘と第三皇子の護衛のため王国に遠征中。
黄河帝国決闘ランキング二位。〈SUBM〉討伐者。

ゼタ

ゼタ

指名手配された〈超級〉のみのクラン〈IF〉の一員、【盗賊王】。
ドライフ皇国の依頼を受け、『改人』の軍団を率いて王都を襲撃。
元ドライフ皇国決闘ランキング一位。〈SUBM〉討伐者。

〈Infinite Dendrogram〉
-インフィニット・デンドログラム-
15.〈GAME OVER〉

海道左近

HJ文庫
919

口絵・本文イラスト　タイキ

Contents

接続話　世界という名の遊戯盤

■〝監獄《かんごく》〟・喫茶店《きっさてん》〈ダイス〉

静かな喫茶店の中、二人の人物がチェスの遊戯盤を挟《はさ》んで座《すわ》っていた。

一人は笑《え》みを浮《う》かべた黒髪《くろかみ》の男で、もう一人はどこか気だるげな若い女だった。

「卓上遊戯《たくじょうゆうぎ》は非常にシンプルです。そうは思いませんか、ガーベラさん」

黒髪の男……この店と〈Ｉ　Ｆ《イリーガル・フロンティア》〉のオーナーである【犯罪王《キング・オブ・クライム》】ゼクス・ヴュルフェルはそう言って、ナイトの駒《こま》を動かし、若い女のビショップの駒を取る。

「……私、こういう競技がシンプルとは思えないのだけどー……」

若い女……居候《いそうろう》で〈ＩＦ〉のクランメンバーのガーベラは、どこか死んだ目でルールを覚えているだけのチェスをプレイしていた。

今日は偶々《たまたま》客足がなかったため、暇《ひま》を持て余して二人でチェスを楽しんでいる。

なお、ガーベラが素人《しろうと》以下の弱さだったので、ハンデ込みでも一方的だった。

「チェスはシンプルですよ。なぜなら、盤上《ばんじょう》には二つの勢力しかいませんし、倒《たお》すべきキングも一人ずつしかいませんからね」

そう言ってキング以外の駒を順に取りながら、ゼクスは言葉を続ける。

「現実では勢力の数が不明ですし、取るべきキングも一つとは限りません。加えて、世界という盤面《ばんめん》そのものが牙《きば》を剥《む》くこともある。この私も……かつてそれを見ました」

「世界ね——……それって地震《じしん》とかの天災のこと？　ああ、パパも子供の頃《ころ》に天災にあって大変だったって言ってたわねー……。日本って毎年地震があるんでしょう？」

リアルは日本人と英国人のハーフであるガーベラは、日本人の父から昔聞いたことがある話を思い出していた。日本では地震と雷《かみなり》と火事と親父《ファーザー》が恐《おそ》れられると。

日本に住んでいたら自分のパパも怖《こわ》かったのだろうか、とガーベラはぼんやり思った。

「天災ですか……。なるほど、そうとも言えますね」

「……引っかかる言い方ね」

まるで、彼《かれ》がかつて見た『牙を剥く世界』はそうではなかったかのようだ。

「天災と言えば天災です。同時に……世界という盤面のキングでもあったと思います」

それは奇妙《きみょう》な言い方だった。今行っているチェスで言うならば、盤面そのものが三人目のプレイヤーとして参加するかのような口ぶりである。

ガーベラは『……それってどういう風に駒を置くのかしら』と、本気で考えた。

「そういえば、この私が見たアレの話は……まだ〈IF〉の皆《みな》さんにもしたことがありませんでしたね。今度情報共有しておきましょう」

「……え？　もしかしてそれってリアルじゃなくてこっちの話なの……？」

驚《おどろ》いてそう尋《たず》ね返すガーベラに、ゼクスは頷《うなず》いた。

「ええ。この私がかつて見たアレは、この世界のキング……」

そして彼は……。

「より即《そく》した言い方をすれば――『ラ、ス、ボ、ス』とも呼べるものですよ」

――衝撃的《しょうげきてき》、とさえ言える言葉を口にした。

ゼクスの発言に、ガーベラの気だるげだった両目は見開かれ、口もポカンと開いていた。

「……ねえ、それってすごい情報じゃない？　このゲーム、ラスボスいたの……？　マジで……？〈SUBM〉みたいなレイドボスでもなくて……？」

「はい。『ラスボス』と言って問題のないものです。もっとも、【天竜王《友人》】の情報によれば、この世界《ゲーム》の前身だったゲーム世界《ゲーム》のラスボスだそうですが。今のラスボスはここのレドキングを始めとした管理者でしょうしね」

この世で最も長く生きているモンスターから得た情報を述べて、ゼクスは一息つくようにテーブルに置いていたコーヒーを啜《すす》った。

「……デンドロに前作ってあったかしら？　それに、友人……？　ていうか……さっきからものすごいことポンポン言ってない、オーナー？　……私……秘密を知ったとかそういう理由でデスペナになりたくないんだけど……」

「大丈夫《だいじょうぶ》ですよ。管理ＡＩは〈マスター〉に取り返しのつかないことはしません。遭遇《そうぐう》した出来事による心理的ショックは別ですが」

「？」

「仲の良いティアンが惨《むご》たらしく死ぬ、などです」

「……ああ。ゴア描写《びょうしゃ》がダメな人っているものねー……。でも、オーナー。どこでそんなラスボスと遭遇したのよ？　どこかの〈神造ダンジョン〉とか？　……あ！　分かったわ！　オーナーって王国出身だから〈墓標迷宮《めいきゅう》〉でしょ！」

「惜《お》しいですね。王都ですがダンジョンの中ではありません」

「え？　どゆこと？」

ダンジョンの中でないのなら、普《ふ》通《つう》に街中ということになる。『どうしてそんな場所でラスボスに出会うの？』と、ガーベラは疑問符《ぎもんふ》をいっぱいに浮かべた。

そんなガーベラに、ゼクスは微笑《ほほえ》みながらこう言った。

「この私が出会ったラスボスは人のカタチをして、人として暮らしていましたよ」

「…………ほえ？」

人のカタチをしたスライムの衝撃的な発言に、ガーベラは言葉すらなくして固まった。

ガーベラの様子を少し可笑《おか》しげに眺《なが》めながら、ゼクスは直近の報告を思い出す。

（そういえば、皇国の依頼《いらい》でゼタさんが王都に襲撃《しゅうげき》をかけるのは今日でしたか）

〈ＩＦ〉の中核《ちゅうかく》メンバーとも言えるゼタと、ラ・クリマが手がけた改人による王都襲撃。

皇国の目的は襲撃をかけてある存在を炙《あぶ》り出し、可能なら始末することだという。

捜《さが》しているものは……自身がかつて見たモノだろうとゼクスは察した。

（今日この話をしたのは、そのことが記憶《きおく》の片隅《かたすみ》にあったからでしょうか……）

そして思考を重ねて、ふと思う。

恐らくこの後、皇国もゼクスが知る情報を知り、世界はまた大きく動くはずだ。

かつて……ゼクスがシュウに避けられ、い、戦いを仕掛《しか》けたあの戦争のときと同じように。

（ともすればアレが本格的に動き出すのでしょうか。現状では蚊帳《かや》の外ですが、まだ何もしていないのに終《ゲームオーバー》わられては困ってしまいます）

ゼクスが窓の外を見ると、そこには〝監獄〟の風景があった。

偽《いつわ》りの空と偽りの地平線。レドキングが作り上げた空間固定の壁《かべ》に囲まれた偽りの世界。

ゼクスは偽りの世界を眺めながら、ポツリと呟《つぶや》いた。

「そろそろ――頃合《ころあい》でしょうね」

彼の視線は〝監獄〟ではなく……空間の壁の先にある世界を見ているかのようだった。

第十八話　価値観

□■王都アルテア・市街地

国境地帯での講和会議が決裂《けつれつ》した頃、王都は突如《とつじょ》として襲来《しゅうらい》した異形……蜂《はち》と人間を混ぜ合わせた姿の蜂人間《【アピス・イデア】》によって大混乱にあった。

蜂人間は毒の槍《やり》で人々を突《つ》き殺し、自らが死する時は自爆《じばく》して周囲を巻き込む殺人生物兵器とも呼べる存在。街中の衛兵や滞在《たいざい》していた〈マスター〉も住民を避難《ひなん》させながらの迎撃《げいげき》を続けるが、蜂人間は単騎《たんき》でも亜竜《ありゅう》クラスを超《こ》えるステータスを発揮する強敵だ。

王国のティアンではそれこそ近衛騎士団《きしだん》でもなければ一人で相手取るのは難しい。

実際、衛兵達《たち》も一パーティで一体を相手取ってどうにか、というところだ。

そして単騎で相手取れる〈マスター〉でも、現状は厳しかった。

「ライザーさん！　こいつら、かなり強い上に自爆しやがる！　近接戦闘《せんとう》は厳しいぜ！」

ヒポグリフに乗った【疾風騎兵《ゲイルライダー》】の〈マスター〉……〈バビロニア戦闘団〉のメンバー

であるラングが、傍《かたわ》らの人物にそう呼びかける。

『ほかのメンバーにも通達。銃器《じゅうき》と弓矢、魔法《まほう》をメインに戦闘を続行。遠距離《えんきょり》攻撃《こうげき》手段がない者はクラン備蓄《びちく》の【ジェム】を使用して構わない！』

「了解《りょうかい》！」

彼の傍らでドライフからの流出品であるバイクを駆《か》っているのは、決闘《けっとう》六位にして〈バビロニア戦闘団〉のオーナー代行……【疾風騎兵】マスクド・ライザーであった。

クランメンバーに通信魔法の機器でそう呼びかけながら、自身もバイクの車上からライフルを蜂人間に向けて発砲《はっぽう》する。

（……扶桑《ふそう》に治療《ちりょう》してもらっておいて正解だったな）

先日のクロノ・クラウンとの戦闘で受けたダメージは、月夜《つくよ》の回復魔法で全快している。

そのお陰《かげ》で、この襲撃に際しても〈エンブリオ〉がないことを除けば問題なく戦えていた。

損壊《そんかい》した〈エンブリオ〉についても、皇国の流出品の魔力《まりょく》式バイクで代用している。

（だが、戦力は厳しい）

現在の王都でこの襲撃に対応できている〈マスター〉は、さほど多くない。

決闘ランカーは一昨日の闇討《やみう》ちでほとんどがデスペナルティ中。

クランにしても、一位の〈月世の会〉と二位の〈デス・ピリオド〉は講和会議に参加中。

三位の〈K&R〉も主戦力たる二人の超級職《スペリオル・ジョブ》を欠いている。

他《ほか》のランキングクランにしても、〈月世の会〉や〈K&R〉が本拠《ほんきょ》を置いていることを理由に、王都とは別の都市に居を構えているクランが多い。

結果として、対応できているクランは〈K&R〉の残存戦力や〈バビロニア戦闘団〉を含《ふく》めた少数のクランしかいない。

（討伐《とうばつ》ランカーは……不在者も多いがそもそも市街地での戦闘に適した者が少ないか）

一位の【破壊王《キング・オブ・デストロイ》】シュウ・スターリングがそうであるように、討伐ランカーは大量のモンスター討伐に適した大火力の持ち主が多い。

ゆえに、王都にいたとしても市街地で力を発揮できるかは別の話だった。

「くぅ！　やっぱりきついですよライザーさん！　これじゃこっちは金銀飛車角落ちだ！」

ラングもまた同様のことを考えていたのか、そんな弱音を口にする。

対して、ライザーは己《おのれ》の不安を飲み込みながら、オーナー代行としての言葉を発する。

『それでも桂馬《けいま》と香車《きょうしゃ》、そして歩は残っている。こちらの意地を見せてやろう』

「……はい！」

ライザーの言葉に、ラングは気を引き締《し》めなおした。

『私は街の東側に向かう。ラングはB班と合流して西へ向かってくれ』

「了解！」

ライザーがバイクを一分ほど走らせると、道を塞《ふさ》ぐバリケードに行き当たった。

バリケードの向こう側には、王都に複数建設された公会堂の内の一棟《とう》が建っている。

公会堂は避難してきた住民を受け入れているようであり、バリケードはその人々を守るためのものであった。

バリケードの周りには動く人影《ひとかげ》があり、彼らはいずれも王都の衛兵の装備をしていた。

「貴殿《きでん》は……マスクド・ライザー！」

ライザーが近づくと、バリケードを築いていた衛兵が声を掛《か》ける。その特徴的《とくちょうてき》な仮面に加え、長く活動する決闘ランカーであるライザーはティアンにも広く知られていた。

『この近辺の状況《じょうきょう》は？』

ライザーはバイクを降りて、衛兵に問いかけた。

「第一波と第二波は倒したが、被害《ひがい》が出ている。……第三波も来るかもしれない」

『ここが狙《ねら》われている、と？』

「ああ。それにここだけじゃなく、人の多い場所は優先的に狙われているらしい」

蜂人間は理性なく人々を襲撃しているように見えて、その実は効率的に動いている。

その効率とは、より多くの人間を攻撃《こうげき》する、という一点に対する効率。

それだけを考えて人々を襲《おそ》い、死しても自爆によって巻き込んでいく。

「それに通信から聞いた他所の情報によれば、あの蜂人間は搦《から》め手《て》も使って……」

「報告！　国教教会の避難所《ひなんじょ》に蜂人間が出現！　避難民《ひなんみん》を巻き込んで自爆を……！」

「クソっ……！」

公会堂前の守護を行っていた衛兵長は、後方から齎《もたら》された報告に罵声《ばせい》を吐《は》いた。そうした報告は、これが初めてではないからだ。

蜂人間は既《すで》に出現した者だけではなく、人の姿から一瞬《いっしゅん》で蜂人間に変貌《へんぼう》する者もいる。特に避難する人間に紛《まぎ》れて人の密集した避難所の中に入り、正体を現して自爆する。

多くの人間を襲う際の効率は……恐ろしく良かった。

（逃《に》げてきた避難民を受け入れない訳にもいかないが、識別も難しい。……厄介《やっかい》な）

《看破》でも、蜂人間の正体は掴《つか》めない。名前と、ステータスに見合わぬ低いジョブレベルが表示されるだけ。モンスターとは違《ちが》って頭上のネーム表示すらもない。どれほどの異形であっても人間であることの証左であり、それゆえに正体を現すまでは見破れない。

「そもそも連中は何なんだ！　レジェンダリアのどこかの部族か⁉」

衛兵長の言葉に、ライザーは考え込む。

（モンスターでないのならば、常識的にあり得る可能性はそれだが……違う）

研究者系統のジョブを取得した〈バビロニア戦闘団〉のメンバーによれば、変貌した後の蜂人間はいずれも種族が「魔蟲《まちゅう》」であった。

しかし、それは普通ではない。虫に似た種族であっても、人間範疇生物《ティアン》なら「人間」と表示されるはずだった。

あるいは人間をアンデッドにする【大死霊《リッチ》】や、鬼《おに》にする【鬼武者《オーガ・サムライ》】のように、ジョブによる後天的な種族変化の可能性も考えられたが、《看破》で確認《かくにん》した限りそのようなジョブは持っていなかった。

（ジョブだとしても変身能力や、レベルに見合わないステータスに説明が……まさか）

彼が思《おも》い描《えが》いたもう一つの可能性は、〈エンブリオ〉や〈ＵＢＭ〉によって人間が変貌しているのではないか、というもの。

しかし〈ＵＢＭ〉ならばここまで計画的にテロを行う可能性は低い。ライザーが知る限りでは、ギデオンで暗躍《あんやく》した【外竜王《がいりゅうおう》】と呼ばれる個体くらいだ。

（しかし〈マスター〉だとして……、そんなことをする奴《やつ》がいるのか……？）

ライザーはそれを認めたくはなかった。それが意味するのは……ティアンを人間兵器に作《つく》り替《か》える〈マスター〉がいるということなのだから。

ライザーの立場は世界派のそれであり、だからこそ考えたくはないことだった。

『……いずれにしろ、避難所への攻撃は防がなければ』

相手が元はティアンであり、変えられた者達だとしても、無辜《むこ》の人々の命を奪《うば》おうとするならば倒さなければならない。……その決意と覚悟《かくご》は既に固めている。

今必要なのは避難民と蜂人間を見分ける手段だが、〈バビロニア戦闘団〉の現メンバーにもこの問題を解決できそうな〈エンブリオ〉を持つ者はいない。

このまま後手に回り続けるしかないかと思われたとき、

「あ、あの……!」

避難所前のバリケードにいたライザー達に、声をかける少女がいた。

『ん？　君はたしか……』

ライザーはその少女に見覚えがあった。

レイ達の知人として、これまでに何度か顔を合わせている。

「〈デス・ピリオド〉の、霞《かすみ》、……です」

その少女の名は、霞。〈デス・ピリオド〉に所属してはいたものの、リアルの都合で昨日はログインできず、講和会議には同行しなかったメンバーの一人だ。

彼女《かのじょ》の傍《そば》には、同様の理由で講和会議に参加できなかったイオとふじのんも揃《そろ》っていた。

『ああ、覚えている。君達はこちらに残っていたんだな』

「は、はい……！　あの、お伝えしたいことが、あって……！」

『伝えたいこと？』

ライザーが尋ねると、霞はコクコクと頷きながら手に持った盤《ばん》……霞の〈エンブリオ〉であるタイキョクズを見せた。

「私の、タイキョクズは……〈エンブリオ〉の場所や到達《とうたつ》形態が分かるんです……！」

かつては〈マスター〉の位置と到達形態しか分からなかったタイキョクズであるが、上級のTYPE：エンジェルアームズに進化してからは、〈マスター〉とは別に〈エンブリオ〉の位置も任意表示できるようになっていた。

そして、彼女の言わんとすることをライザーは察した。

「あの、蜂人間からは全部……『Ⅶ』、〈超級エンブリオ〉の反応が出てます……！」

それは蜂人間の体内に埋《う》め込まれた……とある〈超級エンブリオ〉の分体の反応。

タイキョクズは、それを一つ一つ探知していた。

『〈超級〉……いや、それよりも！　人間の姿のままの相手が分かるということか！』

「はい……！」

それは朗報だった。現在最も被害を拡大させているのは、避難民に紛れて避難所に入り込む蜂人間。それさえ防げるならば、被害は抑《おさ》えられる。

『その位置を、知らせられるか？』

「はい……！　標識、します……！　だから、そのことを……伝えてください！」

霞はそう言うとタイキョクズを覗《のぞ》き込み、その表面を指でなでる。

それは『Ⅶ』と記された数多《あまた》の表示を一筆書きのようになぞっていく。

「タイキョクズ……《マーキング》!!」

そして霞の宣言の直後、周囲の景色に僅《わず》かな変化が生じる。

避難所に向かっていた人々の内、一人の男性の頭上に——まるでマップアプリで見るような逆三角錐《かくすい》が浮かんでいた。

それは識別の表示。ティアンの人々に紛れた敵への、目印の付与《ふよ》である。

「……その人です！」

「オッケー！」

彼女の言葉の直後、イオとふじのんが動き出す。上級職【黒土術師《ランドマンサー》】となったふじのんの地属性魔法が、目印のついた男性を拘束《こうそく》する。

『BUBU……』

拘束と同時に、目印のついた男性はその姿を蜂人間へと変貌させた。

しかしその直後、頭上から振《ふ》り下ろされた巨大《きょだい》な斧《おの》――イオの〈エンブリオ〉であるゴリンが拘束状態の蜂人間を真っ二つに断《た》ち割《わ》った。

死亡と同時に爆発《ばくはつ》が起こるが、周囲に人々はいないため被害は出ていない。

イオもゴリンの巨大さゆえに爆風《ばくふう》はさほど届かず、ゴリン自体もびくともしていない。

「め、目印が……なんだったんだ……？」

急転した状況に衛兵がざわめき、その横でライザーは現状が好転したことを知った。

霞のスキルは直接戦闘に寄与《きよ》するスキルではないが、これによって……避難所への自爆《じばく》攻撃《こうげき》を行う者の標識はできた。

『……これは街中の全《すべ》ての蜂人間に目印がついた、と考えていいのかな？』

「は、はい！　王都の中は、タイキョクズが全部カバーできて、ます。……ただ、王城の中にあった五つの『Ⅶ』は、速すぎてタッチできませんでした……」

『王城……』

蜂人間は有力だが、速すぎるということはない。

（ならば王城の中にいる『Ⅶ』は、蜂人間とは別物ということか？　あるいは……〈超級〉が？　いや、いますべきことは……！）

疑問は尽《つ》きないものの自分がすべきことを思い出し、通信魔法の機器を手に取る。

『〈バビロニア戦闘団〉各員に通達。頭上に目印がついたティアンは蜂人間だ。念のための誰何《すいか》と拘束を行い、正体を現した場合は無力化だ！』

王都に散らばっている〈バビロニア戦闘団〉に通信を繋《つな》げ、必要情報を連絡《れんらく》した。

ライザーの傍では、衛兵達も同様の連絡を街中に行っている様子だった。

『ありがとう。君のお陰で、かなり状況が改善した。……？』

ライザーは霞に礼の言葉を伝えるが、当の霞はそれを聞いていない。

彼女は……タイキョクズを見ながら首を傾《かし》げている。

『……どうか、したのか？』

霞は「こ、これを……」と、震《ふる》える指でタイキョクズの一点を指し示す。

ライザーと、イオとふじのんもそれを覗き込む。

それは王都の南の大通りにある、セーブポイントにもなっている噴水《ふんすい》の広場。

そこに――大量の『Ⅶ』が群がっていた。

数字が重なりすぎて正確な数が分からないが、恐らく一〇〇を下回ることはない。

一つ所に出現した数としては、間違《まちが》いなくこれまでで最大だ。

「さ、さっきまで……いなかったのに……」

『………』

元からいたのならば、先ほど目印を付けた時点で気づけただろう。

ならば本当に、今しがた突然《とつぜん》そこに現れたのだ。

隠《かく》れていた者が、隠されていた者が、現れた場所だとすれば……。

『あるいは、ここが蜂人間の源泉か……』

このままでは蜂人間の襲撃は継続《けいぞく》し、いずれは手に負えなくなるだろう。

ゆえにライザーは決断し、仲間達に繋がった通信機を手に取る。

『〈バビロニア戦闘団〉各員に通達。王都南の噴水付近に、蜂人間の元凶《げんきょう》と思われる何かが出現。急行可能なものは、集合してこれに対処。俺《おれ》も向かう！』

通達を行ったライザーは再びバイクに跨《また》がり、目的地へと向かった。

そんなライザーの様子に、霞達《かすみたち》は互《たが》いに顔を見合わせ、……頷きあう。

そして彼女《かのじょ》達も騎獣《きじゅう》である【ランドウィング】に乗り、南の噴水へと走らせた。


数分の走行の後、ライザー達は通りの北側から南の噴水へと辿《たど》り着く。

他の〈バビロニア戦闘団〉のメンバーの姿はまだ見えないが、移動中の打ち合わせ通りならば別方向から回り込んで包囲しているはずだ。

『これは……』

噴水の広場にあった光景は、奇怪《きかい》なものだった。

一〇〇を超える数の蜂人間達が、あたかも訓練された軍隊のように整列していたのだ。

『あらあら。あらあらあらあら。オホホホホ』

整列した蜂人間達の向こうから、笑声《しょうせい》が木霊《こだま》した。人の声と蟲《むし》の羽音を混ぜ合わせたような、不快感を煽《あお》るためにあるかのような声だった。

『一番乗り、おめでとう！　貴方達《あなたたち》が、この王都の人間で初めて……ワタシに謁見《えっけん》する名誉《めいよ》を得ました。喜ばしいです。とても喜ばしい！』

蜂人間の鳴き声とは違う、くぐもってはいるが人の言葉として意味の通じる音。

その声の主は、整列した蜂人間の中央……噴水の縁《ふち》に優雅《ゆうが》に腰《こし》かけていた。

否、腰かけていたとは言えないかもしれない。

声の主は……ひどく捻《ね》じくれた体をしていた。豊満な女性と、蜂を何匹《なんびき》も混ぜたような……不整合極《きわ》まる体はどこが腰かもさだかではない。

蜂の特徴《とくちょう》ある腹部ですら、体に複数張り付いている。

それと比較《ひかく》すれば、蜂人間さえもグロテスクとは言えない。

『お前は……誰《だれ》だ！』

『誰！　誰と、美しいワタシに聞くの!?　まぁ！　なんて無知蒙昧《むちもうまい》！』

羽音の如くくぐもった音でもあるが、誰何を不快だと感じたことは伝わってくる。

『けれど、許しましょう。ここは王国。妖精郷《ようせい》ならざる神秘薄《うす》き地。ゆえに、ワタシを知らずとも無理からぬこと。許しましょう。知りえないゆえの無知は罪ではないのです』

『妖精郷……だと？』

ライザーはそれを聞き逃《のが》さなかった。妖精郷の文言が指し示す国は一つしかない。

『そう。ワタシの名はエ・テルン・パレ！　かつてレジェンダリアにおいて、【蟲将軍《バグ・ジェネラル》】として軍部の一翼《いちよく》を担《にな》っていた者。そして蒙昧《もうまい》なる女王と彼女に与《くみ》する者達により、国を追われ、叛逆者《はんぎゃくしゃ》と呼ばれた者！』

エ・テルン・パレと名乗った人物は、自らを魔蟲の将軍職である【蟲将軍】だと言った。

だが、より重要な情報は続く言葉の中にあった。

『そして今は！　ワタシの正しさと美しさを認めて新たな兵を、【アピス・イデア】を授《さず》けてくれたラ・クリマ様と！　あの御方《おかた》の属する〈IF《イフ》〉に従う者！』

『〈IF〉……！』

〈超級〉で構成された犯罪者クランである〈IF〉の名はライザーも知っている。

この事件の裏で何者が暗躍しているのか、その答えの一端《いったん》がこの発言にはあった。

『そして……ああ、そして……！』

エ・テルン・パレは陶酔《とうすい》を深めるように言葉を重ね、

『今のワタシの名は、【レジーナ《女王》】!! 【レジーナ・アピス・イデア《女王蜂改人》】! 蜂の女王にして、妖精郷の真の女王!』

誇《ほこ》るように人体改造が施《ほどこ》された己の名を名乗り、

『ワタシはこの戦いを通してさらに力をつけ、祖国レジェンダリアを蒙昧な女王と誤った考えから解き放つのです! 我《わ》が愛する故国を、これ以上誤らせないために……!』

高らかに己の願望を謳《うた》い上げ、

『そのためにぃ! まずは貴方達をその贄《にえ》としましょう!』

配下の蜂人間――【アピス・イデア】をライザー達に差し向けた。

ライザー達に襲い掛かったのは、整列していた【アピス・イデア】の中でも前列に位置していた一〇体。相手の倍以上の数で攻《せ》めると共に、周辺警戒《けいかい》とパレ……【レジーナ・アピス・イデア】の護衛に重点を置いた配分である。

そしていずれの【アピス・イデア】も、【蟲将軍】の二つのスキルの影響《えいきょう》下にある。

スキルレベルEXの《魔蟲強化》によるステータス一〇〇%強化。

そして最終奥義《おうぎ》、《イーブン・ア・ワーム・ウィル・バーン《一寸の虫にも五分の道連れ》》。

それは超級職の最終奥義の中でも数少ない、自分以外に代償《だいしょう》を払《はら》わせるスキル。

パーティ内の魔蟲が死亡した際、ステータスの合計に応じて大爆発《だいばくはつ》させる。

亜竜クラス以上のステータスを持つ【アピス・イデア】全てがその対象となるならば、殲滅《せんめつ》力は桁違《けたちが》いとなり……実際にこの王都でも多くの〈マスター〉が道連れにされている。

そして今、その恐るべき力はライザー達に差し向けられていた。

『ッ！』

本来のライザーや彼より上位の決闘ランカーであれば、襲い掛かってきた【アピス・イデア】を蹴散《けち》らすことは難しくなかったかもしれない。

だが、今の彼の〈エンブリオ〉は破損中であり、その状態で亜竜を上回る戦力を持つ【アピス・イデア】を相手取るには火力が不足していた。

『距離《きょり》をとれ！　速度を潰《つぶ》す！』

だが、打つ手がないわけではない。さほど多くの持ち合わせがあるわけではないが、彼とて上級職奥義相当の攻撃魔法《こうげきまほう》【ジェム】は所有している。

彼がアイテムボックスから取り出したのは、白色の【ジェム】。

それを迫《せま》りくる一〇体の【アピス・イデア】の真ん中目掛《めが》けて、投擲《とうてき》する。

直後、【ジェム】を中心とした球形の空間が白色に染まった。

『ＢＵＢＵ……ＢＵ……』

一〇体の【アピス・イデア】は全身を凍《こお》り付かせ、その動きを鈍《にぶ》らせる。

ライザーが投擲したのは、氷属性魔法を得手とする【白氷術師《ヘイルマンサー》】の奥義、《ホワイト・フィールド》が込められた【ジェム】。火力では《クリムゾン・スフィア》に劣《おと》るものの、周囲一帯の熱エネルギーを奪って【凍結《とうけつ》】させる魔法。

亜竜クラス以上のステータスを持っていても人間サイズであり、なおかつ魔蟲ゆえに低温への耐性《たいせい》が低い【アピス・イデア】の足止めには適していた。

「ライザーさん！　伏《ふ》っせてーッ！」

直後、イオがゴリンを脇《わき》に抱《かか》えてジャイアントスイングのように振り回す。

攻撃力《こうげきりょく》に特化した超重《ちょうじゅう》武器の一撃《いちげき》は、【凍結】した【アピス・イデア】を両断粉砕《ふんさい》。

砕《くだ》かれた【アピス・イデア】は、街中にいた個体のように絶命と共に自爆、

「え？」

――しなかった。

砕かれたままの下半身だけ、上半身だけで動き……ライザー達ににじり寄る。

『後退ッ！』

ライザーの指示を受けて、イオ達もバラバラのまま近づいてくる【アピス・イデア】から距離を取る。逃げながら霞は召喚獣《しょうかんじゅう》の【バルーンゴーレム】を、ふじのんは地属性魔法

のバリケードを作り、壁とする。

そしてバラバラの【アピス・イデア】がその壁に阻《はば》まれ、十数秒も経《た》ったとき……一斉《いっせい》に大爆発を引き起こした。

まるで、『十数秒遅れで死んだ』とでも言うかのように。

『これは、まさか……！』

その光景に、その現象に……歴戦の〈マスター〉であるライザーは思い出す。

そうした現象を引き起こす、とあるジョブの存在を。

『――【死兵《デス・ソルジャー》】か！』

女王の傍に侍《はべ》る【アピス・イデア】……通称《つうしょう》『親衛隊』は二つ仕様が異なる。

一つ目の差異は、変身能力をオミットした代わりに基礎《きそ》ステータスが二倍あること。

そして二つ目の差異は……いずれも【死兵】を取得させられていること。

数百年前の戦乱で用いられた自爆戦術のジョブ。死してもなお動くスキル、《ラスト・コマンド》のためのジョブ。

こんなジョブを持っていれば、《看破》で見破られ、人に紛れることはできない。

だが、変身能力をオミットされて人に紛れる必要がない『親衛隊』ならば、このジョブを持っていても何の問題もない。

これこそが、モンスターでは持ちえない【アピス・イデア】の最大の長所。

人が素体であるがゆえに【死兵】……ジョブを持った状態で運用できる。今は試験段階で【死兵】しか目立つジョブはないが、今後の改良で更《さら》なるビルドを詰《つ》めていくだろう。

そして、【死兵】だけでも十二分に恐ろしい。砕かれようが、殺されようが、《ラスト・コマンド》の効果が切れるまで『親衛隊』は敵に近づいていく。

付け加えれば、頭部……思考部位と切り離《はな》された体は動かせないという欠点を補うために、『親衛隊』の脳髄《のうずい》は体の各所に分散配置されている。

当然、人間らしい思考は不可能であり、知能も蟲並みに低下しているが……【蟲将軍】である【レジーナ】のスキルで動く駒としてはそれで問題がない。倫理《りんり》という言葉を無視するのならば、【アピス・イデア】は【レジーナ】の優《すぐ》れた兵隊であった。

『あら、一〇体では足りなかったかしら。思ったよりも、優れているのね。賞賛します』

目の前で元人間を一〇人使い捨てた【レジーナ】は、特に気にした様子もなくそう言って……【ジュエル】からさらに【アピス・イデア】を追加する。【アピス・イデア】の損耗を何とも思っていないような……それこそ虫けらとしか思っていないようだった。

『……外道《げどう》!!』

目の前で起きた出来事に、ライザーは吐き捨てるようにそう言った。

【アピス・イデア】は王都を守るためには倒さねばならない敵であれど、それが何かを理解してしまえば吐き気《け》を催《もよお》す代物《しろもの》であり……被害者《ひがいしゃ》でもある。

だが、そんなライザーの言葉を聞きとがめ、【レジーナ】は反論する。

『外道？　それはワタシのことではないわ。レジェンダリアこそ、道に外れている。ワタシはそれを正すために戦っているのだから、外道のはずがないわ』

『レジェンダリアが、何だと言う！』

本気で憤《いきどお》っている彼女の言葉に、異国の何が関係あるのかとライザーが声を荒《あら》らげる。

仮に彼女の言うようにレジェンダリアが外道だとしても、それに反抗《はんこう》する彼女が外道でないことには繋がらない。敵対する両方が外道であることなど十分にあり得る話である。

『我が母国は、狂《くる》ってしまった！　歯車がずれて、誤った考えが蔓延《はびこ》っていた！』

しかし、そんな両立にすら気づかぬように【レジーナ】は言葉を続ける。

『だからワタシは、叛逆者と呼ばれ、クーデターを起こしてでも、その間違いを正さなければならなかった！　ラ・クリマ様に忠誠を誓《ちか》う今も、その志は同じ！』

レジェンダリア内部で、政治の暗闘《あんとう》があることはライザーも噂《うわさ》で聞いたことがある。

あるいはその不正を正そうとしたことが、この【レジーナ】の動機であるかと思い至る。

しかしそうだとしても、許していいことではない。

『ええ！　逆らわなければならなかったのよ！　ワタシは！　国中が狂って、間違った方向に突き進《すす》んでいたんだもの！』

だが、【レジーナ】はライザー達がいないかのように、自分の内側だけを見つめるように、羽音と混ざった声で叫《さけ》び続ける。

『そうよ！　レジェンダリアは間違っていたわ。だって……』

そして【レジーナ】は……。

『だって——美しいワタシを差し置いて【妖精女王】が崇められているんですもの！』

彼女の動機の核心《かくしん》を……世界で彼女だけが正当な動機と考える言葉を口にした。

ライザーも、霞も、イオも、ふじのんも……その場にいた【レジーナ】以外の誰一人《だれひとり》、彼女の言葉を理解できなかった。

あるいは、自分の耳が聞き間違えたとさえ考えたが、間違いではない。

【レジーナ】は確かに言ったのだ。

——『【妖精女王《ティターニア》】が自分よりちやほやされているから叛逆した』、と。

ライザー達には……そして多くの者には動機も因果関係も理解不能だった。

『おかしいでしょう⁉　あんな醜《みにく》い存在が美しい、可愛《かわい》らしい、偶像《ぐうぞう》アイドルだと崇《あが》められているなんて、狂気《きょうき》よ！　国全体が狂ってしまったとしか思えない！』

『…………』

【妖精女王】の写真は〈Infinite Dendrogram〉の中でも他国まで出回っているし、リアルではネットで幾つも見ることができる。

ライザーはその写真を思い出して、『醜いと思えなければ狂っていると言うのなら、自分も狂っているのであろう』と考えた。それほどに、【妖精女王】の容姿は優れている。少なくとも、相対する歪《ゆが》んだ蜂肉の化け物……【レジーナ】とは比較にならないほどに。

『ワタシがワタシの美しさを主張しても、レジェンダリアの連中は誰も聞き入れなかった！　これが狂気と言わずに何だと言うの⁉』

「で、でも……その美しさも……そんな姿になったんじゃ……」

【レジーナ】の言葉に、霞が恐《おそ》る恐ると口にする。他の【アピス・イデア】と同様に、タイキョクズは【レジーナ】からも『Ⅶ』の反応を感じ取っている。彼女もまた人間から改造された存在であると悟《さと》ったがゆえに、霞はそう言ったのだが……。

『何を言っているの？』

【レジーナ】は小首を傾げて、

『この姿は何も変わっていないわよ？』

今度こそ、霞達には理解不可能なことを述べた。

『ワタシに力と新たな兵士を与《あた》えてくれたあの御方にお願いしたんですもの。『ワタシが生まれながらに得ていた美しい姿はそのままでお願いします』って！　あの御方は『それだと強化改造の度合いが弱くなるけどいいのですか』とお尋《たず》ねになられたけど、もちろんよ！　ワタシの美しさ以上に価値のあるものなんて、この世に一つもないんですもの！』

それが何よりも正しいのだと、【レジーナ】は断言する。

『…………』

価値基準は個々人によって異なる。何を良しとするかはその人による。

そういう意味では、【レジーナ】の考えも誤りとは言い切れない。

『それが間違いだと言う方が、間違っているの！　だから、今も間違いを正しているわ』

しかし彼女の最大の誤りは、大多数とはあまりにも異なる価値観を持つ彼女自身が、誰よりも他者の価値観を許容できなかったこと。

『ワタシの姿を認めない者は間違いの源だから殺します。狂気に覆《おお》われたレジェンダリアを、世界を正す！　ワタシこそが美しさにして正義なのよぉ！』

狂っている。しかし彼女は自分一人が狂っているのではなく、自分以外の全てが狂っていると断じて疑わない。彼女の言葉を聞いている霞は、《真偽判定《しんぎ》》が全く反応を示してくれないという事実に、背筋が震えた。

本当に彼女の価値観では、彼女は世界の何者よりも美しく、崇められるべきものなのだ。

それが認められないのならば、世界すら滅《ほろ》ぼすという意思が彼女にはあった。

改造で得た力ではなく、【アピス・イデア】という兵士でもなく、彼女が美しいと信じるおぞましい容姿ですらなく……彼女の心こそが怪物《かいぶつ》だった。

『……そうか』

自分の価値観のために他者の全てを蹂躙《じゅうりん》せんとすること。

それを……『悪』と言わずに何と言おう。

『――〈バビロニア戦闘団〉、攻撃開始!』

それを理解したがゆえに、ライザーは通信で指示を下した。

直後、噴水広場を包囲していた〈バビロニア戦闘団〉のメンバーが【レジーナ】目掛けて飛び出した。ライザー達が【レジーナ】の注意を引きつけている間に、他のメンバーは奇襲《きしゅう》のための陣取《じんど》りを済ませていたのである。

総勢一二人の〈マスター〉が、四方から【レジーナ】を攻撃する。

上級職の奥義や、〈エンブリオ〉の必殺スキルの集中砲火《ほうか》。

如何《いか》に人体改造を施された超級職といえど、食《く》らえば無事ではいられない。

まして、強化の度合いが低いことは【レジーナ】が自身で暴露《ばくろ》している。

彼女は対応すべく【アピス・イデア】を動かしたが、歴戦の〈マスター〉達は回避《かいひ》、あるいは必殺スキルの突破《とっぱ》力で突き抜《ぬ》けて……【レジーナ】へと攻撃を命中させる。

そして幾人《いくにん》もの〈マスター〉の切り札が【レジーナ】に直撃《ちょくげき》した。


――直後、街中から爆音が轟いた。


それは街中だけでなく、整列していた【アピス・イデア】の数体からも聞こえた。

攻撃後の〈マスター〉達も巻き込まれて爆風を受け、一部がデスペナルティとなる。

『ああ、驚《おどろ》いた。一〇〇体は弾けてしまったわ』

そんな〈マスター〉達と対照的に【レジーナ】は――無傷だった。

まるで、自分が受けるべき傷をどこかにやってしまったかのように。

『これは……まさか……！』

その現象に、ライザーは何が起きたのかを察した。……察してしまった。

『《ライフリンク》か……!!』

『少し違うけれど、同じようなものね』

【レジーナ】が使用したスキルの名は、《コロニー・フォー・ワン》。

【蟲将軍】のパッシブスキルであり、自らのダメージを効果範囲内《はんいない》にいる配下魔蟲に肩代《かたが》わりさせるスキル。《ライフリンク》より対象が遥《はる》かに広く、数も多い。

効果範囲内に【アピス・イデア】がいる限り、【レジーナ】にダメージは通らない。

そして、ダメージが王都に分散配置された【アピス・イデア】に飛ぶということであり、

「それでは……、まさか……」

「あいつに攻撃したら、街中で大爆発するってこと⁉」

――【レジーナ】への攻撃が大惨事《だいさんじ》の引き金になるということだ。

『ホホホ、さてどうするのかしら？　ワタシはこのまま戦ってくれても構わないわよ？　誰もワタシの美しさを損《そこ》なうことはできないのだから！』

笑いながら、【レジーナ】は【アピス・イデア】を補充《ほじゅう》する。補充された【アピス・イデア】は、ライザー達《たち》や〈バビロニア戦闘《せんとう》団〉の〈マスター〉に毒槍《やり》を向ける。

自分自身は傷つかず、王都を人質《ひとじち》に取り、軍団を差し向ける。

ライザーにとって……かつての大魔竜《まりゅう》に次ぐ脅威《きょうい》がそこにいた。

第十九話　ヒーロー

□二〇四四年九月某日《ぼうじつ》

その日、〈バビロニア戦闘団〉はクレーミルに近い高原で〈UBM〉の討伐《とうばつ》を行っていた。

〈バビロニア戦闘団〉の総戦力は大きく、これまでにも何体もの〈UBM〉を討伐してきている。MVPの多くはオーナーにして王国の決闘《けっとう》三位でもあるフォルテスラや、クランの屋台骨であるサブオーナーのシャルカが獲得《かくとく》していた。

しかし、その日の相手である伝説級、【噴進竜《ふんしんりゅう》　ヴァルカン】は勝手が違った。

突然変異で誕生した天翔《か》ける地竜であり、体内に溜《た》め込んだエネルギーでロケットのように超音速《ちょうおんそく》で飛翔《ひしょう》。地竜由来の強固な外殻《がいかく》で獲物《えもの》に向かって突撃《とつげき》する〈UBM〉だった。

猛威を振るう【ヴァルカン】によってクレーミル周辺の生態系が乱れ、住民の生活にも影響が出ていた。

そのため、クレーミルに本拠地《ほんきょち》を置く〈バビロニア戦闘団〉が討伐に乗り出したが……

非常に難航した。

なにせ、相手は空中を自在に飛び回る地竜。最大戦力であるフォルテスラやシャルカの攻撃は届かず、威力《いりょく》重視のスキルを持つ者は当てられず、逆に命中重視のスキルでは強固な外殻にまともなダメージを与えられない。

相性差《あいしょう》がどこまでも付きまとうのが〈Infinite Dendrogram〉の戦い。〈バビロニア戦闘団〉でも【ヴァルカン】はお手上げかと思われた。

しかし、一人だけ【ヴァルカン】に対応できる〈マスター〉がいた。

その〈マスター〉の名は、マスクド・ライザー。

彼《かれ》の〈エンブリオ〉であるヘルモーズは未《いま》だ第五形態であったが、スキルによって短時間ながら超音速で飛翔し、強力な一撃を見舞《みま》うことが可能だった。

ゆえに、〈バビロニア戦闘団〉は彼を中心に討伐作戦を組み、結果として功を奏した。

他《ほか》のメンバーが当たらないまでも必殺スキルで【ヴァルカン】の動きを誘導《ゆうどう》し、最後にはシャルカの強化を全開で掛《か》けられたライザーの一撃で地に落とした。その後は期を逃さずにシャルカのラフムで拘束し、再び空へと逃《に》がさないまま総攻撃《そうこうげき》で討伐を完了《かんりょう》した。

討伐を果たしたとき、MVPに選ばれたのはライザーだった。

ライザー本人は困惑《こんわく》していたが、他のメンバーはフォルテスラやシャルカも含《ふく》めて全員納得《なっとく》し、【ヴァルカン】という〈UBM〉の討伐に関してはそれで終わった。

しかし、ライザーの困惑はその後も続いた。

なぜなら、彼が初めて獲得したMVP特典が武具ではなく……生産素材だったからだ。

『……これをどうしろと言うんだ』

ライザーは〈バビロニア戦闘団〉の本拠地の談話室で、仮面の内を困り顔にしながら大机の上のモノを眺《なが》めていた。

大机には【噴進竜圧縮遺骸《いがい》　ヴァルカン】と名付けられたアイテムが鎮座《ちんざ》している。

成人男性よりも少し大きいそれは、ライザーがMVPとなった【噴進竜　ヴァルカン】の彫像《ちょうぞう》のようであった。

しかしそれは紛《まぎ》れもなくMVP特典であり……特典素材なのである。

例えば召喚士《しょうかんし》系統ならば〈UBM〉の劣化《れっか》版モンスターの召喚媒体《しょうかんばいたい》、死霊術《しりょう》師系統ならばアンデッドとして使うための遺骸や骨格が出ることはある。

また、生産職などが何らかの手段でMVPとなった場合も、素材が出ることが多い。

このようにMVPがそれを活《い》かせる生産職や召喚職、死霊術職であるときは素材も出る。

だが、今回のMVPであるライザーは純戦闘型であり、ビルドにも〈エンブリオ〉にも生産要素は含まれず、【圧縮遺骸】を加工する手段はない。

彼にとって初めての特典ではあるものの、これでは宝の持ち腐《ぐさ》れもいいところだ。

「どうした、ライザー」

『オーナー……』

そんな折、悩《なや》む彼にオーナーであるフォルテスラが声を掛けた。

「ああ。それは昨日の特典か。まだ加工を頼《たの》んでいなかったのか」

『ええ。……加工を頼む？』

「ん？　知らないのか？」

聞きなれない言葉を聞き返したライザーに、フォルテスラが告げる。

「素材系の特典は、加工を他者に委託《いたく》できる。完成品を使えるのはＭＶＰだけだがな」

『そういう仕様だったんですか？』

「ああ。純戦闘型のＭＶＰ特典で素材が出るのは、加工を任せられる人間が身近にいるときだけだ。俺も以前、薬の原料になる特典があって妻に加工してもらったからな。お前も、加工してくれる人に心当たりがあるんじゃないか？」

ライザーには、職人に心当たりがあった。

『分かりました。早速《さっそく》お願いに行ってみます』

「ああ。出来上がったら見せてくれ」

城塞《じょうさい》都市クレーミルは数百年前の防衛拠点《きょてん》から発展した都市であるため、今でも武具の生産に関する職人が多く、生産職に就《つ》いたティアンの人数では王国でも屈指《くっし》とされた。

そしてライザーが【圧縮遺骸】を持って訪《おとず》れたのは、クレーミルでも指折りの腕前《うでまえ》の防具職人の工房《こうぼう》だった。ライザーが開かれていた入り口から工房に入ると、工房の中では幾人もの職人が忙《いそが》しそうに働いていた。

『失礼します。ゾラさんはおられますか？』

「おう。いるぜ、ライザー坊主《ぼうず》。今日はどうした？　マスクは無事らしいが」

中にいた初老の男性……【高位鎧職人《ハイ・アーマーマイスター》】ゾラが鎧の一部らしい金属装甲《そうこう》を磨《みが》きながらライザーに応じた。

ゾラはこの工房の主であり、弟子《でし》である職人達と共に〈マスター〉やティアンの依頼《いらい》を引き受けて多くの防具を手掛《てが》けている。

ライザーとゾラの交流は彼がこのクレーミルに訪れてすぐの頃《ころ》……二年以上も前から続いている。彼が今も着用している仮面……特撮《とくさつ》ヒーローに似た金属製ヒーローマスクの制作を依頼したのがゾラだったのである。

初期の〈Infinite Dendrogram〉において、〈マスター〉の生産というものは既存《きそん》のものを作ることだった。完全に新しい装備を作ることは優れた生産職の独創性か、あるいは技術革新を待たねばならなかったのだ。

それはアレンジでも同様であり、既存のフルフェイスヘルムのデザインを変えるにも、外見に大きな変化を加えた上で従来通りの性能を発揮させるには熟練の腕《うで》が必要であった。

『特撮ヒーローのマスクに似た金属製フルフェイスヘルム』というライザーの注文もサービス開始当初の〈マスター〉には荷が重く、結果としてライザーはティアンの職人に依頼するという選択《せんたく》をしたのである。

しかし、それはそれで別の理由で難航した。

思えば最初は無理な注文をしたものだと、ライザーは記憶《きおく》を振り返る。

（特撮作品の概念《がいねん》自体がないのに、『ヒーローマスクを作ってほしい』と頼んだのだから）

そもそも、ティアンにとってヒーローと言えば【勇者《ヒーロー》】に他ならない。

そのため最初は意見の行き違《ちが》いもあったが、やがて互いに理解し、先に進んだ。ライザー自身の拙《つたな》い絵を元に何度も試行錯誤《しこうさくご》を繰《く》り返して、今の彼のマスクの造形がある。

加えてデザインはそのままに、ライザーのレベルアップに合わせて素材もアップデートしていった。【レシピ】としても残っているので、破損しても替《か》えがきくようになっている。

そうして交流を重ねる内にライザーとゾラはプライベートでも友人となり、時にはゾラの家族や弟子達《でしたち》と一緒《いっしょ》に食事をとる関係になった。

ライザーにとって最も信頼《しんらい》できる職人であり、彼ならば加工を任せられると考えた。

『実はお願いしたいことが……』

そうしてライザーは事情を話し、【圧縮遺骸】を素材とした装備の生産を発注した。

「むぅ……」

だが、ゾラの反応は芳《かんば》しくなかった。

ライザーが取り出した【圧縮遺骸】を前に何かを思《おも》い悩み、躊躇《ためら》っているようである。

「それは……俺じゃない方がいいんじゃないか？」

『なぜです？』

「そりゃあ……俺じゃ素材に見合わねえからさ」

そう言って、【圧縮遺骸】の頭部に手を置いた。

「〈ＵＢＭ〉の特典素材。噂にゃ聞いていたが見たのは初めてだ。もちろん、手掛けたことはない。そんな俺が扱《あつか》っていいものとは思えねえ」

『ですが』

「それに……俺は超級職《スペリオル・ジョブ》じゃねえ」

悩みの原因を吐《は》き出すように、ゾラはそう言った。

「レベルも途中《とちゅう》で止まっちまった才能も半端《はんぱ》な職人だ。こんな俺に世界で一つだけの素材を任せるよりも、超級職の職人か、鍛冶《かじ》に特化した〈エンブリオ〉を持った〈マスター〉を探した方がライザー坊主のためだぜ」

〈マスター〉と違い、ティアンには個々人に才能レベルの限界がある。

自らの力不足を知るゾラは、それを理由に断ろうとしていた。

職人の腕が足りなければ、希少極まる特典素材を無駄《むだ》にするだけだと知っているから。

『…………』

しかし同時に、世界で一つの素材で装備を作りたいという……職人としての望みもその目の中に見えていた。

ゾラの言葉を聞き、目を見たライザーは……。

『構いません。ゾラさんが作ってください』

言葉を翻《ひるがえ》さず、ゾラに頼んだ。

「だから俺じゃ力不足だと……」

『このマスクを』

ライザーは自分のマスクを指さして、言葉を続ける。

『このマスクを作ってくれたのは、ゾラさんです。向こうで事故に遭《あ》い、役者としての夢を諦《あきら》めた俺が、この世界でヒーローとしての自分でいられるのは、ゾラさんがマスクを作ってくれたおかげです』

ヒーローマスクを作ろうと、最初に決めた理由は後ろ向きだった。

失ったはずの夢、届かなくなった可能性、そうしたものの残照としてマスクを欲《ほっ》した。

けれど、ゾラの手掛けたマスクを着けて、彼は少し変わった。

かつての自分の夢を形にしたマスクは、彼にとって眩《まぶ》しかった。

そうして、マスクを被《かぶ》って気づいたのだ。

今の彼には人を超《こ》えたステータスがあった。自らと共に駆《か》ける〈エンブリオ〉があった。

そして、ヒーローとしての顔がそこにあった。

残照ではない。彼は……今の自分がヒーローになれるのだと気づいた。

ライザーは形になった夢に、叶《かな》えられるかつての夢に恥《は》じない自分であろうと決意した。

そうして彼はマスクを着けて、ゾラ達に手製のヒーロースーツも作ってもらって……ヒーローとして駆け抜け続けた。

人々を守るためにモンスターや野盗と戦い、事件を防ぐべくパトロールをした。

〈マスター〉からもティアンからも、変わった奴《やつ》だと言われはした。

面白《おもしろ》がって時折パトロールに付き合い始めたビシュマルや、彼の噂を聞いてスカウトに来たフォルテスラとも友人になった。

そして、活動を続けるうちに……彼は『ヒーロー』と呼ばれるようになった。

【勇者】ではなく、彼というヒーローもいるのだと、クレーミルの人々に認知《にんち》された。

彼はマスクを得たことで、失くした夢の残照ではなくマスクド・ライザーとして駆け抜けてきた。だからこそ……。

『このマスクと共に身に纏《まと》う装備は……ゾラさんにお願いしたいんです』

「坊主……」

ライザーは迷いなく、ゾラに作成を依頼した。

彼の真摯《しんし》な頼みに、ゾラはしばし悩み、考え、

「……仕方ねえな！　出来が悪くても文句は言うなよ！」

了承《りょうしょう》した。

「よしっ！　こうなったら徹底的《てっていてき》にやってやるぜ！　おい、てめえら！　図案を作るぞ！　今受けてる仕事が終わったら工房全員こっちに集中だ！」

「「へい！　親方！」」

ゾラの呼びかけに、彼の弟子達も笑顔《えがお》で応じる。

彼らもまた、特典素材を使った防具に関《かか》わりたいとは思っていたのである。

「とにかくデザインからだ。ヒーローなら、まずはそこが重要だろうが」

『いえ、ゾラさん達の作りやすいように……』

「バカ言え。お前だけの装備を作るんだ。ヒーローらしくしねえでどうする！」

そう言ってライザーの胸を軽く小突《こづ》きながら、ゾラは笑った。

「つっても、まだ俺達《おれたち》もヒーローらしさが掴《つか》めてないかもしれねえからな！　工房でデザインを出すからライザー坊主が好きなのを選んでくれや！」

『分かりました。……期待しています！』

「あたぼうよ！」

そうして、ゾラの工房は【ヴァルカン】を使った装備の制作に入ったのだった。

一ヶ月近い時間をかけて、ゾラは【噴進竜圧縮遺骸】を装備へと加工した。

装備の名は【ヴァルカン・エア】。【噴進竜】の持っていた特性を引き出しつつ、ライザーの〈エンブリオ〉であるヘルモーズとの同時使用も考慮《こうりょ》された設計だった。

何よりも、それは正にヒーローらしいデザインだった。

あらゆる面でライザーが身に着けるに相応《ふさわ》しい装備だが、一点だけ……問題があった。

「すまねぇ……失敗した」

その装備を手掛けたゾラや弟子達が、悔《く》いるように俯《うつむ》く欠点が存在した。

装備スキル欄《らん》に並んだスキルの一つには、《破損耐性》と書かれている。

特典武具ならば本来持っているはずの自動修復機能。砕かれようと時と共に修復し、持ち主の元に舞《ま》い戻《もど》るそれがこの鎧には、半端にしか備わっていなかった。

《破損耐性》によって装備が壊《こわ》れにくいと書かれているものの、逆に言えば破れもし、損なわれもするということだ。

明記されてしまっていることで、逆にこの装備の耐久《たいきゅう》限界が見えている。

見ようによってはその一点で、特典武具に遠く及《およ》ばないとすら言えた。

「最もしでかしちゃならねえところで、俺《おれ》はしくじっちまったらしい……」

より腕のいい職人であれば、特典武具と同等の修復能力を……失われない力を残せたかもしれないと、ゾラは悔やんだ。

だが、装備を受け取ったライザーの反応はゾラとは異なった。

『いえ、これでいいんです』

「なに……？」

『いつか壊れるからこそ、大切なものもある』

永遠に在り続けるものではない。壊れるかもしれない、失うかもしれない。

だからこそ……掛け替えのないものでもある。

かつて失ってしまった夢のように、その装備はライザーにとって眩《まばゆ》いものだった。

「坊主……その鎧でいいのか？」

『はい。この鎧……スーツは大切にします』

ライザーが迷いなくそう答えると、ゾラは少し間をおいて……笑った。

「……ハハハ！　そうか。クライアントが気に入ってくれたなら、こっちも助かる」

そうして憂《うれ》いが晴れたように、ライザーの肩《かた》を抱《だ》く。

「よし、じゃあその装備ができた打ち上げだ！　飲みに行くぞ！　金は俺が出す！」

ゾラの言葉に弟子達が歓声《かんせい》を上げる。

「うちのガキ共やカミさんも一緒でいいか？」

『もちろんです！』

彼らは笑いあって、ゾラの家族も呼んで、夕暮れのクレーミルの街を歩いていく。

談笑《だんしょう》しながら、一つの仕事の終わりを讃《たた》えて。

それは穏《おだ》やかな……けれど輝《かがや》く日常の光景。

その光景の中にいた人々は。

今はもう、ライザー以外は誰一人として残ってはいない。

この一ヶ月後に……【三極竜　グローリア】という王国最大の災厄《さいやく》が襲《おそ》い掛かったから。

彼をヒーローと呼んでくれたクレーミルの人々も全《すべ》ては……光の中に消えてしまった。

◇

彼は夢を失くした。

彼は大切な人達を失くした。

けれど今もまだ……残っているものはある。

それは――。

◇◆◇

□■王都アルテア・噴水《ふんすい》広場

『ホホホ、どうしたのかしら？　急に動きが悪くなったのではない？』

王都における【レジーナ・アピス・イデア】との攻防《こうぼう》の状況《じょうきょう》は、最悪に近かった。

自らのダメージを配下に飛ばす【レジーナ】。ダメージを飛ばされた【アピス・イデア】は王都のどこかで死に、大爆発《だいばくはつ》を引き起こす。

加えて、ライザー達と相対している『親衛隊』も危険だった。【死兵《デス・ソルジャー》】のジョブを得ている『親衛隊』は死んで爆発《ばくはつ》するまでの行動にも時間的猶予《ゆうよ》がある。

それこそ、ライザー達に特攻《とっこう》を仕掛《しか》けることも……あるいは街の建物に突っ込んで自爆《じばく》テロを敢行《かんこう》し続けることもできる。

王都全体を人質に取られたようなものだ。【レジーナ】への攻撃《こうげき》も迂闊《うかつ》には行えず、ライザーと霞達《かすみたち》、それに〈バビロニア戦闘団〉のメンバーは防戦一方となる。

その中で、ライザーは状況を打破する活路を探し続けていた。

（状態異常ならば……どうだ？）

自身が使った【ジェム】のように、ダメージではなく状態異常で封《ふう》じてしまう手もある。

しかし恐らく、【レジーナ】の動きを封じるだけでは意味がない。【レジーナ】が【凍《とう》結《けつ》】や【石化】で動けずとも、【アピス・イデア】は自由に動き、死《し》に際《ぎわ》に自爆もする。封じた時点で、これまで以上に遮二無二《しゃにむに》な攻勢《こうせい》で王都を攻撃するかもしれない。【レジーナ】を攻撃して倒《たお》せない以上、これを防ぐ手はない。

（【魅了《みりょう》】ならばそれも封じられるが……【魅了】の使い手などそうはいない）

ライザーの知る【魅了】使いはたったの二人。討伐二位のキャサリン金剛《こんごう》と、〈デス・ピリオド〉のルークのみ。

しかしキャサリン金剛はここ暫《しばら》く姿が見えず、ルークは講和会議に赴《おもむ》いている。

（ダメージを与えずに致死《ちし》に追い込む【死呪《しじゅ》宣告】の類は……【ジェム】として流通させることが王国法で禁じられている以上、所持している者はいないだろう）

打てる手は限られ、限られた手も使えない。万事休《ばんじきゅう》すとは、このことだ。

「ら、ライザーさん」

そんな中、タイキョクズを持った霞《かすみ》がライザーに近づき、小声で話しかけてきた。

それはまるで、【レジーナ】に聞かれることを避《さ》けているかのように。

「あ、相手の爆発について、気づいたことがあります」

霞はタイキョクズの盤面《ばんめん》を指差し、指で円を描《えが》くように動かした。

「さっきの攻撃で爆発したのは、ここから半径約三キロ以内の蜂《はち》人間だけ、です……！

街の北側の蜂人間は、ほとんど爆発していません……！」

『……！』

見れば、たしかに【アピス・イデア】の分布には偏《かたよ》りがある。

先の自爆テロを防ぐ前に見たときは街全体に散らばっていた【アピス・イデア】だが、今は南の噴水広場を中心とした範囲《はんい》（正確には新規に【アピス・イデア】を繰り出した噴水周辺を除いたドーナツ状の範囲）のみ、配置が隙間《すきま》だらけになっている。

この爆発して数が減じた範囲……【レジーナ】の半径約三キロが、ダメージを転嫁《てんか》する《コロニー・フォー・ワン》の有効範囲ということだ。

広範囲《こうはんい》だが、範囲は有限。それが分かっただけでも、僥倖《ぎょうこう》だった。

「彼女《かのじょ》を王都から遠ざければ、王都の被害《ひがい》を抑《おさ》えられるはずです……！　けど……」

『……ありがとう』

「それは難……え？」

霞の言葉を遮《さえぎ》って、ライザーは礼を言った。

彼女が何を言いたいのかは分かっていた。

数多《あまた》の【アピス・イデア】を掻《か》い潜《くぐ》って、【レジーナ】の身を王都の外に移すこと。

移される最中の【レジーナ】に、【アピス・イデア】への破壊《はかい》指示を出させないこと。

どちらも困難極《きわ》まるが……霞の情報でライザーには希望が見えた。

そして、ライザーは知っている。

この条件で、この状況で、この困難を――打ち破る術《すべ》は既《すで》にある。

王都を救う切り札は、彼の手の中にある。

ならば、後は……決断するのみ。

『……ゾラさん』

ライザーは懐《ふところ》から小さな立方体を……貴重品用のアイテムボックスを取り出した。

その中に納まっているのは、彼にとって掛け替えのない大切なもの。

今はいない人々との、思い出の品。幾度《いくど》の戦いを越えて……最早《もはや》限界を迎《むか》えている装備。

だとしても――。

『最後の一回、使わせてもらいます』

だとしても――ライザーは使うことを決めた。

『今度こそ……守るために』

そしてアイテムボックスを握《にぎ》りしめながら、彼はあえて言葉にして――その銘《めい》を呼ぶ。

『《瞬間装着《しゅんかん》》――【ヴァルカン・エア】』

直後、彼の装備は一変していた。

それは、特撮のヒーロースーツの如き鎧――【ヴァルカン・エア】。

かつての【噴進竜】の推進機関にも似たパーツを体の各所に装備した、特撮ヒーローのパワーアップした形態にも似た装備。

けれど、その装備はボロボロだ。罅割《ひびわ》れていない装甲はなく、欠けている部位も多い。

幾度の死線を越えてきた証が、【ヴァルカン・エア】には刻まれている。

「ら、ライザーさん！」

「ライザー、お前……その装備は……！」

ラング達、〈バビロニア戦闘団〉のメンバーが声を上げる。【ヴァルカン・エア】がライザーにとってどれほど大事なものであるかを、彼らは知っていた。

だが、止められなかった。使えば確実に砕《くだ》けるそれをライザーが身に纏った意味を……、覚悟《かくご》を……、長く共にあった彼らは悟っていたから。

『なにそれは？　みすぼらしい装備ね。美しくないわ』

相対する【レジーナ】は、ボロボロのヒーロースーツを身に着けたライザーを嘲笑《あざわら》う。

『そんな醜《みにく》い姿で美しいワタシに歯向かうあなたは、何者かしら？』

その問いに……ライザーは答える。

『俺は、ライザー。マスクド……ライザー』

彼は名を答え、

『大切な人達に――ヒーローと呼ばれた男だ』

己《おのれ》にとって最も大事な——己の証明を述べた。

『【勇者《ヒーロー》】？　オホホホホ。《看破》したけれど、あなたは超級職ですらない。詐称《さしょう》にも程《ほど》があるけれど、どちらにしてもそれは負け犬の名よ！』

【レジーナ】は、【勇者】が【疫病王《キング・オブ・プレイグ》】に殺されたことを揶揄《やゆ》して笑う。

ライザーもまた、負け犬という言葉に思うところはある。

かつて強大な敵になす術もなく敗れ、守るべき者を守れなかったとき。

かつて決闘の壁《かべ》を越《こ》えられず、後進に敗れて順位を落としたとき。

かつてギデオンの命運を賭《か》けた戦いの途中で退場し、他者の背に担《にな》わせてしまったとき。

そして、王国の未来が掛かった場に赴く前に敗れ、友と〈エンブリオ〉を砕かれたとき。

己の無力さを感じて敗れたことなど、ライザーにはいくらでもある。

それでも彼は、己の在り方を曲げることだけはしなかった。

『あなた程度が、美しきワタシとあの御方《おかた》の軍団を超えられるとでも？』

その嘲笑《ちょうしょう》交じりの問いにライザーは動じず、臆《おく》さず、言うべき言葉を口にする。

『敵がどれほどあろうとも』

ライザーはゆっくりとその両足を広げ、

『この身が超級職でなくとも』

腰《こし》の重心を落とし、
『幾度敗北を重ねていようと』
両手を動かし、
『それを理由に退くことなど……できはしない』
構えをとる。
『俺は――彼らのヒーローなのだから！』
叫《さけ》ぶ姿は……ヒーローの勇姿に他ならなかった。
彼は夢を失くした。
彼は大切な人達を失くした。
けれど今もまだ……残っているものはある。
それは――彼自身《ヒーロー》。
強大なる悪から弱者を守る――彼という正義の味方《ヒーロー》がまだ残っている。
『そう、愚《おろ》か者《もの》ね。ならば、強がったまま消えるがいいわ!!』

【レジーナ】は『親衛隊』を差し向け、大きく囲うようにライザーを襲わせる。

囲みを破ることはできず、破ろうとすれば連鎖爆発《れんさばくはつ》する。

【レジーナ】は絶対の死地をライザーに与《あた》え、

『――ブーストッ!!』

ライザーは――死地の囲いを飛び越えた。

『ナッ!?』

死地の包囲を飛翔によって突破《とっぱ》したライザーを、驚《おどろ》きの視線で【レジーナ】が見る。

ライザーはヒーロースーツの各所から白煙《はくえん》を噴《ふ》き上げながら、宙を駆ける。

推進力《ブースト》。それこそが【噴進竜　ヴァルカン】の特性であり、彼の〈エンブリオ〉であるヘルモーズの追加アーマーとして設計された【ヴァルカン・エア】の機能だった。

それは強度限界を迎えた今もなお、職人達が設計した力を発揮し続けている。

『あ、【アピス・イデア】!!　この男を止めなさい!!』

ライザーが自分を狙《ねら》っていることを悟《さと》り、【レジーナ】は防備を固めさせる。

接触《せっしょく》は避けられないかもしれないが、ダメージは他の【アピス・イデア】に飛ぶ。

このまま【レジーナ】を配下のいない街の外まで連れ去ろうとしても、【アピス・イデア】自身が壁となって止めるだろう。

想定外の動きを見せられたが、それでも【レジーナ】は自分が死することはないと考えた。

だが、――その想定は覆《くつがえ》される。

なぜなら、ライザーが向かうのは街の外ではない。

『オォッ!!』

『げ、ぐ……!?』

短い雄叫《おたけ》びと共に一瞬《いっしゅん》で距離《きょり》を詰《つ》めたライザーが、【レジーナ】の腹部にそのブーツの右足を減り込ませる。

同時に、ライザーは地を蹴《け》って自らの体を捻《ひね》り、

『【ヴァルカン・エア】……フルッブーストォォォォォ!!』

――【レジーナ】に叩《たた》きこんだその足を天へと向けた。

直後、【ヴァルカン・エア】が全身の推進パーツを最大で稼働《かどう》させ――ライザーは【レジーナ】ごと飛翔する。彼の大切な人達が作り上げた装備は、人の生み出した力《ロケット》の如く――

地上を離《はな》れて天へと昇《のぼ》る。

『……く、ぅ!? あ、あなた……まさか!?』

真上へ、只管《ひたすら》に真上へ。

これこそが最短にして、最も邪魔《じゃま》の入らない方角。《コロニー・フォー・ワン》の範囲外《はんいがい》。

あるいは【アピス・イデア】に指示を下せる範囲外。

ライザーは——高々度の空中で【レジーナ】を倒す心算だった。

『こ、この……その足を……退けなさい!!』

【レジーナ】は悟る。ライザーの上昇《じょうしょう》加速は凄《すさ》まじい。最初の数秒で、既に多くの【アピス・イデア】が彼女の効果の外に……それどころか指示の圏外《けんがい》へと出てしまっている。

このままではダメージを飛ばせなくなり、配下ではなく彼女が死ぬことになる。

『う、美しいワタシがこんなところで死んでいいわけが……ないわぁ!!』

推進力が一点に集中したブーツを腹部にめり込ませながらも、【レジーナ】はアイテムボックスから神話級金属で作られた自らの槍《やり》を取り出した。

そして【アピス・イデア】の武器と同じく強い毒性を持つ槍を、ライザーの頭部目掛《めが》けて突《つ》き込んだ。

零距離《ぜろきょり》では回避《かいひ》のしようがなく、槍は狙い過《あやま》たずライザーの顔面に突き立った。

『やったわ!　……………………え?』

クレーミルの職人が試行錯誤で生み出したマスクは砕けた。

だが、――ライザー自身に傷はない。

槍に対し、強度では大きく劣《おと》るはずのマスクが……着用者の命を守り切った。

それはあたかも、かつてマスクを設計した職人達《たち》の遺《のこ》した奇跡《きせき》とでも言うかのように。

「オオォォオォオッ!!」

『ギィ……!?』

砕けたマスク越《ご》しに、ライザーは吼《ほ》える。【ヴァルカン・エア】が更《さら》なる加速を行い、さらに深くライザーの右足を【レジーナ】にめり込ませながら天へと昇る。

【レジーナ】は腹部に激しい痛みを覚え、手にしていた槍を落とす。痛みを感じた理由は……ダメージを肩代《かたが》わりする配下がスキルの効果圏内に一人もいないということ。

『こ、こんな、ぐごぉ……!』

口から血の泡《あわ》を吹《ふ》きながら、【レジーナ】が焦燥《しょうそう》の声を上げる。

だが、焦燥を覚えているのはライザーも同様だ。

足りない、まだ足りない。

元より限界に達していた【ヴァルカン・エア】は、自らの推進力に耐《た》えきれず砕けていく。

まだ【レジーナ】は倒し切れていない。

このままでは高度が下がり、再び《コロニー・フォー・ワン》の効果圏内に戻ってしまう。

落下すれば【レジーナ】はダメージを全て配下に転嫁する。そうなれば、王都は終わりだ。

切り札を使った彼《かれ》の手にもはや勝機は……。

「……まだだ！」

――否、彼の手には未《いま》だ残されているものがある。

「来い……！」

この世界で彼と歩み続けたものがある。

この世界で彼の喜と怒と哀《あい》と楽の全てを共有したものがいる。

その名は――。

「――ヘルモォォォォォォズッ!!」

その呼びかけに――彼の〈エンブリオ〉は応《こた》えた。


クロノ・クラウンによって破壊された〈エンブリオ〉が、再び目を覚ます。

物言わぬ無機物なれど、奇跡の如く、必然の如く、今この時に蘇《よみがえ》り、主に応える。

それこそが……〈エンブリオ〉とでも言うように。

そして一人と一体と一着は一つとなって、加速する。

ライザーと、ヘルモーズと、砕けゆく【ヴァルカン・エア】の全てを重ねた最終飛翔《ひしょう》。

三位一体《さんみいったい》の加速に、世界が線となって地上へと流れていく。

「《ライザァァァァァ――》」

声が声をなさぬ極限空間で、ライザーは吼える。

「――反天ッ――」

最後にして最強の蹴撃を叩きこみながら、遥《はる》か上空へ一直線に駆け上る。

「――キィイイイイック》!!」

そして彼は――ヒーローの如く――貫《つらぬ》いた。


ヘルモーズと【ヴァルカン・エア】の轟《とどろ》きと共に、音と世界を彼方《かなた》へと置き去りにして。

『こん、な……』

彼らの果てなき飛翔に、【レジーナ】は至らない。

その一瞬に辿《たど》り着くよりも早く……彼女の胴体《どうたい》は分断されていた。

この空に、彼女がダメージを流せる配下などどこにもいなかった。

『こ、こんな……う、美しいワタシが、こんな、こんなところで……』

ＨＰがゼロへと減少していく彼女の体に変化が生じ、体の内側から赤い光が溢《あふ》れ出す。

『ああ、嘘《うそ》……嘘……』

それは、彼女が誰《だれ》よりも知っているもの。

【蟲将軍《バグ・ジェネラル》】の最終奥義《おうぎ》、《イーブン・ア・ワーム・ウィル・バーン》。

彼女も人体改造によって魔蟲《まちゅう》と化した改人である以上、その発動からは逃《のが》れられない。

『こんな……こんな⁉』

あたかも、彼女が王都で使い潰《つぶ》した【アピス・イデア】達の報《むく》いであるかのように。

『こんなの……間違《まちが》ってるわぁぁぁぁぁぁぁあああああ⁉』

断末魔《だんまつま》の叫びを放って、【レジーナ・アピス・イデア】は王都の上空で爆散した。


真下から幽《かす》かに聞こえた爆音《ばくおん》を聞きながら、ライザーは一言だけ呟《つぶや》いた。

「……今度は、守れたか」

戦いを終えたヒーローは……空の彼方で静かに意識を失った。

穏やかに、満足そうに……。

第二十話　キョンシーとミイラの炎舞

□■王都アルテア・王城内

　王都が【アピス・イデア】によって混乱の渦中《かちゅう》にあるとき、王城はそれをも上回る窮地《きゅうち》に陥《おちい》っていた。正門を破って城内に押《お》し入った【炎　王《キング・オブ・ブレイズ》】フュエル・ラズバーン……否、【イグニス・イデア】により、城内は次々に炎上《えんじょう》していく。

　加えて、【イグニス・イデア】以外にも二体、蜘蛛《くも》と蝙蝠《こうもり》の改人が城内の衛兵を殺傷しながら個別に行動している。近衛騎士団《きしだん》をはじめとしたティアンの騎士が応戦しているが、戦力の差は著《いちじる》しい。城下から王城に駆け付けた〈マスター〉達が、三体の改人に殲滅《せんめつ》されていることからも察せられる。

　あるいはアルティミアがこの王城にいれば、話は別だったかもしれない。

　彼女であれば、三体の改人とも戦えたかもしれない。

　あるいは先の戦争で命を落とした【天　騎　士《ナイト・オブ・セレスティアル》】や【大賢者《アーチ・ワイズマン》】が生きていれば、とも言える。

だが、その誰もがいない今、アルター王国の王城は落城の危機に瀕《ひん》していた。

(――潜入《せんにゅう》成功)

その最中に、王城へと侵入《しんにゅう》する者がいた。

侵入者の名は――【盗賊王《キング・オブ・バンディット》】ゼタ。

(《コードⅢ：ミラージュ》は継続《けいぞく》起動中。スキル発動を阻害《そがい》する仕組みはないか、機能を失っている)

自らの気配をジョブスキルで消し、加えて〈エンブリオ〉のスキルで光学的にも見えなくなったまま、混乱する王城に気づかれることなく忍《しの》び込んだ。

本来であれば王城に張り巡《めぐ》らされた魔術的《まじゅってき》な警戒《けいかい》システムが機能するはずだが、三体の改人の襲撃《しゅうげき》……特に魔力《まりょく》伝達設備を中心に攻撃している蝙蝠の改人によって広範囲が潰されている。それゆえ複数のスキルを並列起動して潜入した彼女に誰も気づかず、そもそも気づく余裕《よゆう》などない。

(やはり、戦力的には申し分なく使える)

自らが放った改人の働きを確認《かくにん》しながら、ゼタは数ヶ月前の出来事を……ラ・クリマから改人を預かった時のことを思い返した。

◇
◆

【魂売《ソウル・バイヤー》】ラ・クリマ。裏社会のビジネスで名が知られた〈マスター〉の一人であり、武器商人の【器神《ザ・ウエポン》】ラスカル・ザ・ブラックオニキスと双璧《そうへき》をなす人物。

そしてラ・クリマは、二人一組でもある。

一人は車椅《くるまい》子《す》に乗った女性。つばの広い白い帽子《ぼうし》を被り、白いドレスを着て、目を含《ふく》む顔の上半分を白い包帯で覆《おお》った……『白い』という印象の女性。包帯に覆われていない顔の下半分の造形は、数多の者が『美しい』と評するだろう。

もう一人は車椅子を押す男性。二メテルを超す巨躯《きょく》の全てを黒い革《かわ》のベルトでミイラのように包み込み、顔までもベルトに隠《かく》された……『黒い』という印象の男性。

どちらかが〈マスター〉で、どちらかが操《あやつ》られたティアンの改人《イデア》と思われているが……答えを確定させたモノが無事であった試《ため》しはない。一種のタブーだ。

そんなラ・クリマが扱う商品は、改造奴《ど》隷《れい》。

ラ・クリマの〈超級エンブリオ《スペリオル》〉はチャリオッツとガードナーの亜《あ》種《しゅ》複合ハイエンドであるTYPE：アドバンス・レギオンにして、人体改造に特化した【真像改竄《かいざん》　イデア】。

数多のティアンを改造し、優《すぐ》れた奴隷として裏社会で売り捌《さば》き続けている。

死の商人と仲間にさえ揶揄されるが、かつてラ・クリマは真面目《まじめ》な顔でこう言い返した。

「死の商人？　おかしなことを言うものですね？　私がしていることは、その人の才能を発揮させ、活躍《かつやく》の場を、全霊《ぜんれい》で生きる機会を与えているのです。言うなれば真逆……『生の商人』と呼ばれるべきなのでは？」は？」

それがブラックジョークならば揶揄した仲間……ガーベラも笑えただろうが、本人が一切《いっさい》の含みなくそう言っていたので何も言えなくなった。

二人分の口からずれて発される言葉遣《ことばづか》いも含め、犯罪者の巣窟《そうくつ》である〈I　F《イリーガル・フロンティア》〉のメンバーの中でも浮《う》いた人物であった。

しかし、そんなラ・クリマの姿や言動までは世間に広まっていない。ラ・クリマの奴隷売買は部下……改人が代行しているため、取引相手ですらラ・クリマの顔を知らない。

容姿不明のまま指名手配され、カルディナにいた頃《ころ》は〈セフィロト〉に命を狙われて【殲滅王《キング・オブ・ターミネーター》】と【放蕩王《キング・オブ・ゴージャス》】に居所を消し飛ばされても、生き残って天地に渡《わた》るほどに神出鬼没《しんしゅつきぼつ》。

二人一組の姿すら、二種類の人間にしか知られていない。

一つは、仲間。指名手配の〈超級〉で構成されたクラン、〈I　F〉の中核《ちゅうかく》メンバー。

もう一つは、素体。イデアの分体だけを運ばせての遠隔《えんかく》改造ではなく、自らが直接入念に改造を施《ほどこ》すティアンの超級職《スペリオル・ジョブ》相当の素体の前にはその姿を現す。

今回の王都襲撃に投入された改人のうち、【レジーナ・アピス・イデア】をはじめとする四体はラ・クリマとの面識がある。

そんな特別製とも言うべき四体の改人を預かるため、ゼタはラ・クリマと直接接触した。

「質問。聞いておかねばならないことがある」

場所は黄河《こうが》の南の港町、時期は彼女が先々代【龍帝《ドラゴニック・エンペラー》】の秘宝である宝物獣《ほうもつじゅう》の珠《たま》を盗《ぬす》み出し、カルディナ以西で活動する直前のことだ。彼女の前には、現在の活動拠点《きょてん》である天地からわざわざ彼女の前に出向いてきたラ・クリマ達の姿があった。

ラ・クリマは既に四体の超級職素体改人と、【レジーナ・アピス・イデア】の手駒《てごま》である【アピス・イデア】を封入《ふうにゅう》した【ジュエル】をゼタに手渡《てわた》している。

加えて、別の場所に派遣《はけん》している三体も別件が済み次第《しだい》、彼女に合流するという。

しかし、その三体は【光王《キング・オブ・シャイン》】エフとの戦いで撃破《げきは》されることになるのだが……それはまた別の話だ。

「「何でしょう?」う?」

「説明。四体の超級職素体改人のコンセプトと運用方法について聞かせてください」

「それは説明の必要がありますね」

揃《そろ》って頷《うなず》いて、ラ・クリマは話し始める。

「【レジーナ】については【蟲将軍《バグ・ジェネラル》】としてのスキルを活《い》かすように準備をしました。ですがそれは配下の【アピス・イデア】に関するものがほとんどで、【レジーナ】自身にはほぼ手を加えていません。【アピス・イデア】への指揮能力を高めたこと。それと多少のステータス上昇と共に、自身のスキルが乗るように種族を魔蟲に変更《へんこう》した程度です」

「質問。なぜですか？」

「本人の希望で外観に手を加えられなかったからです。イデアの改造は肉体構造のリデザインです。外観重視の奴隷はもちろん、戦闘《せんとう》用でも詰め込んだ分だけ外観に変化が生じます。それゆえ、外観に変化を出せない範囲では出来ることは限られています」

「再度質問。なぜ、素体の希望を通したのですか？」

「約束でしたから」

「納得《なっとく》」

ゼタはラ・クリマの発言に納得した。

このラ・クリマという人物は、外道《げどう》を外道と思わず、倫理《りんり》が破綻《はたん》していても気づかぬ人物であるが……約束というものは守ると、ゼタは知っている。

正体を含めて嘘をつかない訳ではないが、約束は守るのである。

「次」

「「はい」い」

二人のラ・クリマの姿を見て何事かを思い出しながら、ゼタは続きを促《うなが》した。

ラ・クリマは彼女の言葉の間を気にした風もなく、説明を続ける。

「「【アラーネア】は上位 純竜《じゅんりゅう》クラスの蜘蛛を素材として体組織に混ぜ込み、改造前は道具を介《かい》していた強力な毒物と拘束《こうそく》能力を、自前でほぼ無尽蔵《むじんぞう》に出せるようにしました。原料は体内に埋《う》め込んだアイテムボックスからの自動供給、自動生成です」す」

そうして【猛毒王《キング・オブ・ヴェノム》】――【アラーネア《蜘蛛》・イデア】と、

「「【ウェスペルティリオー】は感覚器官の強化と無視界化能力の付与《ふよ》です。暗所を自ら作ることで強制的に未発見状態を形成し、奇襲《きしゅう》成功率とその継続性《けいぞくせい》を上昇させました。また、魔力感知の機能も持つため、対生物や魔力関連設備へのレーダーの役割も果たします」す」

【奇襲王《キング・オブ・レイド》】――【ウェスペルティリオー《蝙蝠》・イデア】の説明を行った。

いずれもスペックからすればティアンの超級職であった頃を凌駕《りょうが》している。

各々《おのおの》が改造前から持っていた力を、外付けの力でさらにグレードアップさせている。

喩《たと》えるなら、それこそティアンに〈エンブリオ〉を持たせたようなものだ。

それも〈マスター〉よりも技量面で秀《ひい》でるティアンの超級職に、である。

総戦力ならばともかく、個人戦闘力《せんとうりょく》ではこの二体は【レジーナ】を遥かに凌駕している。

だが、この二体であってもゼタに提供した四体の中で最強とは言えない。

「「そして【イグニス】は現状の魔法《まほう》系改人の最高性能です。改人全体でも【フェルム】と【カントゥス】に次ぐ性能です」す」

【イグニス・イデア】――【炎《炎》王】フュエル・ラズバーンをラ・クリマはそう評した。

「「改造は本人のリクエストがありました。【大賢者】を上回る魔力、だそうです」す」

「確認。それは可能な案件ですか？」

「「手法は簡単でした」た」

王国の生きた伝説であった【大賢者】を超《こ》えることを「簡単」と言ったラ・クリマは、

「培養《ばいよう》した【生贄《サクリファイス》】奴隷の脳中枢《ちゆうすう》と心臓を一〇基、体内で繋《つな》げました」

あっさりと……そう言ってのけた。

「「モンスターの機能を移植するのと同じく、MP供給源としての接続です。予想外だった点は、ステータス上はMPが全て【イグニス】のものとして処理され、最大MPまでも上昇していることです。脳は思考部位を排除《はいじょ》しているので、個人ではなく【イグニス】の臓器の一部と認識《にんしき》されているのかもしれません。それでも【生贄】のジョブを持たせ続けた上で、そうなっているのは私としても意外でした。別個に他《ほか》のジョブのティアンで試験を行いましたが、そちらは思考部位を切除した時点で組み込まれた側のジョブが消失、あるいは消失せずともステータスの統合はされませんでした。【イグニス】の件は、【生贄】というジョブ自体の特性かもしれません。なお、今回の施術《しじゅつ》で懸念《けねん》される臓器接続の拒絶《きょぜつ》反応はイデアでクリアしていますが、少しでも拒絶を減らすために血液型は合わせました。お陰《かげ》で、B型の【生贄】奴隷が今品薄《しなうす》で……ああ、それは別に不要な話ですね」ね」

報告すべきと考えた情報ゆえか、ラ・クリマはペラペラと長広舌《ちょうこうぜつ》をふるう。

その内容が想像するだけで吐《は》き気《け》を催《もよお》すものであると、考えもしないかのように。

ゼタは言葉にはしないが、ラ・クリマのこういった部分が恐《おそ》ろしいと感じている。

これが創作物の中に出てくるマッドサイエンティストのように、被験体《ひけんたい》へのサディズムや狂《くる》った素振《そぶ》りを見せてくれれば、まだ恐ろしくない。そういう輩《やから》だと理解できる。

しかし、ラ・クリマは二人の人間が重ねて喋《しゃべ》る点を除けば、徹頭徹尾《てっとうてつび》、真面目かつ誠実な話し方をする。どれほどに血に塗《まみ》れた話題でも、それを一切特別と思っていないように。

そうした点は、オーナーであるゼクスにも近い部分があるが……。

（……今更《いまさら》ですね）

〈IF〉とはこういう人間の集まりだ。誰も彼も、リアルで手に入らないものを〈Infinite

Dendrogram〉に求めている。ゼクスは『目的』を。ラ・クリマは『愛』を。ガーベラは言葉にはしないが『特別な自分』を。

無論、ゼタ自身もそうだ。求めるものがあるから、〈Infinite Dendrogram〉にいる。

あるいは、他のメンバーよりも大きいかもしれない。

そうした求めは大なり小なり誰にでもあるだろうが、〈IF〉のメンバー……指名手配の〈超級〉達は、求めるもののために他者を害することを厭《いと》わない。

だからこその指名手配であり、だからこその〈IF〉である。

『〈IF〉である自分がラ・クリマの倫理《りんり》観《かん》に口出しするのも滑稽《こっけい》』と、ゼタは考えた。

「「話を戻《もど》しますが、【生贄】奴隷はそれぞれにMPが伸《の》びるように改造を施してあります。加えてラスカルから提供のあった先々期文明のMP増強アイテムも組み込みましたから、【イグニス】のMPは〈超級〉の魔法職よりも高いはずです」す」

ラ・クリマはそう言ってから、何かに気づいたように言葉を足す。

「「ああ。もちろん【地神《ジ・アース》】は別です」す」

「例外。あれが例外であることなど言われずとも理解しています」

それこそ〈UBM〉を含めてすら、【地神】以上は存在しないと断言できる。

「数値。それで【イグニス・イデア】のMPはどの程度に?」

話を切り変えるようにゼタが質問すると、

「――数値は九、八、〇、〇、万です」す」

やはりあっさりと、ラ・クリマはそう述べた。

「…………え？」

思わず、ゼタの口から素の言葉が洩《も》れた。

ティアンは高レベルの魔法系超級職でもMPは一〇〇万がやっと。〈エンブリオ〉の補正がある〈マスター〉でも、例外を除けば精々その二、三倍だ。

それが、九八〇〇万。明らかに、桁《けた》がおかしい。

「魔法の威力《いりょく》はMPの最大値に正比例ではないものの、ある程度比例します。加えて、魔法の発射器官として腕《うで》を増やしました」た」

そしてそんなものを作り上げたラ・クリマは、興奮する様子もまるでなく、当たり前のようにこう締《し》めくくった。

「【イグニス】は【地神】を除けば最も強力な魔法発射装置です。城塞《じょうさい》一つ焼き尽《つ》くすことも容易《たやす》いでしょう」う」

◇◆

□■王都アルテア・王城内

記憶《きおく》を振《ふ》り返って、『城塞一つ焼き尽くすのも容易い』という謳《うた》い文句《もんく》を思い出したゼタは、静かに息を吐いた。このままでは本当にそうなりかねないからだ。

（まだ早い）

クラウディアからの依頼《いらい》を考えれば、はっきり言って城が丸ごと燃えてしまった方が分かりやすいだろうが、それではゼタが困る。

（私個人の目的は、王国に持ち込まれた一〇個の珠）

それはツァンロン達、黄河の使節団が王国に持ち込んだもの。

婚姻《こんいん》同盟を交《か》わした証として王国に贈与《ぞうよ》する、〈UBM〉を封《ふう》じた珠。

（黄河が贈与する一〇個を検討するべく宝物庫を開いたタイミングで、七個は盗めた。けれど、それ以上は私でも盗めなかった）

先々代の【龍帝】が遺した魔術式《まじゅつ》トラップを満載《まんさい》した宝物庫。【盗賊王】であるゼタをして、盗難《とうなん》は容易とは言えなかった。

（だから今、宝物庫の外に出ている珠を回収する）

〈ＵＢＭ〉の特典の使い道は大きい。〈ＩＦ〉のメンバーの適性に合わせて分配することはもちろん、新メンバーであるローガンの悪魔召喚用《あくましょうかんよう》のコストにもできる。

また、カルディナで行っているように混乱の種ともなりえる。

何ができるか分かっている上に封印《ふういん》で衰弱《すいじゃく》した一〇体の〈ＵＢＭ〉。

価値は非常に大きく、〈ＩＦ〉……【盗賊王】ゼタがこれを無視するなどありえなかった。

（可能性が高かったのは黄河の皇子が滞在《たいざい》している迎賓館《げいひんかん》。けれど、そちらはハズレだった。だとすれば、皇子自身が持っているのか……あるいは既《すで》に譲渡《じょうと》を済ませているのか）

どちらにしても、皇子であるツァンロンならば知っている情報だ。

（場内が混乱の渦中にある今、皇子達も避難《ひなん》しているはず。その避難先に忍び込み、皇子か……あるいは皇子の婚約者《こんやくしゃ》である第二王女を人質《ひとじち》に珠の情報を引き出す）

方針を決めて、ゼタはツァンロン達の居場所へと向かう。襲撃によって魔力の供給が途《と》絶《だ》えて薄暗《うすぐら》くなった廊下《ろうか》を歩み、王城の奥《おく》へと向かおうとして、

——直後に真横に跳《と》んだ。

——寸前まで彼女《かのじょ》のいた空間を超音速《ちょうおんそく》で伸長《しんちょう》する金色の〝何か〟が貫く。

（これは……）

金色の〝何か〟は避《さ》けた彼女を追うように急角度で曲がって追尾《ついび》してくる。

ゼタは目視で回避しながら、金色の――伸長する義手が伸びてきた方向を見る。

彼女がいる薄暗い廊下の奥に、一つの人影《ひとかげ》があった。

いや、それは人影とは言えないかもしれない。

王城の高い天井《てんじょう》を擦《す》るほどに長い姿は、異形である。

異形の影は、金色の腕を縦横無尽《じゅうおうむじん》に走らせながらゼタを狙う。

いや、あるいは狙ってはいないのかもしれない。初撃はゼタを捉《とら》えていたが、続く攻撃《こうげき》は《コードⅢ《光学迷彩》》で隠れたゼタの姿を見失っているようだ。

それでも廊下という狭域を網羅《もうら》するように動く義手の連撃は、偶然《ぐうぜん》に彼女を捉えても不思議ではない。

ゆえにゼタは回避に専念し、その全《すべ》てを回避。

しかし、義手の側面――貼《は》りつけられた【符】から何条もの熱線が迸《ほとばし》った。

(回避は可能。いえ、これの狙いは……)

火属性魔法である熱線をゼタは回避するが、回避した瞬間《しゅんかん》にそれの狙いが攻撃を当てることではないと知る。

「――このやり方で迷彩が解けたカ。お前の手の内が少し、見えたナ」

異形の影は、変声器にかけたような声でそう呟いた。

その言葉通り、ゼタの姿を光学的に隠していたスキルの効果は切れかけている。

火属性魔法で周囲が炎上し、周辺の気温が上昇したことが原因だ。

彼女の〈エンブリオ〉の能力は、コントロールの繊細《せんさい》さゆえに外部からの急な環境《かんきょう》変化には即応《そくおう》できない。数あるスキルの中でも最も微調整《びちょうせい》が必要な《コードⅢ》は、急激に変化した気温によって調整が追いつかなくなっている。

文字通り、炙《あぶ》り出されるようにゼタの姿が歪《ゆが》んだ像となって見えていた。

（ある程度、あたりをつけられていると見るべきですか）

彼女に関する噂《うわさ》と、先のローガンとの決闘《けっとう》。

それらの情報から、敵手がゼタの〈エンブリオ〉の正体を予測していると推測した。

ゆえに、彼女は観念して光学迷彩を解いたが……姿を現したのは彼女だけではない。

燃え盛る炎に照らされて、異形の影もまたその姿を露《あら》わにする。

「――【尸解仙《マスター・キョンシー》】迅羽《じんう》」

「――お前は【盗賊王】ゼタだナ？」

ゼタの前に立つのは、王都の残留戦力として第一級の警戒対象であった人物――黄河の〈超級〉である迅羽だった。

迅羽の方も、一時期はドライフのランカーを務めていたゼタの顔を知っている。

そして両者共に……危険な敵だと認識していた。

炎に照らされる廊下で、迅羽とゼタは向かい合う。

互《たが》いに相手の動きを警戒しながら、迅羽から言葉を投げかけた。

「お前がここにいるってことは、この襲撃は皇国の差し金かヨ？ やりたい放題過ぎるゾ」

「反問。あなたの質問の正誤は答えませんが、こちらからは聞きたいことがあります。……どうやってお気づきに？」

気配を消し、姿も隠していたゼタの侵入にどうして気づけたのかと、問いかける。

「ア？ 気配もないし姿も見えねえけど、空間の上を動いてんだろうガ。オレは、そういうのには敏感《びんかん》なんだヨ」

「……納得」

限定的とはいえ、空間転移攻撃スキルを有する〈超級エンブリオ〉。

それゆえ、迅羽が用いる【符】には空間サーチ系の魔法も含まれる。どちらかと言えば【陰陽師《オンミョウジ》】が得手とする手法だが、【尸解仙】にもできないわけではない。

今回は城内の探知を行った結果として、不自然な動き……この窮地で慌《あわ》てふためく城内において静かに動きすぎているゼタを発見したのである。

「意外。それにしても意外です。あなたは改人の迎撃《げいげき》に出ると考えていたのですが」

「いであってのは入り口付近で暴れてる連中カ？　あんなに派手にやってたら、オレじゃなくても陽動と疑うゼ。まぁ、城を守る人達はあれを放置もできねえだろうけど……オレの役目は城を守ることじゃねえからサ」

今しがた、ゼタを炙り出すためとはいえ城の一部を燃やした迅羽は、

「オレの役目は、ツァン達を守ることだからナ。——起動」

そう言って——先の義手での攻撃中に廊下中に撒《ま》かれた【符】を起動させた。

不意打ちのように、下方からゼタに向けて殺到《さっとう》する熱線。

「把握《はあく》」

ゼタはその布石に気づいており、発動の瞬間を見極《みきわ》めて身を翻《ひるがえ》し、回避する。

だが、同時に迅羽の両腕《りょううで》も動いており、廊下の両側に沿うように超音速で伸長した。

その両腕の内側には、無数の攻撃用の【符】が張り付き——ばら撒かれた【符】と合わせて廊下全体を蹂躙《じゅうりん》するように熱線を照射する。

フィガロと戦った闘技場《とうぎじょう》と違《ちが》い、廊下という限定的な空間。

照射された熱線の網《あみ》には、人一人分のスペースさえもない。逃《に》げ場《ば》なき蹂躙にゼタは、

「《コードⅡ：シェルター》」

逃げることをしなかった。

半秒後、彼女に向けて無数の熱線が突き刺《さ》さる。

人体を穴だらけの炭クズにすることも容易な熱線の集中砲火《ほうか》。

だが、……それは届かなかった。

ゼタに届く前に、見えない壁《かべ》にぶつかったかのように熱線が阻《はば》まれている。

迅羽の攻撃を防いだ直後、ゼタは攻勢《こうせい》に出た。

「《コードⅠ：フォーミング》、《コードⅣ：アーティラリィ》」

「ッ！」

咄嗟《とっさ》に、迅羽は左足のテナガ・アシナガを自分自身に巻き付ける。

直後、周囲三六〇度から一斉《いっせい》に迅羽へと攻撃が届いた。

それらはいずれも鋼鉄すら貫通《かんつう》しかねないほどの圧力があったが、〈超級エンブリオ〉のテナガ・アシナガを貫くには至らない。

だが、その攻撃の問題は威力ではなく……。

（……見えねえ）

全方位から襲《おそ》い来る攻撃の全てが透明《とうめい》であり、まるで見えなかったことだろう。

いや、目を凝《こ》らせば見えるものがある。陽炎《かげろう》のように、部分的に空間が歪んでいる。

（これは……空気弾《だん》か）

風属性魔法などでも見られる、圧縮空気を打ち出して物体を粉砕《ふんさい》する空気弾。

そして彼女が使ったのは魔法ではなく、〈エンブリオ〉のスキル。

であれば、やはりゼタの〈エンブリオ〉は……。

「……、……？」

己《おのれ》の推測を口にしようとして、迅羽は言葉が声にならないことに気づく。

（真空状態……）

いつの間にか、廊下を照らしていた炎も消えている。

彼女達《かのじょたち》のいる廊下からは、ゼタの用いる空気弾以外の空気が完全に失われていた。

加えて、圧力差で外部から空気が流れ込んでくることもないようだ。

（アンデッドのオレだから空気がなくてもいいが、他の奴《やつ》だとこれだけの猛攻《もうこう》の裏でこんな小細工されたらそれで詰《つ》むかもな）

【尸解仙】であり、アンデッドの欠点なく利点をもつ迅羽であるゆえにこの状態でも問題なく活動できる。迅羽は真空を気にも留《と》めず、義手による攻撃を継続する。

対してゼタは義手を回避……あるいは見えない壁で弾《はじ》いて直撃《ちょくげき》を避ける。

「変更」

ゼタも真空に効果がないことを理解したのか真空状態から別の戦術へと切り替《か》える。

その切り替えは、迅羽の目から見ても明らかだった。

廊下に配された金属製の明かりやドアの金具といったものが全て、急速に錆《さ》びていく。

(こいつ……今度は酸素濃度《のうど》を引き上げやがった)

純粋《じゅんすい》な酸素は、自然界においても極《きわ》めて強力な酸化剤《さんかざい》。

数多《あまた》の物質を侵《おか》し、強制的に化合物を作り出す。

迅羽は自身の装備にその腐食《ふしょく》効果が起き始めていることを察する。

また、酸素には助燃の働きがあるため、迂闊《うかつ》に火属性魔法も使えない。直前に真空状態になって廊下の火が消えていなければ、今頃《いまごろ》は正門同様に大炎上していたことだろう。

(あの全身包帯、ファッションってだけじゃねえな。気圧や大気組成の変化に自分が巻き込まれないように、包帯の内側に宇宙服か潜水服《せんすいふく》に相当する装備を身に着けてると見た)

だが、これでゼタの〈超級エンブリオ〉の正体は明らかとなった。

「光学迷彩、見えない壁、空気弾、真空、酸素の充満《じゅうまん》……。お前の〈超級エンブリオ〉の能力、空気を操作することだロ」

火属性魔法の使用を避けて、義手での攻撃と義足での防御《ぼうぎょ》を続けながら迅羽は述べる。

「空気の屈折《くっせつ》をコントロールしての光学迷彩。真空と空気の層を何層にも重ねた断熱。圧縮空気の壁。全方位からオレを攻撃した空気弾。真空やその逆の酸素充満。露骨《ろこつ》過ぎるゼ」

「…………」

迅羽の言葉に、ゼタは包帯に隠された顔を少しだけ驚《おどろ》きの表情に変えた。

「ここまで立て続けにあれもこれもと使われれば、オレじゃなくても気づくサ。だが、気づかれたところで問題はないんだロ？」

ゼタの〈超級エンブリオ〉が迅羽の推測通りならば、気づかれたところで弱体化するわけではない。人が生きている限り、空気を排《はい》することなどできないのだから。

かつてシュウと戦ったガーベラのアルハザードのように、『そういう〈エンブリオ〉がある』と判明した時点で脅威《きょうい》が半減するものとは違う。

能力のタネを知られたところで、問題がない類だ。

「この〈エンブリオ〉、単純な操作だけじゃなくて空気の組成までいじれるからナ。できることの幅《はば》が恐ろしく広いゾ。さっきから使ってるスキルだって、同じようで別物ダ」

熱線を防御した断熱用のものと、迅羽の義手の攻撃を防ぐ見えない壁——シルバーの圧縮空気防壁《ぼうへき》のように物理的な防御力《ぼうぎょりょく》に特化したもの。（正確には圧縮で光を通さなくなった空気をカモフラージュするように、《コードⅢ》を重ねて透明化《とうめいか》している）

それらを、ゼタはあっさりと使い分けている。

「けど、空気をなくしたり、逆に酸素だけを増やしたりしてはいるが、毒ガスを作ってるわけじゃねえナ。元からある空気を動かして、コントロールしているだけなんだロ?」

純粋な酸素が充満した空間と言うよりも、酸素以外を分けて圧縮空気の壁や空気弾として固めているのだろうと迅羽は察した。

逆を言えば、存在する空気をコントロールする分には殆《ほとん》ど何でもできるということだ。

どんな相手とも戦える、万能型《ばんのうがた》の〈超級〉。

迅羽自身もスタイルとしてはそうだが、ゼタの万能さは迅羽を超えているかもしれない。

加えて、そのコントロールも絶妙《ぜつみょう》だ。推測を語ったこと……能力を看破したことで動揺《どうよう》を誘《さそ》ったのだが、空気の壁も砲弾《ほうだん》も、まるで動きが乱れない。

ゼタ自身も常に動き、迅羽の必殺スキルに注意を払《はら》い続けている。

(幸いなのは、これだけじゃオレを仕留めきれないってことか)

空気砲を連射する《コードⅣ》は、迅羽の防御を破るほどではない。防御の壁も、迅羽の攻撃を完全に弾き返すほどではない。万能性ゆえに、出力が低い。

そして、対生物には決め手となるだろう真空状態や毒性の空気は迅羽には通じない。

このまま戦い続ければ、いずれは迅羽が勝つだろうが……。

(〈エンブリオ〉自体は、あいつの盗賊としての行動や戦闘を補助する意味合いが強い。となると、戦闘での決め手は別にある)

〈マスター〉の戦いは〈エンブリオ〉だけで決まるわけではない。

（【盗賊王】の奥義。決闘で触《ふ》れた相手の心臓を抜《ぬ》いたスキルもある。あいつ自身を近づけるのはやばい。加えて、もう一つ……詳細《しょうさい》の一切分からない超級武具も持っているはずだ）

【盗賊王】の奥義については、迅羽も文献《ぶんけん》で調べていた。

奥義の名は、《アブソリュート・スティール》。

触れたモノの内側にある物体を盗み出すスキル。アイテムボックスに使えば盗難対策に関係なく任意のアイテムを、生物に使えば臓器をも容易に盗む。

（空気をコントロールして相手に見える像を撹乱《かくらん》、気づかれずに接近して心臓を抜く……くらいはできるはずだ。そもそも、オレじゃなければ真空や有毒気体で体勢を崩《くず》し、強制的に隙《すき》を作らされてそうなっていた）

実際、皇国の決闘ではローガンが毒性気体と局所真空の組み合わせで行動不能に陥り、奥義で心臓を抜かれている。

（必殺の一手に繋がるまでの流れを自由に作れる……と考えるとこの〈エンブリオ〉の万能性はやっぱりやべえ）

基本的に、迅羽は相手に何ができるかを想定し、その上で自身の戦術を考え、相手を追い込んで仕留めていく。〈エンブリオ〉のデータが少なかったフィガロ相手に後《おく》れをとりはしたが、彼女の戦術眼と状況《じょうきょう》対応力は優れたものだ。ゼタに対しても、〈エンブリオ〉で何ができるかを考え、相手が自分を倒《たお》すために何をしてくるかを冷静に分析《ぶんせき》していた。

「…………」

そして相対するゼタもまた、絶対にゼタを近づかせまいとする動きから、迅羽がそこまで読んでいることを察した。

「……疑問。あなたはまだ子供だと思いましたが、どこでそんな知識や戦術眼を」

「ハッ！　こっちで何年も過ごしてりゃ、普《ふ》通《つう》に知識の一つや二つ増えるってノ！」

「当然。言われてみれば当然ですね。精神年齢《ねんれい》も肉体年齢より先に進むはずですから」

それにしては己が指導しているローガンは実年齢と精神年齢が離《はな》れていない、とゼタは少し思った。迅羽と彼《かれ》のどちらが健全な精神年齢かは、議論の余地もあるだろうが。

「関心。過ごした時間による精神の成長はあるべきか否《いな》か。一つのテーマになりますね」

「オレの精神年齢のことはともかくよ、その口調はいい加減やめろヨ。うぜエ」

「…………」

己のアイデンティティの一部である口調を『うぜえ』の一言でバッサリと切られ、包帯の内側で少しだけゼタの頬《ほお》が動いた。

〈ＩＦ〉のメンバーからも沈着《ちんちゃく》冷静なイメージをもたれることの多いゼタではあるが、ラ・

クリマの説明に驚いていたように、感情がないわけではない。

むしろ包帯で顔を隠さなければポーカーフェイスを作れない程度には、感情がある。

「……阻止《そし》。そう思うなら自力で止めてみせればいいでしょう」

「そのつもりだヨ！」

伸長していた迅羽の右腕《みぎうで》がゼタ目掛《めが》けて突《つ》き進《すす》む。

ゼタはそれを空気の壁で防御しようとして……咄嗟に回避《かいひ》行動へと切り替えた。

直後、空気の壁をものともしないように、迅羽の右腕が閃《ひらめ》いた。

その右腕の刃《やいば》は爪《つめ》ではなく、握《にぎ》られた短剣《たんけん》。超級武具【応龍牙《おうりゅうが》　スーリン・イー】。MPを込めるほどに威力を増す特性と防御を貫《つらぬ》く力を以《もっ》て、ゼタの空気防御を貫いたのである。

初手から使わなかったのは、使用に際してMPを消耗《しょうもう》するためだが、それを使ってでも短時間での決着に切り替えた。

膠着《こうちゃく》状態のどこかで相手の奥義《おうぎ》が自身に当たるよりも先に、決着をつけるために。

「…………」

ゼタ自身のHPやENDは〈超級〉の中でも脆《もろ》い部類。

縦横無尽に奔《はし》る刃に当たれば一撃目《いちげき》で【ブローチ】を砕《くだ》かれ、二撃目で命を絶たれる。

しかも迅羽の動きは攻勢一辺倒《こうせいいっぺんとう》のものではない。腕を伸ばすだけでなく隙を見て引き戻し、敵の変化への対応のために腕を自由に伸ばすスペースを確保し続けている。

形勢はゼタに不利。ゼタも奥義によって迅羽を仕留められるもののリーチの差は如何《いかん》ともしがたく、このまま戦えばゼタの勝算は低い。

ゆえに、ゼタも秘匿《ひとく》していた切り札の一枚を切ることに決めた。

「……三種」

「？」

「三種。個人戦闘、広域制圧、広域殲滅《せんめつ》。戦闘スタイルはこの三種に分類されますが、私はその全てです」

「……だろうナ」

不意にゼタが述べ始めた言葉。迅羽は訝《いぶか》しみながらも会話に応じる。

相手との会話で情報を引き出すため、そして……自身の必殺スキル使用のために。

両手で攻撃し、左足で防御しながら、廊下に突き立つ右足で《彼方伸《テナ》びし手《ガ》・踏《ア》みし足《シナガ》》の発動を準備する。

「その〈エンブリオ〉以上に万能な〈エンブリオ〉は、オレも見たことがねエ。三種のスタイル全てを使えても不思議はねえサ」

ゼタの〈エンブリオ〉の空気を操《あやつ》る力は、万能だ。こうして迅羽と打ち合えている時点で個人戦闘型。広域の空気を操れば制圧も殲滅もお手の物だろう。

「同意。万能性において私の〈エンブリオ〉を超える〈エンブリオ〉は、私も二体しか見たことがありません」

「……結構いるじゃねーカ」

「格下。無貌《むぼう》と無尽《むじん》を相手に、万能性を競《きそ》っても届きませんから」

ゼタは〈ＩＦ〉に属する二人を思《おも》い浮かべながらそう呟《つぶや》いた。

「問題。話を戻しますが、私が網羅した三種の戦闘スタイル……」

ゼタは迅羽に対して三本の指を立て、

「この三種の中で――私の本当のスタイルはどれでしょうか？」

「……！」

まるでクイズのような問いかけだったが、迅羽はその真意をすぐさま理解した。

三種の中に正解が……ゼタにとって最も殺傷力に長《た》けた戦い方がある。

この問いかけは――「本当の戦い方で殺してやる」という抹殺《まっさつ》宣言。

（戦闘、制圧、殲滅……！　相手が万能すぎてどれで来るかなんて読める訳がねえ！）

しかし、迅羽を仕留めきれる攻撃であることは間違《まちが》いない。

防御を固めるのも、退避《たいひ》するのも、正解かは一切《いっさい》不明。

（強《し》いて言えば接近すれば戦闘型！　距離《きょり》を取ったなら自分が巻き込まれる危険のある制圧型か殲滅型だ！　戦闘型なら、奥義が来る可能性がたけえ！）

《アブソリュート・スティール》による心臓抜き。分かっているゼタの手札では最も致命《ちめい》性の高いスキルであるがゆえに、迅羽は細心の注意を払ってゼタの動きを注視する。

そしてゼタが――迅羽目掛けて接近してくることを確認《かくにん》した。

「殺《シャ》ァ!!」

両手のテナガ・アシナガを全速でコントロールしてゼタの接近の阻止を試みる。

同時に、酸素による燃焼《ねんしょう》の拡大も厭わずに火属性魔法の熱線もばら撒いていく。

だが、放射した瞬間に気づく。

（……酸素濃度が、戻ってやがる！）

今は真空でも高濃度《こうのうど》酸素でもなく、通常に近い空気組成に戻っている。

そして迅羽が気づくと同時に、熱線の幾《いく》つかがゼタを捉え、

――その身を蜃気楼《しんきろう》のように透過《とうか》した。

否、蜃気楼のように、ではない。蜃気楼《ミラージュ》そのもの。

（最初に使っていた光学迷彩、そのバリエーションか!!）

だとすれば、ゼタ本人は見えている場所とは違う場所にいる。

空間サーチの【符】を使うかを迅羽が思考したとき——背後に気配を感じた。

「ッ！」

それがゼタであると判断し、迅羽は自身に巻き付けた左足からも熱線を照射する。

熱線に追われて、ゼタの気配は遠くに離れていく。

触れられた感触《かんしょく》も、内臓を持っていかれた感触もない。

テナガ・アシナガを巻き付けていたことで、心臓への奥義の使用を阻んだ。

（阻止した……か？）

だが、安心はできない。再度の攻撃への警戒《けいかい》を続けながら、迅羽は姿の見えないゼタの位置を探《さぐ》るべく空間サーチの【符】を起動し……理解する。

「あいつ……どこに行く気ダ⁉」

ゼタと思《おぼ》しき反応が……迅羽からそのまま距離を取り続けている、と。

迅羽を無視して、己の狙《ねら》いであるツァンロンやエリザベートに向かったのである。

「……舐《な》めやがっテ。心臓をぶち抜いてやル‼」

最初に空間サーチで見つけたときは、相手の敵味方や正体すら不明であったために初手で必殺スキルは使わなかった。

だが今は違う。侵入者《しんにゅうしゃ》……ゼタの正体を敵と確認し、捉えた。

ならばこの王城のどこにいようと、必殺スキルで奇襲できる。
ゆえに、迅羽はゼタを仕留めるべく必殺スキルを起動させ……再びの変化に気づく。
「…………?」
空気が違う、と。
真空ではない。酸素や毒性ガスが充満しているわけでもない。
だが、明らかに空気の質が変じたと、迅羽は感じる。
「これハ、……!!」
同時に気づく。
先刻、自身で考えていたことだ。ゼタが距離を取ったなら、それは……。
『発動。——《天空絶対統制圏《ウラノス》》』
次の瞬間、空気に木霊《こだま》するような声音《こわね》が響《ひび》き、
王城の一角は眩《まばゆ》い光と——数万度の高温に包まれた。

◇◆

「荼毘《だび》。死体は火葬《かそう》することが、彼女の国の文化でしょう」

完全に焼失《しょうしつ》した王城の一角から少し離れた場所で、ゼタはそう呟いた。

ゼタの【気哭啾啾《きこくしゅうしゅう》　ウラノス】は、迅羽の推測通り大気をコントロールする〈超級エンブリオ《スペリオル》〉である。大気の密度や組成、圧縮をコントロールすることで光学迷彩や真空化、酸素充満、防御、空気砲までも網羅する。

かつてグランバロアにいた頃《ころ》は空気のバリアを潜水《せんすい》にも使用していた。

しかし、その万能性ゆえに出力自体はさほど高いものではない。出来ることが増えるほど外部リソースを必要とするか出力が落ちる。

それが〈エンブリオ〉の法則であり、ウラノスの場合は後者だった。

だが、それを一時的に踏み倒す手段もある。

ウラノスの場合は必殺スキル、《天空絶対統制圏《ウラノス》》。

一定時間のみ出力を増大させ、大気コントロールの力の限界を超えるスキル。

かつての〈ＳＵＢＭ〉との戦いでは、海水を空気の壁で押《お》しのけて海に大穴を空けた。

今回はそれよりも規模は小さく……しかし原理の複雑さは次元が違う。

空気の成分を分ける程度でしかなかったコントロールに、空気を構成する原子を元に別の原子を生成することも可能となっている。

ウラノスは大気成分から重水素と三重水素を生成し、核融合《かくゆうごう》反応を引き起こした。

それによって起きるのはヘリウムの生成と膨大《ぼうだい》なエネルギーの放出。

端的《たんてき》に言えば、水爆である。

ただし原子爆弾《ばくだん》での起爆《きばく》もなく、放射性物質の残留もなく、常温常圧で行われるクリーンな水爆《すいばく》だ。加減をした極めて小規模の反応であり、反応時の放射線が範囲外《はんいがい》へ漏出《ろうしゅつ》することを防ぐことも含《ふく》めてゼタがコントロールしていた。

しかしそれでも、発生するエネルギーまで落ちるわけではない。彼女達のいた廊下を消し飛ばすには十二分であり……迅羽にはその膨大なエネルギーが直撃したのである。

「答。私は本来、広域殲滅型です」

純粋水爆《じゅんすいすいばく》……核融合反応という桁違《けたちが》いの破壊力《はかいりょく》を手にした〈超級〉は、聞く者のいなくなった空間にそう呟いた。

しかしゼタは包帯の内側で冷《ひ》や汗《あせ》をかいていた。

それもそのはず。核融合反応をはじめとする《天空絶対統制圏》のコントロールは……全て彼女の思念によるマニュアル操作。

スキルでマクロ登録してある程度は操作を限定・自動化している《コード》の類とは違い、マニュアルで行う核融合反応など一歩間違えれば彼女自身も消し飛びかねない。

そんな諸刃《もろは》の剣《つるぎ》を使わされた時点で、ゼタも追い詰められていたと言える。

奥義を警戒され、超級武具も使えない環境だったため、決め手となるのは《天空絶対統制圏》だけだったのだ。

「……強敵。私が戦った〈マスター〉の中でも指折る強敵でしたが、それでもこれには耐《た》えられませんでしたね」

水爆に匹敵《ひってき》する高熱の直撃は、人体が耐えられるものではない。

加えて、迅羽の命綱《いのちづな》はゼタが既に奪《うば》っていた。

ゼタの手の中にはアクセサリー……【救命のブローチ】がある。

これはゼタのモノではなく、迅羽のモノ。

ゼタが迅羽に肉薄《にくはく》したとき、彼女は一つのスキルを発動していた。

それは【盗賊《シーフ》】の基本スキル……《スティール》。

盗難対策の施《ほどこ》されていないアイテムボックスや、相手の装備品を低確率で盗《ぬす》むスキル。

もっとも、【盗賊王】であるゼタの《スティール》はスキルレベルＥＸ。対策が施されていなければ《スティール》でも一〇〇％盗むことができる。

相手に気づかれないうちに【ブローチ】を盗み、致死《ちし》の攻撃を叩《たた》き込む。

これもまた、ゼタの得意戦術の一つ。

身代わりのアクセサリーもないのだ。迅羽のデスペナルティは確定である。

「消失確認。生存能力の高い【尸解仙】ですが、先日のフィガロとの決闘で超高温《ちょうこうおん》ならば跡形《あとかた》もなく消えることは確認できていました」

ゆえに、核融合反応を用いたゼタの判断は正解であった。


——同時に不正解でもあった。


「…………？」

パキンと、何かが砕ける音がした。

不意に手の中を見るが、そこにある【ブローチ】は砕けていない。

砕けたのは——ゼタの身に着けていた【ブローチ】だ。

ゼタが遅《おそ》まきながらに振り向くと、彼女の頸椎《けいつい》を狙うような形で……【応龍牙】を握った金色の義手が伸びていた。

「っ！　これ、は……！」

ゼタが驚愕《きょうがく》しながら距離を取る。

だが義手は先刻までと違い、ゼタを追うようには動かなかった。ギシギシと錆びついたような音を響かせながら……【ブローチ】を砕く一撃が限界だったとばかりに地に落ちる。

「――ハッ、……やっと……うざってえ口調を、やめたじゃない……カ……」

代わりに、そんな言葉がゼタに届く。

その声の主は言わずもがな……核融合反応で燃《も》え尽きたはずの迅羽だった。ゼタの背後から、衣服と体の境目すら分からない状態で右腕だけ残った義手を伸《の》ばしていた。

「あなたは……なぜ、あの爆発《ばくはつ》から生き延びて……！」

「……一回、蒸発……させられて……るんだ……ゼ？　対策打って……当然だろうガ……」

かつてのフィガロとの決闘を教訓とし、衣服に編み込んでいた耐火《たいか》魔法《まほう》の【符】。

その防護の発動によって……迅羽は蒸発を逃《のが》れた。

しかし、完全ではない。規模こそ小さいものの水爆に匹敵する莫大《ばくだい》な熱量は迅羽の防御を超《こ》え、全身はほぼ【炭化】している。

動けたのは、彼女がアンデッドである【尸解仙】だったからに他《ほか》ならない。

「……チッ……、ここまで……カ……」

しかしそれも限界。舌打ちの後……迅羽の体は文字通りに崩れ落ちる。

「……後は、頼《たの》……」

そうして何事かを言いかけて……彼女は光の塵《ちり》になる。ゼタの命脈を断《た》つ寸前だった

【応龍牙】とテナガ・アシナガも……彼女のデスペナルティにともなって消失した。

【盗賊王】ゼタと【尸解仙】迅羽。

その決着は……やはりゼタの勝利で幕を閉じた。

「…………」

だが、包帯の内側のゼタの表情は優《すぐ》れない。

勝利を確信した直後に、【ブローチ】を砕かれた。あるいはこれが【ブローチ】を持ち込めない戦い……迅羽の主戦場である決闘であれば相打ちか、迅羽の勝利だっただろう。

「本当に……強敵でしたね、あなたは」

僅《わず》かな敗北感と共に、迅羽の健闘《けんとう》に素直《すなお》に感心しながら……ゼタは目的のために再び歩みだした。

第二十一話　王国の剣と盾

□一人の騎士《きし》について

近衛騎士団の【聖騎士《パラディン》】、テオドール・リンドスは〈マスター〉嫌《ぎら》いと噂されている。

王国の執務《しつむ》に〈マスター〉が関《かか》わることを快く思わず、それを隠《かく》しもしないためだ。

父を〈マスター〉によって亡《な》くしながらも〈マスター〉との協調路線に立つリリアーナ・グランドリアと比べ、器が小さいなどと陰口《かげぐち》を叩く貴族もいる。

そんな彼に同調しようとする者達《たち》もいるが、根本的に間違えている。

彼は〈マスター〉が嫌いなのではない。

彼は、自分が嫌いなのだ。


かつての王国で国を守る者とは騎士であった。中でも【聖騎士】で構成された近衛騎士団こそが国防の要にして国を守る者の代名詞だった。

テオドールは幼い頃から彼らに憧《あこが》れ、修練を続け、狭《せま》き門を潜《くぐ》って【聖騎士】になった。

しかし彼が【聖騎士】となった時、世界の情勢は大きく変わっていた。

〈マスター〉の増加による、戦力バランスの大きな変化。

騎士団が決死で倒す強大なモンスターを単独討伐《とうばつ》する〈マスター〉の存在。

目まぐるしく変わる世界の状況の中で彼が最も嫌悪《けんお》したのは……己の弱さだ。

テオドールには才能がなかった。比喩《ひゆ》ではないし、努力で覆《くつがえ》せる問題でもない。

なぜなら彼は、最早《もはや》行き着いてしまっていた。

上級職一つと下級職三つ、合計レベル二五〇。現時点の彼であり……彼の終着点。

テオドールは、そこまでしかレベルが上がらない。

〈マスター〉と違い、ティアンには明確な才能の限界が……個人ごとに異なるレベルの限界がある。彼は【聖騎士】になれたものの、そこで才能が尽《つ》きたのだ。

己の才がそこまでしかないことを、彼も最初は納得《なっとく》できなかった。

王国では〈マスター〉が増え続け、同時に第三王女を誘拐《ゆうかい》せんとしたゼクス・ヴュルフェルのような〈マスター〉の犯罪者も増えている。

王国を守る者として強くあらねばと、彼は血の滲《にじ》むような努力を重ねたが……それでレベルの上限が変わるわけでもない。

自らの限界を認めるのには時間を要したが、受け入れた彼は別の努力を重ねる。

純粋な地力で劣《おと》るならば、汎用《はんよう》スキルを得ることで別の力を得ようと下級職の構成も変《へん》更《こう》した。その過程で【聖騎士】の《聖別の銀光》や《グランドクロス》も会得《えとく》した。

さらに、複数人で《グランドクロス》を同時に放つ〝累《かさ》ね〟の技術も習得した。

そうして努力を重ねた彼の真価が問われる時が来た。

それは、皇国との戦争。彼が騎士となってからは初めての……否、王国の騎士にとってあまりにも未経験の対外戦争。

それでも、彼は王国と王を守るために奮い立った。

騎士の力は王国の剣であり、騎士の身は王国の盾。

騎士として学ぶ中で教えられた言葉を胸に、彼は戦場に立った。

だが、皇国との戦争で……彼は何の役にも立てなかった。

【魔将軍《ヘル・ジェネラル》】の悪魔《あくま》軍団との交戦で彼は早期に重傷を負い、気を失って後送されていた。

そして彼が王都の教会で目を覚ました時には……全《すべ》てが終わっていた。彼は王を守ることも、騎士団長達の決死の突撃《とつげき》に同行することも、同僚《どうりょう》の背を守ることもできなかった。

戦争によって、彼のいた近衛騎士団は壊滅《かいめつ》と言っていいほどの被害《ひがい》を受けた。生き残った者でも、騎士を辞《や》めた者は多い。後ろ指をさされることよりも、己の無力さを知ったことが大きいだろうと……彼には分かっていた。

彼もまた己の無力さ、才能のなさから騎士を辞めようとした人間の一人だったからだ。どれほど国に尽くすために努力しても、何の役にも立てないこの身では……他の騎士の負担になるだけなのではないかと彼は絶望していた。

彼は他の騎士同様に、騎士を辞する手続きを進めていた。そのまま二週間経《た》てば、彼は騎士を辞めて実家の子爵《ししゃく》家に戻《もど》って領地を継《つ》ぐことになっていただろう。

その時を待つ日々の中、彼は人が少なくなった城内の警邏《けいら》任務を行っていた。警邏の途中、彼は王城の屋内薔薇園《ばらえん》に立ち寄った。偶然《ぐうぜん》か、あるいは騎士を辞めた後は二度と見ることがないだろうと考え、目に焼き付けようとしたのかもしれない。

「……ここは、変わらないのか」

彼は近衛騎士団の一員として王と王女達の茶会を警護した時を思い出し、当時と変わらぬ薔薇園の景色にそう呟いた。王亡き後も庭師は自らの仕事を果たしているのか、園の薔薇はいずれも瑞々《みずみず》しく、形も整っている。

あるいはこの後、王国が滅《ほろ》びたとしても薔薇園は主を変えて残り続けるのかもしれない。

そう考えたとき……テオドールは心を突き刺すような痛みの感覚を覚えた。

その痛みはきっと王国が滅びるという未来予想と、その前に騎士を辞めようとしている自身の現状ゆえに生じたもの。

「……だからと言って、私に何ができる」

騎士団に残ったとしても、才と力のない自分には何もできない。

だから辞めることが正解なのだと、彼は自身の心に必死に言い聞かせた。

そうして自問自答を繰《く》り返すうち、薔薇園の入り口から物音が聞こえた。

誰《だれ》かが歩いてくる足音に、彼は咄嗟に身を隠した。

なぜ隠れてしまったのか、それは彼にもわからない。あるいは逃げ出すことを正当化しようとする自分の姿を、誰にも見られたくなかったのかもしれない。

彼が隠れて間もなく、一人の人物が薔薇園に置かれたテーブルへと近づいた。

そのまま備え付けられた椅子《いす》に座《すわ》り、植えられた薔薇を眺《なが》め始める。

薔薇を見るその人物は……彼にとっても見知った人物だった。

（あれは……エリザベート殿下《でんか》か？）

亡き国王の娘《むすめ》であり王国の第二王女、エリザベート・S・アルター。

彼女《かのじょ》はただ一人で、薔薇園の中を歩いてきた。傍《そば》には誰もいないが、一人で行動することはお転婆《てんば》な彼女にとっては珍《めずら》しいことではない。

ただ、そうするときの彼女はとても朗《ほが》らかな顔をしていると、テオドールは知っている。

間違っても今のように……暗く沈《しず》んだ顔ではない。

（……ここは声をお掛《か》けするべきか）

生来の真面目《まじめ》さゆえに、テオドールは己のことを後回しにしてエリザベートの前に姿を現すべきか考えた。

だが、それはエリザベートの表情の変化によって止められた。

薔薇を見ていた彼女が……一粒《つぶ》の涙《なみだ》を零《こぼ》した瞬間《しゅんかん》に。

王城の薔薇園が何のためのものかをテオドールは知っている。

王族が親しい者と茶を飲《の》み交《か》わすための場所であり、エリザベートにとっては家族との……父親との思い出の場所だ。

ゆえに彼女が薔薇を見て涙を零した理由は……言うまでもない。

「う……ぐす……」

一粒の涙で堤《つつみ》が切れたかのように、彼女は止まらない涙をポロポロと零し続ける。

涙するその姿に、テオドールが動けずにいると……。

「エリザベートねえさま」

薔薇園の入り口から、そんな声がかけられた。

声の主はエリザベートの妹、第三王女のテレジア・C・アルター。

ただ、彼女としては珍しく……今は足代わりの巨大ネズミ《ドーマウス》がいない。

彼女は自分の足で、いなくなった姉を捜《さが》していたのだろうと窺《うかが》えた。

「ぐす、テレジア……」

「…………」

エリザベートを迎《むか》えに来たテレジアは、すぐに姉の頬に流れる涙に気づいた。

そして、微《かす》かに表情を変えた。

テレジアは生来の病ゆえか感情表現が少なく、どこか人形のような印象を受ける少女だ。

ただ、そんな彼女でも……父を思い出して泣く姉の姿に、揺《ゆ》れ動くものがあった。

そしてテレジアはエリザベートに近づき、何も言わないままエリザベートを抱《だ》きしめた。

その顔は無表情に近いものだったが、頬には一筋の涙が零れていた。

エリザベートも抱きしめられながら……ポロポロと泣いていた。

彼女達《かのじょたち》は二人とも、父親を亡くしたばかりの幼い子供達。

涙を流すしかない時間も……ある。

「…………」

その光景を見て……テオドールは彼女達に見つからぬように、テレジア達の入って来た方とは反対の出入口から薔薇園を去った。

暫《しば》し無言のままに廊下《ろうか》を歩き、薔薇園から離れる。

そして誰もいない場所まで歩いてから……己《おのれ》の額を石の壁《かべ》へと叩きつけた。

鈍《にぶ》い痛みが走り、血が額から流れ出るが、それでもまだ自分への怒《いか》りが収まらなかった。

「あの子達の心を守れなかった男が、何を自分の心だけ守ろうとしているのだ……！」

自分自身への怒りが、テオドールの心を占《し》めた。

そして彼はすぐに行動を起こし……申請《しんせい》していた辞任を撤回《てっかい》した。

己の弱さを理由に逃《に》げることを、止めた。

そしてかつてのように、かつて以上に、己にできることを探し続けた。

それからギデオンの事件を経ても、彼は変わらない。己の限界を知りながら、己の限界を認めながら、それでもできることはあるはずだと……走り続けた。

そうして彼は今に……王都襲撃《しゅうげき》の日に至る。

王国と彼女達の心を守れるか問われる時が……再び訪《おとず》れたのである。

◇◆◇

□■王城・一階最奥《さいおう》広間

【イグニス・イデア】による正門への攻撃《こうげき》から一〇分以上が経過した。

テオドールを含めた一二人の近衛騎士団は城の一階部分の最奥にある広間を護《まも》っていた。

広間のさらに奥《おく》には地下への階段とそれを閉ざす分厚い神話級金属製の門がある。

地下階段を下りた先は緊急時《きんきゅうじ》の避難《ひなん》区域であり、彼らが護る広間は最終防衛線とも言える場所だった。

「リンドス卿《きょう》！　正門から侵入《しんにゅう》したラズバーン師……【炎王】の侵攻《しんこう》止まりません！」

「そうか……」

正門よりの侵入者の情報は王城全体にも伝わり、騎士や衛兵は王城の設備を利用しての防衛戦を開始している。

だが、その動きは良いとは言えないものだった。

「城内の防衛設備、稼働率《かどうりつ》は三〇%を切っています！」

「これまでの事件による人員の不足が原因かと……」

部下からの報告を受けて、テオドールは苦い顔をする。王城には建国時に設計された無数の防衛設備があり、近年になって【大賢者】が施した仕掛《しか》けも多い。本来は盤石《ばんじゃく》だった。

だが、それらは使用不能の状態に陥《おちい》っている。侵入者の一人による内部の魔力《まりょく》配線の破《は》壊《かい》工作も理由の一つだが、最大の理由は人員の不足だ。

王城に仕掛けられた無数の設備、特に【大賢者】が設計した機能は魔法《まほう》に携《たずさ》わる者が操作することを前提としている。

しかし、王城における魔法のエキスパート……【大賢者】の徒《と》弟達《ていたち》は一年と少し前の【グローリア】襲来《しゅうらい》によって壊滅している。

在野の人材や貴族の下にいた人員を雇《やと》うにしても、王城の防衛設備の要であるために簡易な身辺調査で人員を増やすわけにもいかず、人員は未《いま》だ足りていない。

魔法を使わない機能にしても、人員の不足は同様だ。

結果、王城襲撃に際して防衛設備は機能不全に陥っている。

王城を守るにはあまりにも人が足りない。それは、彼らにも痛いほど分かっていた。

「殿下《でんか》達《たち》は？」

「フィンドル侯爵《こうしゃく》からの通信によれば、無事に避難用区画の奥へと進んでいるそうです」

エリザベートやツァンロン、加えてミリアーヌは地下の避難用区画へと避難していた。護衛の近衛騎士六名と侍女達《じじょたち》、それに避難用区画の魔法の仕掛けを動かすため、諜報部《ちょうほうぶ》の長であり仕掛けに精通しているフィンドル侯爵も同道している。

「……グランドリア卿からの連絡《れんらく》は？」

「まだ……ありません」

だが、その中にリリアーナとテレジアの姿はない。

本来この場で近衛騎士団の指揮を執《と》るのはリリアーナの役目だったが、今はいない。

エリザベート達を避難させる際にテレジアが席を外したまま戻っていなかったためだ。

それゆえ近衛騎士団の指揮をテオドールに任せ、リリアーナは少人数で手分けしてテレジア捜索《そうさく》に向かったのである。

（部隊指揮ならば、私の方が良いと判断したのだろう）

テオドールが取得した下級職の一つは【指揮官《リーダー》】、パーティ内のメンバーのステータスを微上昇《びじょうしょう》させるジョブ。何らかの形で騎士団の、そして王国の力となるべく、才のない彼が選んだ仲間の力を強める選択《せんたく》である。

本来であれば上級職の【司令官《コマンダー》】の方が範囲《はんい》も強化度合いも勝るが、上級職を一つしか取れない彼ではそれもできなかった。

それでも、彼は己にできることをする。

「【炎王】の現在位置は？」

「一階南の二番廊下です」

「その付近の魔力配線はまだ生きていたはずだ。それに二番廊下には魔法職でなくても起動できる隔離《かくり》結界設備もある。付近にいる衛兵に連絡して二番廊下を隔離するんだ」

「了解《りょうかい》！」

部下が通信魔法を飛ばし、通信を受けた衛兵がテオドールの指示を実行する。

数十秒後、隔離成功の報《しら》せが彼らに届く。

「成功です！【炎王】の結界内への隔離に成功しました！」

部下の声に頷《うなず》きながらも、テオドールは彼と違《ちが》って安心してはいなかった。

（あの正門を熔《と》かす手合いだ。【大賢者】様の遺《のこ》した隔離結界も長くは保てないだろう）

長くて一〇分、テオドールはそう見積もっていた。

「それにしてもリンドス卿、配線や設備のこと、よくご存知《ぞんじ》でしたね」

「……才のない身にできるのは知識を詰《つ》め込むことだ。貴殿《きでん》も自分の権限の範囲で知ることのできる設備と脱出口《だっしゅつこう》については熟知しておけ」

「わ、分かりました」

「それに、安心するには早い。今は結界設備を起動させて時間を稼《かせ》いでいるが、正面から破られるのも時間の問題だろう。加えて魔力の経路が断線している。あの隔離結界は起動できたが、他の区画は機能不全に陥っているものが多い。監視網《かんしもう》も、含めてだ。それに、まだテレジア殿下が避難区画に逃れていない。ここまで言えば、我々の役目は分かるな」

「殿下達の安全が確保されるまで、地下へと繋《つな》がるこの門を守護すること……ですね」

「その通りだ」

部下の回答に頷きながら、テオドールはそう言って……。

その視線を最終防衛線に繋がる唯一《ゆいいつ》の道……今はシャッターで塞《ふさ》がれた通路へと向けた。

「リンドス卿？」

部下は不思議そうにテオドールを見るが、テオドールの表情は厳しい。

「……箱が動いている。だが速くはない。逃げている動きではない。ならば……」

テオドールがそう呟いた直後、

『フシュ……フシュ……フシュ』

呼吸音に似た不気味な音が聞こえ——通路を塞いでいたシャッターが溶解《ようかい》した。

「なっ⁉」

「構えろ！　敵襲《てきしゅう》だ！」

溶け落ちるバリケードに幾人《いくにん》かの部下が仰天《ぎょうてん》する中、テオドールを含めた数人は注意の声を発するとともに武器を構えた。

バリケードだったものを潜って、通路の奥から何者かが姿を現す。

それは三メテル近い巨体《きょたい》であり……人間とは思えない形をしていた。

『フシュ……フシュ……。おや、頑丈《がんじょう》そうな門がありますね。ここはアタリですか？　それとも……弱い人材しかいないのでハズレでしょうか？』

それは、蜘蛛《くも》と人を混ぜたような怪物《かいぶつ》だった。人間大の蜘蛛から足を四本外し、代わりに人の手足を一揃《ひとそろ》いつけて人型に歪《ゆが》めたような……そんな気色の悪さがある。

「何者だ」

人語を解する蜘蛛人間に向けてテオドールが誰何《すいか》すると、蜘蛛人間は器用に少しだけ頭を下げて挨拶《あいさつ》する。

『ワタシの名は、【猛毒王《キング・オブ・ヴェノム》】アロ・ウルミル。かつては【死神《ザ・デス》】様の筆頭暗殺グループ、〈死神の親指〉の一員だったこともある者です。しかし今は、ラ・クリマ様と〈ＩＦ《イフ》〉に従うサポートメンバーの一人、【アラーネア・イデア】と名乗るべきでしょうね』

自分が何者であるかを蜘蛛の怪物……【アラーネア・イデア】はあっさりと答えた。

『ああ。名乗った理由は簡単ですよ。全員ここで死ぬからです。フシュフシュ……』

体を揺らしているところからすると、どうやら呼吸音ではなく笑い声であるらしい。

それはつまり笑いながら、この場にいる近衛騎士団を皆殺《みなごろ》しにすると言っているのだ。

『ですが、この情報は大きなものです。情報を持ち帰るだけでも大手柄ですよ？』

そう言って、【アラーネア】は自分がやってきた通路を指さした。

「生憎《あいにく》だが……敵の強さに怯えて退くような者ならば、今の騎士団には残っていない」

逃走《とうそう》を勧《すす》める【アラーネア】に、テオドールは断固とした態度でそう言い切った。

敵の恐怖《きょうふ》に、己の無力に、逃げ出すならばあの戦争の後に逃げ出している。

ゆえに、今ここにいる近衛騎士団に逃走者《とうそうしゃ》は皆無《かいむ》であると、彼《かれ》らの表情が物語っていた。

『それは残念』

【アラーネア】は心底残念そうにゆっくりと首を振《ふ》る。

『――臆病者《おくびょうもの》から先に死ぬように仕掛けておりましたのに』

すると、指差した通路の奥からボコボコと音を立てながら紫色《むらさきいろ》の液体が流れ込んできた。

「……毒か」

『ええ、【猛毒王】ですので。フシュフシュ……』

自らの超級職としての名を強調しながら、【アラーネア】は再び嗤《わら》った。

『しかし五〇〇レベルどころかその半分がやっととは、脆弱《ぜいじやく》な集団ですね。王国の盾はとても薄《うす》いようだ。ワタシとしては二つの仕事をしなければいけないので、あまり無駄《むだ》な時間は過ごしたくないのですがね』

「二つの仕事だと？」

『ええ。ワタシは多忙《たぼう》なのです。一つは、この城への破壊工作です』

何が嬉《うれ》しいのか【アラーネア】はペラペラと話し始めたが、その情報にテオドールは驚《おどろ》かない。正門を破壊した異形の【炎王】と、確実に同じ類の相手だったからだ。

『もう一つは――第二王女の暗殺です』

だが、続く言葉にはテオドールも平静さを失いかけた。

「……なぜ、殿下を狙う？」

他の近衛騎士団が怒りの言葉と刃《やいば》を向けかける中、努めて冷静に振舞《ふるま》いながらテオドールは【アラーネア】に質問するが……その声は怒りで少し裏返りかけていた。

『ワタシは【死神】様からラ・クリマ様に譲《ゆず》られた人材。しかし、かつて【死神】様の下にいた頃は下部組織の教導も行っておりました。〈死神の小指〉、という特に際立《きわだ》った才能のない者が集まった【死神】様の配下でも最下級のグループでしたが』

「……？」

テオドール達は知らなかったが、それはかつてボロゼル侯爵に依頼《いらい》されてエリザベートの命を狙い、〈超級殺し《マリー》〉によって壊滅した暗殺者集団だった。

彼女が単独で解決し、エリザベートは狙われたことも気づかず、事件は闇《やみ》に消えた。

だが、話はそれで終わっていなかった。

『その〈死神の小指〉が第二王女の暗殺にしくじって壊滅したそうで。指導した者としては無念だった彼らに代わり、殺しておこうかと』

まるで『代わりにゴミ捨てをしておいてやろう』程度の気軽さで、【アラーネア】はエリザベートの暗殺を宣言した。

『どうです？　第二王女の居場所を話してくれれば、この場の全員の命をひとまず見逃《みのが》してさしあげますが。今度は本当ですよ？』

近衛騎士団の中で《真偽判定《しんぎ》》を持つ者も、それを嘘《うそ》ではないと確認《かくにん》していた。

そんな【アラーネア】の提案にテオドールは黙《もく》し……。

「そうか、ならば言おう。——お断りだ」

決意を込めて、拒絶《きょぜつ》する。

敵は才能の怪物である。

人間範疇生物《ティアン》の強さがジョブで確定する世界において、超級職を得た傑物《けつぶつ》。

加えて、〈超級エンブリオ〉による改造手術で力をさらに引き上げている。

上級職ですら一つしか持てなかったテオドールとは、格を比べるのも馬鹿《ばか》らしい。

この場の近衛騎士団《きしだん》が総掛《そうが》かりになっても、勝機は万に一つもないだろう。

テオドールの決断は、間違《まち》いなくこの場の全員を死に至らせる決断だ。

それでも彼は、彼らは、拒否《きょひ》を選択する。

「我らの力は――」

「「――王国の剣」」

騎士達《たち》は剣を構え、

「我らの身は――」

「「――王国の盾」」

騎士達は盾を己の前に掲《かか》げ、

「近衛騎士団……戦闘《せんとう》開始!!」

「「サー・イエッサー!!」」

【アラーネア】に向けて戦意を放った。

彼らの意思は一つ。怯懦な者はいない。

彼らの名は……近衛騎士団。

王国を守る者の代名詞だった者達だ。

『フシュシュ……足掻《あが》きますか。脆弱なれど、よい獲物《えもの》。フシュシュシュシュ……』

愉快《ゆかい》そうに、蜘蛛の口を動かしながら【アラーネア】は笑う。

『ですがお気をつけて。私の猛毒はそこらの〈UBM〉よりも凶悪《きょうあく》です。手足の一つ二つ、容易《たやす》くとろけさせる。何よりこの体、〈死神の親指〉だった頃より、ただの超級職だった頃より、遥《はる》かに強いものですから。はっきり言って勝負になりませんよ？』

その言葉は脅迫《きょうはく》であり、ただの事実。

しかし、言葉に臆《おく》する者は皆無であった。

「行くぞ!!」

「「応!!」」

彼は、退かない。

彼らは、退かない。

近衛騎士団は……桁違いの強敵を相手に決死の戦いを開始した。

『フシュフシュ……《フェイタル・ミスト》』

「総員！【快癒万能霊薬《エリクシル》】服用！」

【アラーネア】は【猛毒王】の奥義《おうぎ》を初手で使用し、近衛騎士団はテオドールの指示と共に支給されている【快癒万能霊薬】を服用した。

この両者の初手において、軍配は近衛騎士団に上がる。

【アラーネア】の使用した《フェイタル・ミスト》は自身の保有する病毒系状態異常を齎《もたら》す毒物から十種を任意選択し、一切《いっさい》の化学的な反発なく混合して毒霧《どくぎり》として周囲に噴霧《ふんむ》するというスキル。さらに病毒系状態異常の効果を高める《猛毒化》のスキルレベルは【猛毒王】ゆえにEXであり、一〇〇％向上させている。

致命的《ちめいてき》な病毒系状態異常に一〇も同時に掛かれば、普通《ふつう》は即死《そくし》を免《まぬが》れない。

《病毒耐性《たいせい》》のスキルレベルもEXであり、病毒系状態異常を常時完全無効化する【アラーネア】以外はこれで全滅《ぜんめつ》していてもおかしくはなかった。

これに対し、近衛騎士団側が唯一対抗《ゆいいつたいこう》する手段が【快癒万能霊薬】である。自らの罹《かか》った疾患《しっかん》を除く病毒系状態異常を完治し、さらに一八〇秒の間は無効化する霊薬《れいやく》。

この服用により【アラーネア】の《フェイタル・ミスト》による即死は免れ、一八〇秒は最大の武器である毒を受け付けない。

【猛毒王】にとっては、致命的とも言える一手だが、

『フシュフシュ！　【快癒万能霊薬】！　いいですねぇ！　大好きですよ、それは！』

自分にとって天敵であるはずの薬を、【アラーネア】は喜んだ。

不気味とすら言えるその光景に、しかし近衛騎士団は臆さない。

「三、二、――《グランドクロス》!!」

「「――《グランドクロス》!!」」

テオドールのハンドサインに合わせ、発動させたのは自分達の奥義。

【聖騎士】の最大火力、《グランドクロス》。

使用するのはテオドールを含《ふく》む四名の近衛騎士団員。【聖騎士】といえど、この奥義を全員が使えるわけではない。

しかし、それでもこの四人は〝累ね〟の技術を会得している。

あのギデオンでのフランクリン相手の敗戦の後、近衛騎士団は《グランドクロス》の使い手を増やし、〝累ね〟の訓練も十分に行った。

それはこの実戦においても発揮され、四発の《グランドクロス》の〝累ね〟を完成させる。

地から天へと伸びる、十字型の光の柱。聖属性と付属する熱量の塊《かたまり》。

分厚く強大な光の奔流《ほんりゅう》は、純竜《じゅんりゅう》であろうと倒《たお》しうるだけの威力《いりょく》を叩き出す。

『なるほど、大したものですが……残念ですね。それは上手《うま》くない』

しかし、超高熱《ちょうこうねつ》の光の柱の中で……【アラーネア】は健在だった。

『フシュフシュ。これでは焼けません。ワタシは熱攻撃への耐性は持ち合わせているのですよ。なにせ、今の同僚があれですからね』

【アラーネア】は熱への耐性を付与《ふよ》するアクセサリーを複数装備している。

それは本来、同行する【イグニス・イデア】の攻撃の余波を軽減するためのものだ。

しかしそれらの装備は、《グランドクロス》の高熱に対しても有効であった。

「それは分かっていた！」

だが、《グランドクロス》の光が消えた瞬間から間断なく、近衛騎士団一二名が総掛かりで近接戦闘を仕掛けている。

『ほぅ？』

近衛騎士団が動揺《どうよう》すると考えていた【アラーネア】は、その動きに驚きを覚えた。

種を明かせば、テオドールには最初から「通じない」ことが分かっていたのだ。

テオドールの三つの下級職の一つは、《看破》や《鑑定眼《かんていがん》》、《透視《とうし》》といった視覚の汎用スキルを合わせて取得できる【鑑定士《アプレイザー》】である。

いずれも有用な汎用スキルであるが、本来なら他のジョブでおまけのように取得できる。それぞれのスキルレベルも下級職の上限とされるスキルレベル五に届かないため、【鑑定士】を選ぶ者はさほど多くはない。

しかしジョブの選択枠《せんたくわく》に余裕《よゆう》のないテオドールは、一つのジョブで有用なスキルを三つ取得できる【鑑定士】を選択していた。

そして今、《鑑定眼》によって【アラーネア】が耐熱《たいねつ》のアクセサリーを装備していることも見破り、《グランドクロス》を囮《おとり》に使うことに決めた。

《グランドクロス》の直前に出したハンドサインは、そのための指示でもある。

「オォォ!!」

近衛騎士団の全霊《ぜんれい》を込めた一二の刃が、【騎士《ナイト》】の剣撃《けんげき》スキルを強化した【聖騎士】の剣撃が【アラーネア】の体に突《つ》き立ち、

『……効きませんねぇ』

いずれも――表皮に浅く刺《さ》さったところで止められていた。

「ッ……！　ここまでとは……！」

己の剣が敵手の胸元《むなもと》に刺さらないことに、テオドールは衝撃《しょうげき》を覚える。

『フシュフシュ、装備品は《鑑定眼》で見破っていたようですが、ワタシの正確なステータスまでは《看破》できていなかったようですね。レベル差を考えれば当然ですが……。ああ、ワタシのレベルは合計で九八〇といったところですよ』

《看破》は相手のステータスを見破るスキルではあるものの、相手が《看破》を阻害《そがい》する類のスキルや装備を有していれば、レベル差によって格段に正確な読み取りが難しくなる。

『もっとも【猛毒王】としてのステータスなど、もはや何の意味もないのですがね』

「何……？」

『かつてのワタシならば肉体の脆弱さゆえに倒せたかもしれませんが……今は通じない』

【猛毒王】は錬金術師《れんきんじゅつし》系統の【毒術師《ポイズン・マンサー》】から派生したジョブであり、ＭＰとＤＥＸを除けば肉体的なステータスは【聖騎士】よりも格段に低いはずだった。

ただの【猛毒王】ならば、この連携《れんけい》で倒せていただろう。

だが、今の彼は【猛毒王】アロ・ウルミルではなく……〈超級《ちょうきゅう》エンブリオ〉によって人体改造された【アラーネア・イデア】である。

『この体は、人間のように脆弱なものではないのですよ』

彼の肉体は素材とした上位純竜クラスの蜘蛛型モンスターと融合《ゆうごう》している。

このモンスター融合術式は、ラ・クリマの改造手術ではよく行われる手法だ。

この手法ならば、純粋《じゅんすい》な後衛や生産職のスキルを有しながら、肉体的な強度は前衛を遥かに凌駕《りょうが》する破格の改造人間を容易く生産できるからである。

実際、今の【アラーネア】のステータスは【聖騎士】より全ての面で大きく勝っている。

『単にステータスを足し合わせただけでも、ワタシはそちらを凌駕している。まして、持ち合わせたこのスキルです。意気は買いますが……敵《かな》うはずもないでしょう？』

人間が小さな蜘蛛でも見るような目で、蜘蛛の怪物は近衛騎士団《きしだん》を睥睨《へいげい》した。

「……まだだ！」

だが、近衛騎士団はその刃を止めない。

万全《ばんぜん》の連携で斬《き》りつけて浅い傷しかできなかったが……傷はついたのだ。

先に放った《グランドクロス》にしても、完全無効化はされていない。【アラーネア】の表皮は、僅《わず》かに焼けて熱を持っている。

下級の火属性魔法よりも浅い傷だが、それでも傷ついている。

傷のつかない無敵の怪物ではない。倒す余地は……ある。

「可能性はある！」

かつて、近衛騎士団を蹂躙《じゅうりん》した怪物がいた。

物理攻撃を弾《はじ》くバリアを張り、聖属性攻撃を無力化する怪物がいた。

【聖騎士《きし》】の天敵、無敵と言うほかないその怪物に、近衛騎士団は破れ去ろうとしていた。

だが、その怪物を倒したのは一人の【聖騎士】……〈マスター〉だった。

【聖騎士】の〈マスター〉が己にとっての天敵を、無敵と思われた怪物を、打倒《だとう》したのだ。

その瞬間を、テオドールは……そして近衛騎士団の【聖騎士】達《たち》は見ていたのだ。

勝利を告げるべく掲げられた右手を、見ていたのだ。

ならば、自分達も諦《あきら》めるわけにはいかない。

自分達もまた、この国を守る【聖騎士】なのだから。

「切り掛かれ！　手足の動く限り……この怪物を打ち倒すために戦い続けろ!!」

「「「サァ！　イエッサァァ!!」」」

近衛騎士団は動き続ける。再度【快癒万能霊薬】を服用しながら、攻撃を続ける。

誰一人《だれひとり》として諦めることなく、腕《うで》も千切れよとばかりに剣技を放ち、【アラーネア】にかすり傷をつけ続ける。

『フシュシュ、……鬱陶《うっとう》しい！』

その剣閃《けんせん》を受け続け、テオドールの剣が再び胸元を突いたとき、苛立《いらだ》ったような声音《こわね》で【アラーネア】は蜘蛛の腕を振るう。純竜クラスの力で振るわれる四つの蜘蛛腕《くもうで》に、四人の近衛騎士団が弾《はじ》き飛ばされ、しかし残る八人は臆さずその隙《すき》に攻撃を続ける。

（……隙が見えたぞ‼）

【アラーネア】は強い。いずれのステータスも彼らの十数倍はあるだろう。

特に、蜘蛛ゆえの外殻《がいかく》の強固さはENDを主とする【聖騎士】と比べても硬《かた》い。

だが、逆を言えば……AGIもまた騎馬《きば》なしでは鈍足《どんそく》の【聖騎士】と比較《ひかく》して勝っているに過ぎず、亜音速《あおんそく》にも到達《とうたつ》はしていない。

そしてAGIの数値が大きく勝っていても実際の速度には数値ほどの差が出ていない。

ゆえに、何も出来ぬままに瞬殺《しゅんさつ》されることもない。

『猪口才《ちょこざい》な……！』

【アラーネア】のAGIが比較的《ひかくてき》低いことには理由がある。

融合した蜘蛛型モンスターは【アラーネア】より格段に速く、亜音速には達していたが、それは蜘蛛としての形状を維持《いじ》していればの話だ。

アロ・ウルミルが人間である以上、ベースは人間の形であり、そうなれば蜘蛛のようには動けない。蜘蛛の体を与《あた》えても、蜘蛛のように動けるまでどれほどの時が掛かるかもわからないため、AGIが発揮できなくとも人間に近い形にするしかない。

ゆえに速度《AGI》は単純な耐久力《END》とは違い、モンスターのままとはいかない。

モンスター融合術式の根本的欠点とも言える部分。

ガードナーの融合スキルと違い、物理的にモンスターと合成している以上、人間の部品が残る限りはモンスターの力を発揮しきれない部分が生じるのである。

『――舐《な》めないでいただきたいですねぇ！』

だが、それは人間としての利点を残しているということでもある。

【アラーネア】は再び蜘蛛腕を振り回し、同時にその先端《せんたん》から無数の糸を放出した。

「なッ⁉」

振り回される糸――粘着糸《ねんちやく》は周囲の近衛騎士団を絡《から》めとり、そのまま壁に叩《たた》きつけた。

「か、は……！」

背中を強《したた》かに打ちつけて、テオドールが肺の中の空気を吐《は》き出す。

呼吸を整えてすぐに動こうとするが、糸の【拘束《こうそく》】によって身動きが取れない。

「これは……！」

『フシュシュ……御覧《ごらん》の通りの糸ですよ。手古摺《てこず》らせてくれましたが、もう終わりですね』

そう話しながらも【アラーネア】は蜘蛛腕から大量に糸をばら撒《ま》き続け、広間を蜘蛛の巣で埋《う》め尽《つ》くしていく。

蜘蛛ゆえに、毒だけでなく糸も使う。

当然と言えば当然だが、これは順序が逆だ。改造前のアロ・ウルミルが毒と糸に精通した男だからこそ、蜘蛛が融合相手のモンスターに選択されたのである。

『フシュフシュ……。ワタシは昔からこうして糸で相手の動きを止めるのが好きでしてね』

なぜなら……。

『これでもう、【快癒万能霊薬】は使えませんねぇ』

それが、彼が糸による拘束術にも卓越《たくえつ》していた理由だ。

既《すで》に述べた通り、【快癒万能霊薬】は【猛毒王】にとって天敵となるアイテムだ。対抗《たいこう》策《さく》は当然ながら必要になり、それが糸による【拘束】で再使用を封《ふう》じるというもの。

糸を武器とするスキルはＤＥＸによって精度が変化するため、改造前のアロ・ウルミルにとっても【猛毒王】とシナジーするビルドであった。

『フシュフシュ……。こうしてしまえば身動きが取れないまま三分間……【快癒万能霊薬】の効き目が切れる瞬間を恐怖して待つことになるんですからねぇ』

何より、彼の嗜好《しこう》を満たす上でも申し分ない。

彼が【快癒万能霊薬】を使用されて喜んだのもこのためだ。

述べた言葉の通り、手古摺らされたがこれで終わり。

あとは恐怖する近衛騎士団の姿を見届けた後、地下に降りて第二王女を暗殺するだけ。

【アラーネア】がそう考えて、糸に拘束された近衛騎士団の顔を覗《のぞ》き、

『――――』

信じられないものを見た。

彼はこれまでに数多くの死を齎してきた。

拘束し、毒物に塗《まみ》れさせ、何百、何千人も殺してきた。

一つの例外もなく、逃《のが》れようのない死を前にして犠牲者《ぎせいしゃ》は絶望していた。

それを見る度に、自分は死を齎す側に立っていると悦《えつ》に入り、安堵《あんど》してきた。

この体となったことで、より彼は一方的な死を齎せるようになった。

剣で切りつけられても痒《かゆ》さ程度しか感じない強固な体。力に溢《あふ》れ、老いすら遠《とお》退《の》き、自分から死が遠ざかるのを実感し、彼は自分の人生の絶好調は今にあるのだと断言できた。

自分こそが死を齎す者であり、死は自分には齎されないのだと。

そのように死を齎す者であると自認《じにん》する彼にとって、

自身の必勝の形に追い込んだ獲物……もはや打つ手などない近衛騎士団の全員が、

――全く絶望していないことは未知の恐怖でしかなかった。

『ウッ……』

予想外に過ぎる彼らの眼光に【アラーネア】は僅かに後ずさり、

「目標直下――《グランドクロス》ッ!!」

テオドール達は身動きできぬまま自らの足元に向けて《グランドクロス》を放った。

瞬間《しゅんかん》、《グランドクロス》を放った【聖騎士】達が燃え上がる。

自らの発生させた高熱を浴び、《聖騎士の加護》によるダメージの軽減を経《へ》てもHPを大幅《おおはば》に減少させていくが、彼らはその痛みに耐《た》えている。

彼らは知っている。自らを業火《ごうか》の中に置きながら、それでもなお人々を守るために炎を使い続けた【聖騎士】の姿を。

だからこそ、彼らもまたそうあらんとする。

そして、その自殺行為《こうい》の対価として……。

『い、糸を……こんな方法で……!』

彼らを拘束していた【アラーネア】の糸は、焼き千切れていた。

耐熱のアクセサリーを持っているのは【アラーネア】自身であり、体から放出した後の糸にまでその効果は及《およ》ばない。

粘着性《ねんちゃくせい》を持つ生物由来の糸らしく、糸は《グランドクロス》の熱で焼失《しょうしつ》していく。

「突撃《とつげき》!!」

テオドールのその言葉に、続く言葉はいくつあったか。

しかしそれでも近衛騎士団の体は動き、【アラーネア】目掛《めが》けて剣を突き出している。

『む、無駄な足掻きをぉ!!』

【アラーネア】は再び腕と糸を振り回し、自らに近づく近衛騎士団を弾き飛ばしていく。

だが、その動きを阻害するものがあった。

それは一〇騎《き》以上の——金属製の馬だった。

『なんだ、この馬は……!』

それは近衛騎士団各員が拝領していた量産型の煌玉馬《こうぎょく》、【セカンドモデル】。

この屋内では騎乗《きじょう》しての戦闘は行えないが、それでもバリアを展開する【セカンドモデル】を壁《かべ》として配することはできる。

『グゥ……邪魔《じゃま》だ！』

【アラーネア】は自らを抑《おさ》え込もうとする【セカンドモデル】を糸と腕力《わんりょく》で破壊していく。

【セカンドモデル】が砕《くだ》けていくが、騎士達はそれでも構わない。

なぜなら、必要だったのは時間を稼ぐことだったからだ。

「「《グランドクロス》ッ……！」」

『……!?』

【セカンドモデル】に対応させられていた【アラーネア】の足元で、〝累《かさ》ね〟の《グランドクロス》が発生する。

〝累ね〟は最初の四発分から二発分に威力が落ちていたものの、先刻同様に【アラーネア】の視界を封じると共に糸を放出する端《はし》から焼き尽くしていく。

『こんな手でワタシを倒せるとでも……！』

【アラーネア】は光の奔流の圧力を受けながら、その中をもがいて脱出《だっしゅつ》せんとする。

ダメージはアクセサリーによって微々《びび》たるもの、これでは致命《ちめい》打になりえない。

【セカンドモデル】同様に、これも苦《くる》し紛《まぎ》れの時間稼ぎに過ぎない。

【アラーネア】がそう考えたとき、光の圧力が半減した。

（使い手のMPが切れたか……！）

元より消費の激しい奥義。枯渇《こかつ》しても不思議はない。

受ける感覚から【アラーネア】はそう判断し、減じた圧力から一気に抜《ぬ》け出した。

『抜け……!?』

だが、光を抜け出した瞬間に待っていたのは、

「――――オォ!!」

至近距離《きょり》から剣を突き出すテオドールの姿だった。

全《すべ》ては、【アラーネア】の不意を突いてテオドールが至近距離に接近するための布石。

自らの放った《グランドクロス》を解除していたテオドールは【アラーネア】の胸元へと己《おのれ》の剣を突き出す。

それはこれまでに彼が幾度《いくど》も攻撃《こうげき》していた場所。幾度もの攻撃を受け、僅かずつでも傷ついていた強固な装甲《そうこう》の一点はテオドールの一撃《いちげき》によって貫《つらぬ》かれ、

——刃をその体内へと沈《しず》めさせた。

『…………』

その場にいる全ての者は、時が止まったように感じた。

テオドールは、自らのMPもSPも使い尽くした全身全霊《ぜんしんぜんれい》の一撃の後に動けず。

【アラーネア】もまた自らの胸を貫いた剣を黙して見下ろし、そして……。

『フシュフシュ…………………残念でしたねぇ!!』

【アラーネア】は笑声《しょうせい》と共に人間の腕を振るい、テオドールを弾き飛ばした。

「ごふっ……」

その一撃で肋骨《ろっこつ》が折れて内臓に刺さったのか、テオドールは血の色の咳《せき》を零《こぼ》した。

「り、リンドス卿《きょう》！」

「ならば我らで……！」

近衛騎士団は糸からの脱出と【アラーネア】の攻撃で誰《だれ》もが満身創痍《まんしんそうい》であり、意識を失っている者も多い。

それでもなお、【アラーネア】に抗《あらが》おうとしていくが、

「ごふっ……。こ、これは……！」

それよりも早く、タイムリミットが来た。

二度目に服用した【快癒万能霊薬】の効果が、切れ始めたのである。

《フェイタル・ミスト》の成分も多くは幾度も使われた《グランドクロス》の超高熱で無害化していたが、未《いま》だ毒性を残していた成分が空気に残留して彼らを襲《おそ》った。

三度目の【快癒万能霊薬】を服用しようとするも、手が震《ふる》えてままならない。

『フシュ、フシュ、フシュ。まったく……脆弱でありながら、本当に手古摺らせてくれましたね。ですが、あなた達の抗いは無駄でしたよ』

【アラーネア】は自らの胸に突き立ったテオドールの剣を引き抜きながら、嗤う。

『ワタシの心臓を狙《ねら》ったのでしょうが、心臓はここにはありませんよ。もっとも、心臓を刺されても死にはしませんがね』

【アラーネア】は脳髄《のうずい》以外の主要臓器は予備を内蔵している。

内臓を攻撃してもそうそう死ぬことはない作りだ。

『ですが記憶《きおく》に残る無駄な足掻きをしたあなた達のことは忘れませんよ！　第二王女を殺すときにも語って聞かせてさしあげます！　死ぬほどの思いをして刺し傷《きず》一つが限界だった脆弱な騎士団としてね！　フシュ！　フシュ！　フシュ！』

【アラーネア】は大きく笑い、状態異常と満身創痍で地に伏《ふ》す近衛騎士団を見下して……。


——ピ、キ、リ、という、奇妙《きみよう》な音を聞いた。


『……？　何の音です』

【アラーネア】は周囲を見回すが、音の出所は分からない。

しかし恐《おそ》らくは騎士達の装備が壊《こわ》れた音か、激しい戦いに広間自体が悲鳴を上げているのだろうと納得《なっとく》しかけて……、

「ああ、刺し傷……一つだ」

ボロボロのまま壁に背を預けたテオドールの、そんな言葉を耳にした。

『おや、まだ喋《しゃべ》れるのですか。あなたが一番重傷でしょうに』

「……ほんの少しの、傷をつけただけだとも」

テオドールの言葉は譫言《うわごと》のようだった。

状態異常と重傷で意識が朦朧《もうろう》としているのかもしれない。

だが、【アラーネア】は彼の言葉に……どこか寒気がした。

『傷がどうしたというので……？』

言いかけて、再びどこかからピキリと音がした。二度目に聞こえたそれは、まるで堰堤《ダム》が決壊《けっかい》する前のような……小さくとも不吉《ふきつ》な異音に思えた。

『この音は、一体……』

「俺《おれ》は、見えていた……。だから……狙い続けた……」

『ええい！　だから、何を狙い続けたというのです！』

【アラーネア】が謎《なぞ》の音とテオドールの譫言に苛立ってそう叫《さけ》んで、

「――箱、だ」

テオドールはただ一言、そう答えた。

『何……？』

再びピキリと……何かが罅割れる音がした。

それは鼓膜《こまく》に届いた音ではなく……【アラーネア】の骨に直接伝わってきた音。

近衛騎士団が決死の覚悟《かくご》で挑《いど》み、犠牲《ぎせい》を出しながら付けたたった一つの刺し傷。

狙っていたものは、その傷の奥《おく》にあった。

テオドールには最初から……【アラーネア】が現れる直前から見えていたのだ。

【鑑定士】の汎用《はんよう》スキルは、三つ。《看破》と《鑑定眼》、——そして《透視》である。

《透視》はレントゲンや空港の荷物チェックの機械のように透《す》かして見るスキル。二重底など特殊《とくしゅ》な構造になっている物品の鑑定や、危険物などを確認するために用いられる。

テオドールが警護のために使用しているそのスキルは、シャッターの奥にいた【アラーネア】の……その内部に収められたモノも透かして見ていた。

『一体何だというので……まさか!?』

テオドールには見えていたし、最初からそれを狙っていた。

テオドールが狙っていたものは、ただ一つ。

【アラーネア】の体内——毒物と糸を合成する原料を収めたアイ、テ、ム、ボ、ッ、ク、ス、。

それは、ピキリ、ピキリと罅《ひび》割れの音を加速させていく。

『待て。待て……!』

そもそも当然の話だった。毒物を吐き出すにも、糸を放出するにも原料が必要になる。

だというのに、【アラーネア】は廊下《ろうか》から溢れるほどの毒液を流し、先刻も部屋中を蜘《く》

蜘蛛《も》の巣に変えるほどの糸を出した。

物理的に体内に収まる量ではなく、どこかから原料を取り出しているのは明白。

しかし《鑑定眼》ではアイテムボックスは見えていなかった。

だからこそ、テオドールは膨大《ぼうだい》な原料を収めているのは《透視》で見えていた体内の箱だと気づいた。【アラーネア】の生命線であるがゆえに、決して紛失《ふんしつ》しないよう体内に内蔵されたアイテムボックス。

しかしそれは……一つの欠点を抱《かか》えている。

『待てまてマテマテマテマテェ⁉』

止《や》まない罅割れの音に、【アラーネア】がそれまでの平静さを忘れたような悲鳴を上げる。

それは死を齎す側ではなく、齎される側に回ったゆえの恐怖《きょうふ》。

彼《かれ》が恐れるのはこの音ではなく……音を前触《まえぶ》れに訪《おとず》れる世界の常識。

アイテムボックスは、外部から破壊《はかい》できる。

そして破壊されれば……中身をぶちまける。

『マッテェ……アビュ⁉』

短い断末魔《だんまつま》の声の直後……【アラーネア】は破裂《はれつ》した。

強固な外殻の内側で溢れ出した素材アイテムで臓器は一瞬《いっしゅん》の内に圧壊し、数瞬後には外殻すらも自らの体積を遥かに上回る物量によって内側から砕け散った。

如何《いか》に改人といえど、耐えられる道理はない。改造によって自分から死が遠退いたと自惚《うぬぼ》れた者は、その改造こそを死因として息絶えたのである。

その決着を、テオドールは満身創痍の体で見届けながら……。

「フッ……」

あの戦争以降初めて笑《え》みを浮《う》かべ、毒物を含めた素材の洪水《こうずい》に飲まれていった。

拾話　炎の記憶

■炎

ラズバーン家は代々火属性魔《ま》法《ほう》に秀《ひい》でた家系だった。

ティアンの限界レベルや適性は個々人によって異なるが、ラズバーン家の者は限界レベルが高く、同時に火属性魔法のジョブへの適性も高かった。才能が遺伝する例として最も顕著《けんちょ》なのは天地の住人だが、ラズバーン家もそれに近いものだった。

それゆえ、ラズバーン家は代々火属性魔法の研鑽《けんさん》を積み重ねてきた。

ジョブとレベルの存在する〈Infinite Dendrogram〉において、自らを高める術が明確であるのはティアンにとって幸福であっただろう。彼……フュエル・ラズバーンも先代の【炎王《キング・オブ・ブレイズ》】であった父を師としながら、火属性魔法の扱《あつか》いを学んだ。

【炎王】であった彼の父は、繰《く》り返しこう言っていた。

「三大属性の超級職《スペリオル・ジョブ》である【天神《ジ・アトモス》】、【地神《ジ・アース》】、【海神《ジ・オーシャン》】は、大属性内の全ての魔法に適性を持つ者でなくては就《つ》くことができない。しかしそれは広くとも、浅いものだ。火属性の大家である当家は、天属性の使い手達に劣《おと》るのかと言えば……そうではない。火の一点に限れば、我らラズバーン家の継《つ》いできた【炎王】は【天神】にも勝る。そして火属性魔法こそは、全属性で最大の威力を発揮するものなのだ」

即《すなわ》ち、『ラズバーン家こそ魔法において最強の一族である』と、父は何度も話してきた。

彼もまた、それは正しいと感じた。

全てが使える必要はない。己の全てを注ぎ込んだ一事のみで、最強であればいい。

熱量。最大最強の熱量こそがラズバーン家を最強たらしめている。

彼はそう考えて幼少期から火属性魔法の鍛錬《たんれん》に心血を注ぎ、父の死《し》に際して【炎王】を引き継いでからも研鑽を続けた。【炎王】の奥義を会得《えとく》し、さらにはそれに改良さえも加えながら、最強であり続けようとした。

そして、【炎王】フュエル・ラズバーンの名が王国に知れ渡《わた》ったとき、彼は一通の挑戦《ちようせん》状《じよう》をある人物に送り付けた。

その人物の名は……ない。

名前は誰も知らない。王族ですら知らず、《看破》ですらも見破れない謎多き人物。

だが、その人物は王国の要として親しまれ、名ではなくジョブの名で呼ばれている。

即ち、【大賢者《アーチ・ワイズマン》】、と。

◆

四年前のその日、決闘《けっとう》都市ギデオンの中央大闘技場《とうぎじょう》は賑《にぎ》わっていた。
巨大《きょだい》な中央大闘技場の観客席はほぼ満席であり、貴賓席《きひんせき》にはアルター王国の国王である
エルドルの姿までもがあった。
アルター王国の最初の王妃《おうひ》がギデオン出身の【超闘士《オーヴァー・グラディエーター》】であったため、この地で
行われる重要な決闘の際は王族が臨席することも多かった。
そう、今日行われるのは通常の決闘ではない。
当時の決闘で頂点に立っていたのは【猫神《ザ・リンクス》】トム・キャット。しかし彼以外にも増え始
めた〈マスター〉によって少しずつランキングが塗《ぬ》り変えられていた頃《ころ》だが、その日のメ
インイベントで戦うのは決闘ランカーではなかった。
決闘においては珍《めずら》しい、魔法職同士の激突《げきとつ》。
それも国内のティアンで一、二を争うとされる魔法職同士の戦いだ。
一方は〝灰燼《かいじん》〟の名で知られる火属性魔法の大家、【炎王】フュエル・ラズバーン。

もう一方は王国の相談役にして当時〝魔法最強〟と謳《うた》われていた生きる伝説、【大賢者】。

〈マスター〉達が成長段階にあった当時、国内最強の魔法職同士の戦いだった。

「このような大舞台《おおぶたい》に立つのは久しぶりです。何卒《なにとぞ》お手柔《てやわ》らかに、ラズバーン殿《どの》」

「…………ああ」

にこやかにそう言う【大賢者】に対し、フュエルは険のある表情だ。

そもそも、この決闘が起きた理由はフュエルの挑戦状である。

理由は【大賢者】の二つ名……〝魔法最強〟。

先に述べたとおり、ラズバーン家は自分達こそが魔法において最強であると自負し、それを真実とするために研鑽を続けてきた一族だ。

しかし世間において、魔法の最強は二つ名が示すように【大賢者】のもの。

その二つ名のために、フュエルは【大賢者】に決闘を挑んだ。

自身を限界まで研鑽し、今こそが――老いにより弱る直前の今こそが――全盛期であると確信した上で、【大賢者】に挑戦状を叩きつけた。

挑戦状を公表もし、受けなければ【大賢者】が勝負より逃《に》げたのだと、自分よりも弱いのだと世間に示すこともした。

彼の行動に対して世間には賛否があった。

賛は伝説に挑む意気込みを評価したものだが、否定の方が大きかっただろう。

それほどに【大賢者】の存在は王国で大きく、また彼の行動が無礼でもあったからだ。

それでも、彼は退けない。〝魔法最強〟こそは、ラズバーン家が求めた名。

彼の父もそれを求め、しかし【大賢者】に挑む前に病に倒れ、無念の内に亡《な》くなった。

その姿を見ていたこともあり、彼は「絶対に自分が【大賢者】を打ち倒し、最強の名を取り戻《もど》す」と誓《ちか》った。彼の生涯《しょうがい》を捧《ささ》げた修練の果てに、この挑戦《ちょうせん》がある。

「怖《こわ》い顔をしていますね。何か恨《うら》みでも買いましたか」

「……貴殿《きでん》個人に、恨みはないのだ」

強《し》いて恨むことがあるとすれば、〝魔法最強〟と呼ばれる【大賢者】であること。

上級職【賢者《ワイズマン》】とは、ラズバーン家の思想とは真逆のジョブだ。

【賢者】は、三大属性全てに適性がある者のみが就くことができるジョブ。天地海の三大属性全ての魔法を行使できる上に、回復魔法まで使える者もいる。

しかし多くの場合、それらの魔法は専門職よりも大幅に格が落ちる。

【賢者】とは、フュエルの父の言っていた『広くとも浅いもの』を体現している。

そして言うまでもなく、【大賢者】とは【賢者】の超級職である。

即ち、〝魔法最強〟の【大賢者】とは、存在自体がラズバーン家の全否定。

それこそが、挑戦状を送るに至った最大の理由である。

フュエルは相対する【大賢者】を見据《みす》えながら、過去を思い返す。

それは病に倒《たお》れる前の父の言葉だ。

『聞いた話では、あの【大賢者】は《クリムゾン・スフィア》は使えるらしい。つまりは三大属性の上級職の奥義《おうぎ》を全て放てるということだ。それは確かに大したものだが、逆を言えば【炎王】が誇《ほこ》る火属性魔法の深奥《しんおう》には届かない。ラズバーン家ならば、勝てる』

父はそう言っていた。仮に海属性魔法上級職の奥義、エネルギー減衰《げんすい》系の防御魔法《ぼうぎょまほう》を使われたとしても、【炎王】の奥義ならば打ち破れると判断したのだ。

『また、闇《やみ》属性を複合した魔法によって生物のみを攻撃する大規模殲滅魔法《せんめつまほう》も使えるらしい。大したものだ。しかしそれは大規模殲滅魔法であり、至近の決闘において使える魔法ではない。一対一の戦いならば【炎王】の奥義である《恒星《フィックスド・スター》》の威力《いりょく》を超《こ》えることはできない』

《恒星》はその名が示すように、世界を照らす恒星《こうせい》の如きプラズマ火球。殲滅《せんめつ》規模では【大賢者】の大規模殲滅魔法《イマジナリー・メテオ》が勝るが、単体への攻撃火力としては当時の最大威力を誇った魔法である。

ゆえに父は勝利を確信していたのだろう。病に倒れたときも『病さえなければ【大賢者】

を打倒《だとう》できたものを……』と怨嗟《えんさ》の声を上げていた。

だが、フュエルの判断は父とは違《ちが》う。

（……恐らく、【大賢者】は全属性の魔法系超級職の奥義を使うことができる）

相手は一〇〇年以上を生き、研鑽を積み続けた魔法の先達にして天才。

全ての魔法の才を持つ【大賢者】ならば、その領域に至れても不思議などない。

彼は自分の一族が磨《みが》き続けた力の最強を信じてはいても、相手を過小評価はしない。

そして【大賢者】が全属性の奥義を使うというのならば、フュエルは己が辿《たど》り着いた奥義のさらに先の力で【大賢者】を破る決意があった。

（私がひたすらに磨き続けた《恒星》の果てを以《もっ》て、最強の名をラズバーン家に持ち帰る）

手札の枚数においては圧倒的《あっとうてき》に不利であるからこそ、短期決戦に挑む。己の磨き上げた最強の魔法を初撃にて放ち、それによって相手の技巧《ぎこう》全てを打ち破るしかないのだと。

フュエルは最初の攻防《こうぼう》に己の人生の全てを……一族の研鑽の全てを賭《か》けていた。

一方で挑戦を受けた側である【大賢者】の顔は涼《すず》しいものだった。

そもそも、【大賢者】には受ける理由などない。王国の重鎮《じゅうちん》であり、その一〇〇年を超える実績を疑う者などいない。挑戦を受けなかったところで臆病《おくびょう》と誹《そし》られることはなく、むしろ「やはりあのような者は相手にする価値もなかったのだ」と納得されるだけだろう。

それでも【大賢者】は挑戦を受けた。それだけでなく彼はギデオン伯爵《はくしゃく》に話を通し、この中央大闘技場のメインイベントとしてセッティングさえしてみせた。

彼曰《かれいわ》く、『お互《たが》いに優《すぐ》れた魔法の使い手です。万が一のためにギデオンの結界設備の使用は前提でしょう。ギデオンで行うのならば客を入れた方が収益も出ます』とのこと。

しかしどれだけの深慮遠謀《しんりょえんぼう》を重ねているのか誰にもわからないのがこの【大賢者】という男であり、述べた言葉に嘘偽《うそいつわ》りがなくとも狙いが複数ある可能性は否定できない。

いずれにせよ、両者が納得の上で決闘の場は整い、開始の時を迎《むか》える。

『――開始《はじめ》え!!』

司会が決闘開始の合図を出すと同時に、フュエルが動く。

「燃えよ！　燃えよ！　燃えよ！　天光の写しにして地表の焼却《しょうきゃく》者！　輝《かがや》ける星の縮尺！」

己の魔力《まりょく》を魔法へと回しながら、フュエルは己の全身全霊で《詠唱《えいしょう》》する。

《詠唱》は魔力を込めながら言葉を発することで、魔法の効力を高める補助スキル。文言は人によって異なるが、彼は己の魂《たましい》そのものを燃え上がらせるような《詠唱》を重ねた。

「汝《なんじ》らは破滅《はめつ》の双子《ふたご》星！　二重連恒星の具現！」

フュエルの言葉と共に、掲《かか》げられた両手に一つずつ《恒星》が浮かぶ。

双発式《そうはっしき》恒星。両の手で二発の《恒星》を同時に撃《う》ち出す技法。

《恒星》の果てにして、フュエルが自らの代で完成させた秘儀《ひぎ》。過去にはこの技術に挑戦して制御《せいぎょ》をしくじり、自ら燃《も》え尽きた【炎王】も存在するほど……危険にして高度な技術。

だが、彼は血の滲《にじ》む努力の果てにこれを使いこなせるようになった。

仮にエネルギーを減衰する海属性　超級《ちょうきゅう》　職の奥義を行使されたとしても、一発目で相殺《そうさい》しながら二発目で確実に仕留められる。そのための双発式だ。

この魔法ならば、絶対に勝利できる。

（この双撃で、ラズバーン家の勝利を――――）

しかしフュエルは魔法を完成させた後――衝撃《しょうげき》を受けた。

寸前まで自らの対面に立っていた【大賢者】は、いつの間にか空中に浮遊《ふゆう》していた。

そして、宙に浮かんだ【大賢者】の周囲には――四つ、の《恒星》があった。

「……ぁあ……あああぁ！」

自身が至った境地を、果てだと信じた双発式を……【大賢者】はあっさりと超えていた。

そもそも《恒星》は一発で三〇万以上のＭＰを消耗《しょうもう》する。四度も使えばフュエルといえども魔力が枯渇するが、実際に四つ浮かべている【大賢者】の顔に苦渋《くじゅう》の色はない。

何よりも重要なのは、最初から《恒星》を使うと決めていたフュエルに対し……【大賢者】はフュエルの動きを見てから《恒星》の使用を選んだということ。

それはつまり、後から《恒星》の使用準備を始めて、フュエルが二つの《恒星》を放つ準備を整えた時には、既に四つの《恒星》を浮かべていたということ。

魔力だけではなく、練度と速度においてもフュエルの火属性魔法は【大賢者】に遠く及んでいないことの証左である。

これでフュエルが非才であれば、あるいは愚者《ぐしゃ》であれば、『威力なら勝っているはずだ』、『あんなものはコケ威《おど》しのハリボテだ』と妄信《もうしん》して自信を保つことができただろう。

だが、彼は天才だった。それも火属性魔法に全てを打ち込んだ天才だった。

だから、【大賢者】の《恒星》を見ただけで、ハリボテなどではなく自身の《恒星》と同等の……否、上回るものであると分かってしまった。

しかし、それが分かっていても……。

「《恒星《フィックスド・スタア》》ァ!!」

「――《恒　星《フィックスド・スター》》」

フュエルは自身の《恒星》を放ち、【大賢者】も対応して《恒星》を放った。お互いの魔法をぶつければどうなるかなど、文字通り『火を見るよりも明らか』であっただろう。

しかしそれでもフュエルは魔法を放った。結果が分かりきっていたとしても、己の研鑽の結末から逃げるわけにはいかなかったから。

そうしてフュエルと【大賢者】は互いに《恒星》を放つ。

フュエルの二発の《恒星》は【大賢者】の《恒星》の内の二つに飲み込まれ、彼自身は……残る二つの《恒星》によって焼却された。

至極《しごく》あっさりと、開始から一分と経たずにティアン最強の魔法職の戦いは決着した。

◆

とある山中において、一人の老人が切り株の上に座している。それは瞑想《めいそう》をしているようにも眠《ねむ》っているようにも……あるいは死んでいるようにも見える。

【大賢者】との決闘から三年半が経った時、老人——【炎王】フュエル・ラズバーンは王国の南西部の山深い庵《いおり》にいた。

かつて使っていた市中の屋敷《やしき》は、ここに身を移す前に彼自身の手で焼き払《はら》っている。

あの決闘の後、彼に対する評価は著《いちじる》しく低いものとなった。見る者が見れば、フュエルもまた稀代《きたい》の傑物《けつぶつ》であり、あれが超高度《ちょうこうど》な魔法の応酬《おうしゅう》であったことが理解できるだろう。

だが、傍《はた》から見れば二対四と……非常に分かりやすく負けてしまっている。奥義を複数出すこと自体が、歴代【炎王】のなしえなかったことであるなど考慮《こうりょ》はされない。『【炎王】は【大賢者】にまるで及ばなかった』という結果のみが世間には広まっている。

ゆえに彼が姿を消したことも、風評を避《さ》けるためのものだと世間では考えられた。

実際には、彼はそんな世間の風評など気にしてはいない。

そんな雑音が届く余地など、今の彼の心にはない。

彼の心を占《し》めるのは、『完敗した』という事実の反響《はんきょう》のみ。

万能《ばんのう》の魔法使《まほうつか》いである【大賢者】に己の生涯を賭けた一点の力で挑み、しかしその力で圧倒的な格差を見せつけられて敗れた。

最強を証明するための、【大賢者】を超えるための研鑽が……全く通じなかった。

己の人生を完全否定されたも同然の結果だった。

そしてそれから三年以上、この山中でただ独り過ごしている。

元より火属性魔法のみに捧げた人生。山深い地に佇《たたず》んでも、気にかける者はいない。

「…………」

独り瞑想を続ける彼は無言だったが、そんな彼の周囲には声でない音が鳴っている。

それは炎の音。座した彼の周囲には——総数六四の火球が浮かんでいる。

火球は《恒星》ではなく、下級魔法の《ファイアーボール》だ。

それでも、普通《ふつう》はこれだけの数を並列で動かすことはできない。

【大賢者】に数と威力、速度で敗れ去った後、再び研鑽を積んだ結果……彼はかつての決闘を上回る制御能力と速度を身につけていた。

更《さら》なる先を求めて、自らの限界の先をさらにこじ開けようとした結果だ。

だが、彼は知っている。ここより先があっても……自分では辿り着けない、と。

「やはり……足りない」

彼はそう呟《つぶや》いて周囲の火球を消した。

彼が試《ため》そうとしていたのは、かつてと同じ……《恒星》の複数同時制御。今の彼ならば、【大賢者】が行った四発同時……あるいはそれ以上の領域にも届くかもしれない。

しかしそれは……根本的な理由で不可能だった。

「魔力が、足りない」

彼には、四発もの《恒星》を同時に放つだけのMPがない。

限界まで自らのMPを絞《しぼ》りつくしても、同時三発までが数値限界だった。

レベルを上げさえすれば、MPも増えるだろう。

だが、レベルの限界のない超級職といえど際限なく上げられるわけではない。

【大賢者】は一〇〇年以上を生きて、レベルを上げてきた者。その域に辿り着くには、フュエルもさらに数十年の時間が必要となるだろう。

生きている間に追いつけるかは分からず、追いついたところでそれでは勝てない。

かつての決闘では、あえて火属性魔法を使ってきたが、【大賢者】は全属性を使える。

相性《あいしょう》の悪い魔法を使われれば、同等のMPや制御能力であっても敗北は確実だ。

単一の力のみで破らんとするならば、相手を凌駕《りょうが》しなければならない。

それこそ、かつて編み出した双発式恒星がそのためのものであったように。

「……ッ」

フュエルはかつての決闘、己の全てを打ち砕かれた瞬間の【大賢者】を思い出す。

ガラクタを見せびらかす童《わらべ》でも見たような微笑《ほほえ》ましい視線が忘れられない。

【大賢者】にとって、フュエルが人生を賭《と》して会得した力はその程度でしかなかったのだ。

「……児戯《じぎ》、か」

フュエルにも分かっている。【大賢者】が《イマジナリー・メテオ》のみ知られているのは、あの《恒星》は【大賢者】にとって遥《はる》か昔に見切りをつけた技術だからだ。

これでは使えないと思ったから、使わなくなったのだ。

そんな彼に対し、彼が使えないと判断した技術より更に劣る技術で挑んだのだ。それは失望もされ、子供でも見るような目を向けられるだろうとフュエルは自嘲《じちょう》する。

だからこそ、次は……【大賢者】の火属性魔法を凌駕しなければならない。

そう、フュエルは諦《あきら》めてなどいない。

人里離《はな》れて独り瞑想し、研鑽を積んできたのは……再度の挑戦のため。

『完敗』という結果をつきつけられたところで、もはや彼には〝魔法最強〟を……否、【大賢者】を打倒《だとう》する以外に生きる道はない。

だからこそ、決闘までの全てを砕かれた後も研鑽を絶やしてはいない。


彼は、〝魔法最強〟の名がファトゥムという〈マスター〉に移ったことを知らない。

彼は、戦争が起きて【大賢者】が死んだことも知らない。

世間から切り離された山中で、目的のためにただ独りで研鑽するのみ。

それは余人からすれば狂気《きょうき》とすら言ってよかったが……彼は正常である。

ただ、価値観と生きる世界そのものが、それ以外になかっただけの話。


しかし……そんな日々も変わるときが来た。

「…………何者だ？」

不意に、目を閉じたままでフュエルはそう言った。

それは自らの研鑽を評価するものでも、回想する過去に対してのものでもない。

今ここに現れた何者かに向けての言葉。

「はじめまして。フュエル・ラズバーンさんですね」

いつの間にか、山の木々の間にその者達《たち》はいた。

輪唱のように少しずつずれた二つの声。

木の葉で埋《う》まった林の中、車椅子《くるまいす》に乗った白い女と車椅子を押《お》す屈強《くっきょう》な黒い男。

――【魂売《ソウル・バイヤー》】ラ・クリマがフュエルの前に姿を現していた。

「私の名はラ・クリマ。〈マスター〉であり、【魂売】です」

「〈マスター〉か。そんな連中もいたな。それで、私に何用だ？」

「スカウトです。私達のクラン……そのサポートメンバーになりませんか？」

「クラン？」

「〈IF〉という、指名手配者の集うクランです」

その言葉に、フュエルは苦笑《くしょう》した。

「犯罪者か。私は指名手配になった覚えなどないが？」

「――でも大勢殺しているでしょう？」

しかし苦笑するフュエルに対し、ラ・クリマは断定するようにそう言った。

「「この山、とても静かですね。モンスターの気配がありません。そして、人の気配もない。王国の中でも高レベルのモンスターが棲《す》み、修行場《しゅぎょうば》として有名だったはずですが」が」

「……何が言いたい？」

「「レベルはどれほど上がりましたか？」か？」

ラ・クリマの言いたいことは、『あなたはレベルを上げるために、どれほどのモンスターと……この山に来たティアンを殺しまくったのですか？』である。

リソースをドロップアイテムに変えてしまうモンスターよりも、ティアンの方が経験値効率は良いことなど……知っている者は知っているのだから。

「「町や村を襲わず、ここを狩場《かりば》にするようなティアンを狙うのは賢明《けんめい》ですね。戻らなくても不思議ではないですし、高レベルのティアンは経験値が良いですから」ら」

「……フッ」

フュエルは笑う。愉快《ゆかい》ではなく、ただ少しの可笑《おか》しさに笑う。

賢明ですねと言ったその言葉に、少しの共感があった。

「ああ。別段数えてはいないが、魔力を高めるために殺したとも」

彼は至極当然のように、そう言った。

狂人《きょうじん》の言葉であるが、彼は狂《くる》ってなどいない。

ただ、価値観と生きる世界そのものが、それ以外になかっただけの話。

彼の価値観とは火属性魔法で最強を目指し、証明すること。

彼の生きる世界とは、それが全てだったラズバーン家。強くなることが目的であって
……誰かを守るだとか人に尽《つ》くすだとかいう雑多な余分は存在しない。

ゆえに、レベルを上げて強くなるために他者を殺すことなど、さしたる問題もない。

「「まるで話に聞く天地の住人ですね」ね」

「共感するところはある。それで犯罪者のクランと言ったか。生憎《あいにく》だが、私は自らをさらに高めなければならないゆえ、そのようなことをしている時間はない」

断りながら、フユエルは両の手に火球を作る。

先刻までの《ファイアーボール》ではない。彼の境地にして、未だかつて【大賢者】以外には破られていない魔法……双発式恒星である。

両の手に作られた火球を見つめながら——正確には片目だけ露出《ろしゅつ》した黒いラ・クリマの目でのみ見ながら——ラ・クリマは言う。

「「スカウトの対価に私が差し出すのは、今のあなたよりも強いあなたです」す」

その言葉に、フユエルが眉根《まゆね》を寄せる。

「今よりも強い私、だと……？」

「「私と取引をするならば、それは確実なものとなりましょう」う」

まるで契約《けいやく》を持ちかける悪魔《あくま》のように白いラ・クリマが手を差し出す。

それに対するフュエルの答えは、

「今以上の強さを私に与《あた》えるというのならば、まずはその証左を見せてもらおう！」

——両手から放たれる《恒星》だった。

この山中で出会った人間もモンスターも全《すべ》てを双撃の下に蒸発させてきた必殺の魔法。

それに対しラ・クリマは……避けることもできずに直撃《ちょくげき》を受けた。

余波だけで周囲の草木が炎上《えんじょう》し、フュエルの庵さえも全焼《ぜんしょう》する。

それだけの超高熱《ちょうこうねつ》の中心に、ラ・クリマはいて……。

二発の《恒星》は——黒い男の両手に握られていた。

「…………なるほど、この驚愕《きょうがく》は……【大賢者】以来だ」

車椅子から手を離した黒い男が、両手を前に突《つ》き出し、まるでボールのように《恒星》を掴《つか》んでいる。鋼鉄どころか神話級金属ですら熔《と》かしうる《恒星》を掴みながら、男の手は熔けるどころか形を崩《くず》しもしない。

見れば、いつの間にか男の姿は人間ではなくなっている。

金と銀のどちらとも言えぬ光沢《こうたく》で全身を包んだ……人よりも巨大で歪《いびつ》な人の姿。

金属の体の胸元《むなもと》には、『Ferrum Idea』と銘《めい》が彫《ほ》られている。

「私があなたに与えられる、今のあなたよりも強いあなた。そのサンプルです」

正体をさらした黒いラ・クリマが黙《もく》しているため、輪唱ではなく白いラ・クリマだけの言葉がフュエルの耳に届く。

白いラ・クリマには何の変化もないが、着ている衣服や肌《はだ》が余熱で燃える様子もない。

あるいは、白いラ・クリマもまたそれが正体ではないのかもしれない。

「……納得《なっとく》はした」

己《おのれ》の最大奥義を受けて、まるで効いていないように立っている黒い男。

これが作られた力だと言うのなら、『今よりも強いあなた』という言葉も信用できる。

「改めて名乗りましょう。私は、ラ・クリマ。〈超級〉にして、人を改めるものです」

歌うように白いラ・クリマはそう述べる。

「私はあなたの涙《ラ・クリマ》を歓喜《かんき》のそれへと変えましょう。あなたが力を望むならば、今をも遥かに超える力を与えましょう。リクエストにはお答えします」

実演を伴《とも》なった提案に対してフュエルは、

「………魔力だ。私には、あの【大賢者】を超えるだけの魔力が必要だ」

気づけば話に乗る方向で決意を固めていた。

人間を辞《や》めることにはなるかもしれなかったが、フュエルには些細《ささい》なことだ。彼にとって重要なのは火属性魔法を以て【大賢者】を倒し、自らの最強を証明する以外にない。

「承知いたしました。そのように施術《しじゅつ》しましょう」

そしてラ・クリマは【大賢者】を上回る魔力という要求を、簡単に承諾《しょうだく》した。

「…………」

自分のぶつかっていた壁《かべ》を、簡単に打ち崩す。

それは天から伸《の》びた蜘蛛の糸か、あるいは……。

「……お前は、悪魔の類か？」

唆《そそのか》し、地獄《じごく》に誘《さそ》う悪魔の類としか思えない。

「いいえ。きっと……『生の商人』とでも言うべき類です」

フュエルの本心からの問いに、ラ・クリマは至極真面目《しごくまじめ》そうにそう答えた。

第二十二話 求めたモノ

□王城二階廊下

「殿下《でんか》！　テレジア殿下！　どこにおられますか！」

無人の廊下を、近衛騎士団副団長《きしだん》であるリリアーナは【セカンドモデル】に騎乗《きじょう》して駆《か》けていた。この襲撃《しゅうげき》の最中、行方《ゆくえ》不明のテレジアの姿を捜《さが》し回っている。

しかし幼い王女はおろか、彼女《かのじょ》を乗せるドーマウスさえも見つからない。

城内に爆発音《ばくはつおん》が響《ひび》くたびに、テレジアの命が失われてしまわないかと不安になる。

（また……なの……）

変わらない状況《じょうきょう》に、リリアーナは無力感を抱《いだ》く。

（また私は……何もできないのっ……！）

彼女がこのような思いをしたことは、幾度《いくど》もあった。

幼馴染《おさななじみ》で親友の二人、第一王女アルティミアと【大賢者】の愛弟子《まなでし》インテグラ。

アルティミアは【アルター】に選ばれた【聖剣姫《セイクリッド・プリンセス》】であり、剣《けん》の修練では年上なのに一度も勝てなかった。

インテグラも師を凌《しの》ぐとさえ言われる魔法の才の持ち主であり、博識だった。リリアーナが思《おも》い悩《なや》む問題も、彼女はたちどころに答えを導いて解決してくれた。

彼女達《かのじょたち》は天才だった。——だが、リリアーナは違う。

【天騎士】を父に持ち、才にも恵《めぐ》まれていたが……彼女達ほど特別ではない。

自分に彼女達ほどの力があればと思ったことは、数え切れない。

騎士に……【聖騎士】になってからも、それは同じだ。近衛騎士団に入れはしたし、平均以上の実力はあったが、父を筆頭とした熟練の猛者達《もさたち》には及《およ》ばない。

それでもいつかはと、めげずに邁進《まいしん》もしていた。

だが、皇国との戦争で本当の無力感を味わった。近衛騎士団長であった父も、先達も、自分より若い後輩《こうはい》も、悪魔軍団との戦いで討《う》ち死《じ》にした。

そして……彼女が近衛騎士団の副団長になった。

団長でないのは、団長の座は【天騎士】の定位置であるから。

副団長となるのは、彼女より強い【聖騎士】が一人もいなくなってしまったから。

彼女自身が実力不足を自覚してしまっているのに、副団長として近衛騎士団を率いなければならなくなった。
父と仲間の死と、大役の任命。リリアーナの心は砕《くだ》けそうだった。
それでも彼女は折れるわけにはいかなかった。
父を亡くしてしまった幼い妹がいるから。
敗北で多くを失い、悲嘆《ひたん》に暮れる近衛騎士団の仲間がいるから。
親友であり、自分と同じく戦争で父親を亡くしたアルティミアがいるから。
そして、亡国の危機に怯《おび》える民がいるから。
彼女は騎士として、折れるわけにはいかなかった。
守りたいものを守るために、彼女は身《み》の丈《たけ》に合わない副団長の責務を全《まっと》うせんとした。
けれど彼女の心に反して、現実には彼女の力が及ばない事件が多すぎた。
王国の各地で起きる事件。彼女の妹を襲《おそ》った無数の魔蟲《まちゅう》。ギデオンでのテロ。
彼女の手の届く場所で起きる悲劇ですら、彼女一人では覆《くつがえ》せない。
守りたいのに、力不足で守れない。
それは、今も同じだ。
この城を襲う敵を撃退《げきたい》する術もなく、守るべき王女を見つけることすらできていない。
守りたいものを守れるだけの力が……欲《ほ》しかった。

「もしも……インテグラがいたら……」

幼馴染の一人であり、今は王国で最も賢《かしこ》いだろうあの才女がいたならば……その術も教えてくれたのだろうか。

「……いいえ！　今は、私のすべきことに、全力を……！」

ないものねだりも、他力本願も今は現実逃避《とうひ》でしかないと首を振《ふ》る。

リリアーナは後ろ向きな思いを懸命《けんめい》に振り切って、テレジアを捜し続けた。

そんな彼女を——廊下《ろうか》に置かれた絵画の一枚が見つめていた。

◆◆◆

■王城四階廊下

王城の四階は王族の生活スペースであるため、廊下にも様々な調度品が置かれており、絵画や観葉植物、さらには見事な造形の甲冑《かっちゅう》などが並んでいる。

そんな廊下に、一体の改人が立っていた。

（これで一三ヶ所目。粗方《あらかた》の配線は潰《つぶ》し終わったか）

青黒い肌と翼膜《よくまく》を持った蝙蝠《こうもり》と人を混ぜ合わせたような男――【ウェスペルティリオー・イデア】こと【奇襲王《キング・オブ・レイド》】モーターは心の中でそう呟いて、壁から自身の翼手《よくしゅ》を引き抜《ぬ》いた。

彼《かれ》の役割は魔力の配線を断《た》ち、城の防衛設備を潰すことだ。ラ・クリマの改造によって魔力探知能力を手に入れた彼にとっては、魔法式《まほう》の配線など目を瞑《つぶ》っても感じ取れる。

（爺共《じじい》が警備を引きつけているから楽なもんだ。……しかし、この城の防衛設備はまともに動いてこそいないが過剰《かじょう》だな。俺《おれ》の仕事場だった〈遺跡《いせき》〉といい勝負だぜ）

そんな風に考えながら、モーターはかつてのことを振り返った。

モーターは数ヶ月前までカルディナの〈遺跡〉で『成功者狩《が》り』をしていた。

〈遺跡〉を探索《たんさく》して成果を得た者を襲撃し、手に入れたモノを奪《うば》うという生業だ。

誰《だれ》にも知られぬまま、瞬時《しゅんじ》に相手を抹殺《まっさつ》して奪い取る。極《きわ》めてスマートな略奪者《りゃくだつしゃ》だった。

しかしその日々も、〈IF〉のサブオーナーを狙《ねら》ってしまったことで終わりを告げた。

その男は赤子の手を捻《ひね》るように彼を戦闘《せんとう》不能に追い込み、震《ふる》える彼に提案した。

「ここで死ぬか、人間を辞めるか、選べ。俺は前者を推奨《すいしょう》する」、と。

しかしモーターは後者を選んだ。

死ぬか生きるかならば生きることを選ぶ。奴隷《どれい》にされようと生きていれば機会はある。

そう答えたモーターに男は治療《ちりょう》を施《ほどこ》し、その後でラ・クリマに引き渡《わた》した。

ラ・クリマの下でモーターは改人へと生まれ変わり、今はこうして【ウェスペルティリオー・イデア】としてアルター王国の王城を襲撃しているのである。

(だが、この力は悪くない。【奇襲王】になった時以上の充実感《じゅうじつ》がある)

この王城という舞台《ぶたい》で力を振るっているとモーターにはそれが実感できた。

人間という窮屈《きゅうくつ》な殻《から》が取り払われ、全能感がモーターの精神を満たす。

見えなかったものが見え、出来なかったことが出来る解放感が彼の精神を占めた。

(しかし、何だろうな。こいつは……)

だが見えるからこその疑問もある。

モーターが探知する限り、この城には最大三つの巨大《きょだい》な魔力反応がある。

一つは同行者である【イグニス・イデア】だが、あとの二つが分からない。

片方は【イグニス】より小さいが並の超級職は凌駕しており、城の一点で動かずにいる。

もう片方は魔力の反応が拡大と縮小を繰《く》り返している。こちらはゆっくりとした速度で城の四階……モーターが今いる階を動いている。

この観測結果は突入《とつにゅう》前にゼタに告げており、ゼタからも設備を潰しながら拡大と縮小を続ける奇妙《きみよう》な反応に向かえと指示を受けた。

「……？」

自らの任務をこなす中、モーターは不意に視線を下……一階へと向ける。

（蜘蛛《くも》の爺が死んだか。微量《びりよう》な魔力をまとった反応がばら撒《ま》かれている。……体内のアイテムボックスが砕けたな。まぁ、俺も殺すならその手を使っただろうさ）

仲間の敗死の経緯《けいい》を悟《さと》りながら、モーターは音もなく溜息《ためいき》を吐《つ》く。

彼は【アラーネア】の死だけでなく、【イグニス】が結界に囚《とら》われたことも知っているが、それを救助に行くつもりはなかった。

未《いま》だ見つかっていない自分にとっては対岸の火事であるし、命令も受けていない。

何より、モーターにとって最優先は自分の生存であり、求めるものは自由だ。

もしも自由になる手段があるのならば、命令さえも放棄《ほうき》して脱走《だつそう》していただろう。

この改造された体は首輪付きであるため、不可能なことだったが。

（土台、俺らは実験動物だからな。蜂《はち》のバカは論外だが、俺らの中で最強になっちまった炎《ほのお》の爺だって、【MPブースター】《あんなもん》をしこたま積んでりゃすぐに死ぬだろう）

〈遺跡〉での狩りを生業にしていたゆえに、モーターは【イグニス】が体内に積んだ装備についても詳《くわ》しかった。

【ＭＰブースター】は魔力を増大させる代わりに寿命《じゅみょう》を大きく削《けず》る先々期文明品だが、膨《ぼう》大《だい》な魔力を求めた【イグニス】……フュエル・ラズバーンは体内に複数基を搭載《とうさい》している。

恐《おそ》らく、あと一年……いや、一ヶ月の命すら怪《あや》しいだろうとモーターは踏《ふ》んでいる。

なぜなら、アイテムの問題だけではないからだ。

（ラ・クリマのサイコ野郎《やろう》は、思った通りに人間を改造する力はあっても生物学や医学の知識はさほどない。人間とモンスターとアイテムを〈エンブリオ〉の力で混ぜ合わせているだけだ。だから、どこかに無理がある）

素材さえ用意すれば、ラ・クリマの望むとおりに人体を自動改造するのがイデアという〈超級エンブリオ〉。過程の知識と技術がラ・クリマになくとも、イデアにはそれがある。

だからこそ、改人という改造人間を量産できるのだ。

ただし、ラ・クリマの望んだ改造に問題がある場合でも、それが稼《か》働《どう》するように仕上げてしまう点は長所にして欠点と言えた。

（強大な改人《イデア》ほど、過大な戦闘力《せんとうりょく》を持たせるほど……自壊《じかい》のリスクが高まる）

その点で、モーターは自身の改造に安堵《あんど》していた。

特筆すべきは魔力探知能力と無視界空間生成能力の二点。加えて低級の飛行能力。

比較的抑え目《ひかくてきおさえめ》の改造であったために、今はまだ不具合も見つかっていない。

(成功と言えるのは俺と……ラ・クリマの手足である【フェルム《鉄》】と【カントゥス《歌》】だけか。いや、あいつらも成功と言うには、……？)

モーターは再度、階下に視線を落とす。

(炎の爺、何をする気だ？)

結界に囚われていた【炎王】の魔力反応に大きな動きがあり、彼はそれを探知していた。

その動きの意味を探《さぐ》ろうとした直後、城全体が大きく揺《ゆ》れた。

『……チッ』

それまで気配を消しての活動だったために無言だったモーターも、つい舌打ちをした。

(あの爺、本当に何をやっていやがる)

内心でそう考えながらの舌打ちは本当に些細な物音であったが……。

次の瞬間《しゅんかん》――彼に向けて剣が振り下ろされた。

『……！』

モーターは反射的に飛び退《の》いてその剣を回避《かいひ》し、同時に混乱していた。

(何だ？ いなかったはずだぞ、何も。魔力の反応もないし、騎士の姿もなかった。ゼタの光学迷彩《めいさい》みたいなものか？ それにしたって……なんだあれは)

高速で疑問と思考が走り、しかしそれは視界に捉《とら》えたものによって遮《さえぎ》られる。

彼は、直前までそれを見ていた。視認《しにん》していた。だからこそ分からない。

それは、廊下に飾《かざ》られていた甲冑だった。

城の廊下に飾られていた鎧《よろい》が独りでに動き出し、剣を振り下ろしていた。

（……ゴーレムの類だったか？　いや、魔力の反応なんて欠片《かけら》もなかったぞ）

甲冑《かっちゅう》は動くだけでなく、形を変えながら膨《ふく》れ上がる。

やがてその頭上には、【マサクゥル・アーマー】という――モンスター名が表記される。

モーターにとって、そして人類の大多数にとって未知の現象だった。

『……なんだ、これは？　ッ⁉』

そう呟いた直後にモーターは再び反射的に飛ぶ。

直後、彼の背後の壁が彼のいた場所に噛《か》みついていた。

壁は牙《きば》持つ巨大な口――【ビッグマウス・ウォール】と表記されている。

変化はそれでもまだ止まらない。

観葉植物がまるで拷問《ごうもん》器具のような形に変形し、【トーチャー・プラント】となる。

額縁《がくぶち》の絵画が笑い出し、【スクリーム・ピクチュアル】と新たな題名を付けられた。

ただそこにあるだけだったものが、人間でもモンスターでもなかったものが、邪悪《じゃあく》な姿のモンスターに変じてモーターに襲い掛《か》かる。

『……トンだ化け物屋敷だな、この城は』

防衛設備にしても悪趣味《あくしゅみ》すぎる、それとも〈エンブリオ〉の仕業《しわざ》だろうか、そう内心で考えながら、モーターは突如《とつじょ》として出現したモンスターとの戦闘に突入した。

そんな異形と異形の激突《げきとつ》を――天井《てんじょう》の隙間《すきま》に隠《かく》されたレンズが見つめていた。

◇◇◇

□王城地下避難《ひなん》区画

近衛騎士団が最終防衛線とした広間の先、地下へと続く階段の奥《おく》には王城の避難区画。

エリザベート達はその避難区画の通路のさらに奥へと向かっていた。

護衛や侍女《じじょ》も含《ふく》めれば一〇人を超《こ》す大人数だが移動に支障はない。地下通路は幅《はば》が広い上に天井も高く、〈マジンギア〉でも簡単に通れそうなだけのスペースはある。

一団を先導するのは第一王女アルティミアの腹心であり、王国の諜報《ちょうほう》を取り仕切るフィンドル侯爵《こうしゃく》。また、随伴《ずいはん》する六名の近衛騎士がエリザベートとツァンロン、ミリアーヌ、それと侍女達《じじょたち》を守るように動いている。

「着きましたぞ。一先《ひとま》ずはこの避難所《ひなんじょ》に籠城《ろうじょう》し、敵が退くのを待ちましょう」

先頭のフィンドル侯爵はそう言って進路の先にあった分厚い扉《とびら》に近づき、壁面《へきめん》のタッチパネルを操作すると、重い機械音と共に最奥部《さいおうぶ》……王族の避難所への扉が開く。

「これは……堅牢《けんろう》な作りですね」

ツァンロンの言葉は正しい。避難所は天然の地下空洞《くうどう》に工事を施したものであり、空洞を分厚い金属製のシェルターで覆《おお》い、地上と完全に隔《へだ》てられた強固な構造だ。

また、王城地下の水源を取水しているので水には困らず、経年劣化《れっか》を極限まで抑《おさ》えるタイプのアイテムボックスによって食料も豊富に備蓄《びちく》されている。救援《きゅうえん》が来るまで籠城することも可能。襲撃を受けている王城において、最も安全な場所である。

「わらわもここに入るのははじめてなのじゃ」

「このような時でもなければ使いませぬ。相手は少数ですし、城下の〈マスター〉が駆けつければ撃退も可能と思われます。あるいは、講和会議に向かわれた方々の帰還《きかん》までの籠城も視野に入れることになるかもしれませぬが……」

フィンドル侯爵の言葉を聞いて、エリザベートの顔が曇《くも》る。

「ひなん……。テレジアは、どこにおるのじゃろう……」

「グランドリア卿《きょう》が捜索《そうさく》中です。この避難所には監視《かんし》設備もございますので、グランドリア卿がテレジア殿下をお連れしてくれれば分かります。そのときは扉を開きましょう」

「おねえちゃん、だいじょうぶかな……」

「グランドリア卿は現在の我《わ》が国《くに》で最も強い騎士。心配は要《い》りませぬ」

不安そうな少女達の言葉に答えながらも、内心でフィンドル侯爵は状況の危《あや》うさに戦々《せんせん》恐々《きょうきょう》としていた。

賊《ぞく》の一人が【炎王】であるという報告は受けている。超級職……それも尋常《じんじょう》ならざる力を手に入れた超級職が相手では、楽観視などできるはずもない。

〈超級〉やランカーのほとんどは不在。せめて講和会議に出向いていないフィガロ殿《どの》がいてくれればよかったが、まだ戻《もど》ったという報告はない。レイレイ殿や新たに加わったハンニャ殿の所在も不明だ。……不幸中の幸いは、迅羽殿がいてくれたことか)

フィンドル侯爵達が守りながらここに避難させた少年少女。彼らと共にいた迅羽は侵入《しんにゅう》者《しゃ》の迎撃《げいげき》のために地上に残った。

この時点では王城の廊下でゼタとの死闘《しとう》を繰り広《ひろ》げている。

(このような事態になると分かっていれば……。城の襲撃を察知できなかったのは諜報を預かる私の不手際《ふてぎわ》。失態の責任は事件の後に取らねばなるまい……)

そう思考するフィンドル侯爵の表情は硬《かた》い。事前にこの動きを掴めず、主の留守中に王族と他国の来賓《らいひん》を危険にさらしているためだ。悔《く》やんでも悔やみきれない。

（やはり、諜報部門への〈マスター〉の登用は考えねばならない。あるいはそれが私の最後の仕事となるかもしれんが……。しかし今は殿下とツァンロン皇子の身を守らねば）

そのように考えながら、フィンドル侯爵は避難所内の操作盤《そうさばん》を動かしては空調などを含めた内部の設備を稼働させていく。

そんなフィンドル侯爵の作業を見ていたツァンロンが、何かに気づいたように呟く。

「この地下の区画、もしかして王城の建設よりも前にありましたか？」

「お分かりになりますか」

「はい。地上の城は生活と美観を重視した設計でしたが、地下は作りが武骨すぎます。加えて、王国の施設《しせつ》……それも数百年前のものにしては機械設備が多いように思えます」

「左様にございます。この地下区画は初代国王様がここに王都を建設するよりも前に作られたものを、そのまま使用しております」

話すことで少しでも年少者達の不安を和《やわ》らげられるかと考え、フィンドル侯爵はこの地下の施設の来歴を話しはじめる。

「かつて、この王都のあった地には別の国の都がありました。その都の名は業都《ごうと》。かのロクフェル・アドラスター率いる侵略《しんりゃく》国家アドラスターの首都でございます」

それは歴史に名立たる大征服者。歴史上最強のティアンにして、その武力によって大陸の西半分を制覇《せいは》したと語られる【覇 王《キング・オブ・キングス》】の名である。

「この地下区画は首都戦闘での要塞《ようさい》設備として建設されたものらしく、極めて堅固《けんご》で解体もできなかったのでそのまま使い、その上に新たに城を建てたそうです」

「それで機械技術が多いのですね」

【覇王】は大陸の西半分（同盟関係であったレジェンダリアを除く）を支配した。それゆえ、〈遺跡〉から今のドライフに伝わるような機械技術も獲得《かくとく》していたという。

「【覇王】はここに都を造って数年後に、歴史から姿を消しました。しかし都はこの地に残り、侵略国家アドラスターの分裂《ぶんれつ》に伴《ともな》う群雄割拠《ぐんゆうかっきょ》の戦乱で幾度も争奪《そうだつ》されました」

後に三強時代と呼ばれる【覇王】と【龍帝】、【猫神《ザ・リンクス》】の争い。

【覇王】の消失と【龍帝】の天寿《てんじゅ》により時代は終わり、世は平和になるかと思われた。

しかしそれは誤りであった。大陸を二分する戦争が、より細かく砕かれただけである。

東の黄河帝国《ていこく》は、【龍帝】逝去《せいきょ》の直後に夭逝《ようせい》した皇帝《こうてい》の跡目《あとめ》争いで国を二分した。西の侵略国家は、【覇王】の傘下《さんか》にあった者達が我こそ支配者にならんとして覇《は》を競《きそ》った。

地球の歴史に詳しいものがいれば、それぞれ応仁《おうにん》の乱とアレクサンダー大王の死後を思い浮《う》かべたかもしれない。

東の内乱で黄河は大きく国力を落とし、西の戦乱で西方はいくつもの国に分かれた。

今も残る海上国家グランバロアをはじめとした数々の国がこの頃《ころ》に成立し、そしてその多くが消えていったのである。

そして業都を治めることこそ【覇王】の後継《こうけい》の証明であると言わんばかりに、諸勢力は業都を奪い合い、その過程で都市は地下施設を除いて大きく荒廃《こうはい》したのである。

「しかし戦乱を経て……この地は最終的にとある人物によって支配されます」

「それは……」

「その者こそは、【邪神《ジ・イーヴィル》】。この地はかつて初代国王様とそのお仲間によって討伐《とうばつ》された【邪神】の……終《つい》の棲家《すみか》でございました」

群雄割拠の末期に、時代は新たに二人の人物を世に出した。

一人は牧童の生まれでありながら、地に眠《ねむ》っていた【元始聖剣《せいけん》】と偶然《ぐうぜん》にも適合したことで【聖剣王《キング・オブ・セイクリッド》】となった少年、アズライト。

もう一人は、生まれながらにして【邪神】。名を含めて多くの情報が歴史から消えた存在。

【聖剣王】が大陸西方で冒険《ぼうけん》を繰り広げる中、【邪神】もまたその力を強めた。

【邪神】は生きる災厄《さいやく》であり、【邪神】の生み出した異形のモンスターが西方を恐怖《きょうふ》に陥れ《おとしい》ていった。

最終的には業都を支配した【邪神】に【聖剣王】と仲間達が戦いを挑《いど》み……大きな犠牲《ぎせい》の末に勝利した。王国で最も有名な物語。【聖剣王】による【邪神】討伐である。

「【邪神】を討った後、初代国王様は自らの創《つく》る国の都をここと定めました。曰《いわ》くつきの地に建国した理由は地政学的理由や政治的理由も含めていくつも伝えられています。初代国王様は【邪神】討伐の時点で王妃《おうひ》様のご実家であるギデオンや、僭越《せんえつ》ながら我が先祖のフィンドルを含め、既《すで》に数多《あまた》の都市国家を従えておられましたから。それらとの兼《か》ね合いもあったのやもしれません。ですが、初代国王様が残したと伝えられる言葉もあります」

「それは？」

そうしてフィンドル侯爵は言葉を切り、

「――保有者は地に眠る神骸より離れるべからず、と」

その言葉に、ツァンロンは首を傾《かし》げる。

「神骸《しんがい》……先の【邪神】と関係があるのでしょうか？」

「神骸が如何《いか》なるものかまでは伝わっておりませぬ。ですが、この地にあの〈墓標迷宮《めいきゅう》〉ができたのは【邪神】討伐から間もない頃という記録もございます。あるいは……」

「保有者が【邪神】を倒《たお》した【元始聖剣】の保有者……つまりアルター王族のことだとす

れば、【邪神】の墓を監視するためここに王都を作った、と？」

「そういった説もございます」

「おはかなの……？　こわいかも……」

話を少しだけ理解したミリアーヌが怯えたようにそう言った。

「ご安心を。【邪神】の骸《むくろ》があるとしても、この避難区画ではないでしょう。これまでに幾度も調査は行われ、呪《のろ》いや怨念《おんねん》の類がないことは確認《かくにん》されております。ここは安全です」

「よかったー……」

心から安堵したようにミリアーヌはそう言った。

「むずかしくてチンプンカンプンなのじゃ、……ツァンはそうでもなさそうなのじゃ？」

「その、この話には色々と思うところがありまして。それに黄河の者としては【覇王】所縁《ゆかり》の施設と聞くと興味が尽きません」

黄河帝国こそはかつての侵略国家の歩みを止めた大陸最大の国家。

その後の内乱で大きく国土を落としたものの、当時よりもさらに前から存続し続けている国家である。大陸の国家ではレジェンダリアに次いで歴史が古い。

「【龍帝】と【覇王】の対立の構図は歴史を語るうえで欠かせないものですから」

西方の【覇王】と東方の【龍帝】は並べて語られる存在であると、ツァンロンは言う。

「……そう聞くとふしぎなかんじなのじゃ」

「不思議とは？」

「コウガのツァンと、ハオウが住んでいたトチのわらわがフウフになることじゃ」

「…………」

それはかつてギデオンの愛闘祭で一度聞きかけ、しかし先延ばしにされたもの。

襲撃によって中断された今日のお茶会の場で、彼に改めて言うつもりだった言葉。

「ツァン。わらわはもう答えをきめたのじゃ。わらわは……ツァンのもとにとつぐ」

エリザベートは、今この場でツァンロンに嫁《とつ》ぐ意思を伝えた。

あるいは、今この場で伝えなければ今後伝える機会もないかもしれないから。

「殿下……」

「けれど、まだわらわはツァンのことをよく知らぬのじゃ」

「……そうですね」

「それどころか、きっとまだ恋《こい》をしたこともないのじゃ」

エリザベートは未だ一〇歳《さい》にもならない少女。そうしたことを知るにはまだ幼い。

エリザベートにとってツァンロンは友人であるが、甘《あま》い恋の感情を抱いたことはない。

「それでも、わらわは友達《ともだち》としてツァンが好きなのじゃ。いっしょにいてイヤじゃないなら、だいじょうぶなのじゃ。知らないことも、これから知っていけばいいのじゃ」

嫌《きら》いじゃない関係だから、一緒《いっしょ》にいることは苦じゃないから、これから知り合っていこうとエリザベートは言う。

「…………」

その誠実な言葉は暖かく……しかしツァンロンにとっては痛みを伴う。

なぜなら、そんな彼女に対して……自分があまりにも大きな嘘をついていることを、ツァンロン自身は知っているからだ。

どの道、黄河の宮廷《きゅうてい》に戻れば彼女にも分かること。

そうであれば、ここで自らの言葉で伝えるべきなのかもしれないと、彼は思った。

「……殿下。僕《ぼく》は……」

「ツァン？」

「本当は、人……皇子では」

そうしてツァンロンが何事かを口にしようとしたとき、

「あのね、おへやのまんなかからはなれて。あぶないよ？」

遮るように、ミリアーヌが唐突《とうとつ》にそんな言葉を発した。

「む？　どうしたのじゃミリア。何が危ない？」

「あのね、わからないけど、あぶないきがするの。まんなかが、あぶないの」

ミリアーヌの発言は要領を得ない。

急に危ないと言われても、避難区画の最奥《さいおう》に異常などあるわけもない。

けれど、どこか無視もできず、そこにいたエリザベート達はミリアーヌの傍《そば》へと移動した。

ただ、ツァンロンは何事かを考えるような表情をしている。

それは自身の発言を遮られたため……ではなくミリアーヌの言葉のためだ。

「殿下、彼女は……」

「お茶会の前にもしょうかいしたがリリアーナの妹じゃ。わらわの友達の一人なのじゃ」

「グランドリア卿の……。では彼女は…………まさか」

そしてツァンロンはハッとしたように再度避難所《ひなんじょ》の中央を……その天井を見た。

天井は心なしか──赤く変色しかけていた。

「敵が来ます！」

ツァンロンがそう言った直後、──避難所の天井が融解《ゆうかい》した。

製鉄所のように、天井に空いた穴からドロドロに熔けた鉱物が避難所へと流れ込む。

侍女達が悲鳴を上げ、六人の近衛騎士が皆《みな》を守るために前へと出る。

そして鉱物の煮《に》えたぎる音と熱が避難所に伝わる中、天井の大穴から四つ腕《うで》の異形が降下してきた。

『――ここ、か？』

四つ腕の異形――【イグニス・イデア】こと【炎王】フュエル・ラズバーンは避難所の中を見回しながらぼそりと呟《つぶや》いた。

「あ、あれは報告にあった【炎王】か⁉ 隔離《かくり》結界に閉じ込めたと報告が……！」

フィンドル侯爵が狼狽《ろうばい》した声を上げる。超級職であろうと破壊《はかい》困難な魔術《まじゅつ》式の壁によって四方を囲まれ、もうしばらくは足止めされているはずだった。

それがどうして、ここにいるのか。

その答えは、ひどく単純だ。結界が四方しか囲っていなかったからである。

「天井の穴……地上からこの避難所までの全《すべ》ての隔壁《かくへき》を熔かしたのか⁉」

この避難所と地上の間は、神話級金属には及ばずとも相当の強度の合金で三〇メテル以上も隔てられていた。あの【覇王】……というよりは【覇王】を恐れて最善を尽《つ》くした当時の設計者や配下達の作りえる戦乱当時の最高のシェルターである。

しかし【イグニス】はその火力を集中させ、全てを熔解《ようかい》してここに辿《たど》り着いたのである。

想定外と言わざるを得ない強行突破《とっぱ》によって、安全であるはずの避難所が死地と化した。

（まずい……！　せめて殿下と皇子、グランドリア卿の妹御《いもうとご》だけでも逃《に》がさねば！）

緊迫《きんぱく》した表情のフィンドル侯爵と近衛騎士に囲まれながら、しかしそれらを意に介《かい》さないように【イグニス】は再度周囲を見渡《みわた》し、

『【大賢者】はどこだ?』

一言の……しかしその場の誰も予想しない質問を発した。

「なん、だと?」

『【大賢者】はどこにいる?』

フィンドル侯爵が訝《いぶか》しげに聞き返すが、【イグニス】は最初からそれ以外を考えてはいない。王城を襲撃してからずっと、【大賢者】の影《かげ》を追い続けている。この避難所に辿り着いたのも、地下に隠されたこの施設に気づいてもしやと訪《おとず》れてみただけのことだ。

「あの御方《おかた》は既に亡《な》くなった！ そんなことくらい知っているはずだ！」

フィンドル侯爵が憤《いきどお》るようにそう言った。【大賢者】が生きているのならば、こんな状況にはなっていないという思いさえも滲《にじ》ませながら。

しかしその言葉を聞いても、【イグニス】は揺らがない。

『聞いたとも。この体となる前にもな。〝魔法最強〟の名が別の者に移ったことも聞いた』

ラ・クリマと出会ったときには知らなかったが、それでも人里に降りれば自然と耳に入る。

今の【イグニス】は自身が不在の間の世界の動きを聞き知っている。

『だが、そんな情報は無関係だ』

それでも【イグニス《炎》】は揺らがない。

『【大賢者】はここにいる。奴《やつ》を倒すことこそが最強の証明だ。〈マスター〉の〝魔法最強〟など興味もない。死も禅譲《ぜんじょう》も偽装《ぎそう》だ。奴ならそれくらいはする。どこかで生きている。ここにいる。だから捜して倒して証明する』

聞く耳すらもたない。もはや彼の中で【大賢者】の生存は確定事項《じこう》であり、存在しなかったとしても見つけるまで止まりはしない。

狂《くる》っている……とは違《ちが》う。これまでの人生を【大賢者】を倒し、超えるために捧《ささ》げ続けた男の……正常な精神の動きであった。

彼はもはや自身の存在理由が確定し、揺らがず、変えず、手段を選ぶこともない。

【大賢者】に届くレベルに上がるためならば人も殺《あや》める。

莫大《ばくだい》な魔力《まりょく》を得るためならば人間であることすら捨てる。

それこそが彼の正常であり……彼の価値観の全てであるから。

彼はもう、【大賢者】を倒さない限り止まることすらできないのである。

『……それは王国の王女か？』

しかし、【イグニス】はそこで初めて【大賢者】と無関係の言葉を発した。

【イグニス】の四つ腕の一つがエリザベートを指し、言葉を続ける。

『それを弑《しい》すれば、王国の顧問《こもん》である【大賢者】は現れるか？　そんなことを、聞いた気はする。ゼタか？　ラ・クリマか？　それとも……誰だったか？』

「貴様……！」

【イグニス】の発言に、フィンドル侯爵が怒《いか》りの形相を向ける。

「やらせはせんぞ！　陛下のおらぬ今、殿下《でんか》達《たち》を守るのは我らの務め！」

『ならば、【大賢者】を呼べ』

「死した御方は呼べぬ！　だが、貴様を倒すモノを呼んでやろう！」

フィンドル侯爵はそう言って、再び壁際《かべぎわ》のタッチパネルを操作する。

「なぜ私がこの避難所にまで同行したか！　この避難所が王城において最も安全と言われるか！　その理由をとくと教えてやろう！」

彼はそう言って操作盤に一つのキーワードを、『起動』という文言を打ち込む。

直後、避難所の床《ゆか》の一角から——棺がせりあがる。

一〇メテル近くある避難所の天井にも届く棺《ひつぎ》の蓋《ふた》が開き……そこから赤と金を混ぜたような色合いの金属の足が一歩を踏み出す。

現れたのは……巨大なゴーレムだった。

「我が父祖、【巨像王《キング・オブ・コロッサス》】エメト・フィンドル一世の遺《のこ》せし王家の守護神像よ！　目覚めの時は来た！　今こそ殿下を、王国を守れ！」

それはこの避難区画に安置された防衛設備。かつて業都と呼ばれていたこの地で、【聖剣王】が【邪神】を討伐した際にも使われた兵器。

【聖剣王】の仲間であった【巨像王】の生み出した伝説のゴーレムにして、数多のモンスターを粉砕《ふんさい》し、無数の攻撃《こうげき》を受け止めた【聖剣王】パーティ最強のタンク。

神話級金属ヒヒイロカネ製ゴーレム、【ゴーレム・ベルクロス】。

子孫であるフィンドル侯爵家が代々管理し、王城が攻《せ》められた時のみ使用を許可された王国最強の魔法兵器。王城最後の番人である。

『…………』

現れた威容《いよう》に、【イグニス】は暫《しば》しそれを見上げる。

「目標設定！　攻撃せよ、【ベルクロス】！」

物言わぬゴーレムが、フィンドル侯爵の指示を受けて突撃《とつげき》を敢行《かんこう》。

動かない【イグニス】に対し、【ベルクロス】は戦槌《せんつい》の如き巨腕《きょわん》を振り下ろした。

直後に、避難所の中には液体が飛び散るような音が広がった。

それは叩《たた》き潰されて血袋《ちぶくろ》となった【イグニス】の末期《まつご》の音、

『邪魔《じゃま》だな、このガラクタは』

……………ではない。

振り下ろした勢いのままに、熔解されて飛び散った【ベルクロス】の腕《うで》の音である。

見れば【イグニス】は腕の一本を掲《かか》げている。

その腕の指先には……一つずつ光球が浮いていた。

熱を孕《はら》んだその五つの光球が……超高熱《ちょうこうねつ》で神話級金属を熔解したのである。

「な……んだと……!?」

フィンドル侯爵は自らの先祖が遺した最強のゴーレムの腕が熔《と》かされたことに、衝撃《しょうげき》を受けるが、衝撃はそれで終わりではない。

【イグニス】は指先の光球を消してから四本の腕全てを天に向けた。

それはまるでジャグリングのようなポーズだったが、そのポーズに合わせるように再び光珠が彼の手の中に生じる。

光珠はそれぞれの掌《てのひら》の上で一つ、二つ、四つ、八つと倍々に数を増やしていく。

「あ、あれは……まさか!?」

莫大な熱量を封《ふう》じられた光珠の正体は、【炎王】の奥義《おうぎ》――《恒　星《フィックスド・スター》》。

それこそは、かつて【大賢者】と競って無残に敗れ去った双発式恒星《そうはっしきこうせい》と同じもの。

だが、その数は桁《けた》が違う。

必殺の光球は――【イグニス】の周囲に六四発浮いていた。

数が多くとも、かつて使用した時より弱まってなどいない。

同時制御《せいぎょ》にはかつての敗北から磨《みが》きをかけた。足りなかったのは魔力だけであり、それはもはやティアンに比肩《ひけん》する者のいないほどに高まった。

ゆえに、《恒星》の数も威力《いりょく》もかつてとは比べ物にならず。


『――《恒星雨《フィックスド・スター・レイン》》』

――流星雨の如く、小さな太陽が降り注ぐ。


周囲の空間がホワイトアウトし、空気が歪《ゆが》み、光が全てを飲み込んだ一瞬《いっしゅん》の後、――【ベルクロス】の姿は跡形《あとかた》もなくなっていた。

この地にあり続けた王国最強最後の守護神は、いとも容易《たやす》くこの世から消滅《しょうめつ》した。

『もう一度聞く』

【イグニス】は己《おのれ》の火力と熔かしたモノに何の感慨《かんがい》を抱《いだ》くこともない。

『――【大賢者】はどこだ?』

そうして最強の火属性魔法使《まほうつか》いは重ねて……揺らがぬ己の願望を口にした。

「フィンドル侯爵！　殿下達を！」

「我らが時間を稼《かせ》ぎます！」

【ベルクロス】が熔け落ちた直後、近衛騎士団《きしだん》六名の判断は早かった。

エリザベート達を守るために前に出て、【イグニス】に向かい合う。

神話級金属製のゴーレムをも熔解する怪物《かいぶつ》を相手に、勝機がないことは理解している。

しかし僅《わず》かでも自分達が守るべき者達の逃げる時間を稼ごうと、前に出たのだ。

「貴公ら……すまぬ！」

彼《かれ》らの言葉にフィンドル侯爵も【ベルクロス】を破壊された衝撃から復帰し、壁《かべ》のタッチパネルを操作して避難所の扉を開き始める。逃げ込んだ避難所であるが、こうなってしまってはもはや袋小路《ふくろこうじ》。ここを出て地上に避難するよりほかにない。

（だが、もしも地上が制圧されていれば……考えるな！）

眼前の一〇〇％の死よりも、僅かに希望のある地上への道行きを選ぶ。

やがて重い音と共に避難所の分厚いドアが開くが、逃走《とうそう》の動きを察した【イグニス】が四つ腕をフィンドル侯爵に向けようとする。

「させるか！」

それを阻《はば》むように、近衛騎士団六名が【イグニス】に切り掛かる。

強固な表皮に刃《やいば》は沈《しず》まないが、四本の腕に浅い切り傷を作りはした。

(ノーダメージではない！ 傷つくならば……！)

近衛騎士団の【聖騎士】達はその小さな傷に僅かな勝機を見出《みいだ》す。

それは、地上で【アラーネア】と相対した彼らの仲間と同じだったかもしれない。

だが、【アラーネア】と【イグニス】には決定的な違いがある。

『──《プロミネンス・オーラ》』

超高温《ちょうこうおん》に熱せられた空気により、【イグニス】周辺の空気が歪む。

同時に、【イグニス】の周囲で剣《けん》を振《ふ》るっていた【聖騎士】達の剣が熔け落ち、熔解した鎧が彼らの皮膚《ひふ》に焼き付く。

「ぐあああぁッ⁉」

なおも武器を振るおうとするも、如何なる武器も【イグニス】に近づけば熔解してしまう。

体の周囲に超高熱の領域を作り、攻防《こうぼう》一体の鎧とする。そうでありながら、使用する【イグニス】自身にはダメージとなるほどの熱を及《およ》ぼさない。

同時に六四発もの《恒星》をコントロールできる【イグニス】にとって、その程度の熱量操作など問題にならない。

【快癒万能霊薬《エリクシル》】で毒を無効化すれば戦えた【アラーネア】と違い、【イグニス】に近づくことは死に近づくことと同義である。

距離《きより》を取って戦おうにも大半の飛び道具や魔法《まほう》は熱量に圧されて無力化される。

〈超級〉にも匹敵《ひってき》する歩く太陽。阻む全てを焼き尽くし、己の目的まで進み続ける者。

それが、【イグニス・イデア】である。

「殿下……お逃げを！」

「フィンドル侯爵！　我らごとで構いません！　やってください！」

「……ああ！」

避難所の扉が開くと同時に、フィンドル侯爵がさらに壁面のタッチパネルを操作する。

それはスプリンクラー設備の操作。普段《ふだん》はこの避難所での煮炊《にた》きも想定してオフになっている機能をオンにしたのである。

スプリンクラー設備は設定されたプログラムによって膨大な熱量に反応。

避難所の各所から出現したノズルから【イグニス】に向けて放水がなされた直後、熱量によって轟音《ごうおん》と衝撃を伴った水蒸気爆発《ばくはつ》が発生する。

大量の水が瞬時《しゅんじ》に気体へと変わり、拡散する蒸気が周辺物を吹《ふ》き飛ばす。

【イグニス】の周囲にいた騎士も、そして【イグニス】も無事では済まない。

爆圧で身動きを封じられ、視界の全ても白い蒸気に包まれる。

「殿下！　ツァンロン皇子！　お早く……！」

その間に、開いた避難所の扉からの脱出《だっしゅつ》を促《うなが》す。

蒸気が広がる中、エリザベート達がその扉から脱出しようとしたとき、

「エリザベート！」

ツァンロンは……初めて敬称《けいしょう》をつけずに自分の婚約者《こんやくしゃ》の名を呼んだ。

彼は必死な顔で、エリザベートを突《つ》き飛ばす。


——直後、蒸気の壁を突き破《やぶ》った熱線が彼の身に突き刺《さ》さった。


肉が焼き熔けて蒸発する音が、避難所に響《ひび》く。

そうして、ぐしゃりという音と共に……少年の小さな体が避難所の床に倒れ伏《ふ》す。

「ツァン……？」

幼い婚約者の小さな声は、炎《ほのお》の音の中に消えていく。

その悲劇を——スプリンクラーの合間に設置された機械が覗《のぞ》き見ていた。

第二十三話 人界の〈イレギュラー〉

□■一通の手紙

これを読んでいる者へ。
私は君の名を知らない。君の顔を見ることはない。
君もまた、直接私を見ることはないだろう。
なぜなら私達はそういうモノだ。
私がいる限り君は存在せず、君が存在するときに私はいない。
そんな私達の在り方ゆえに、私は伝えるべき言葉を手紙に遺す。
当代の皇帝か、あるいは次代か。
彼らが私の遺言《ゆいごん》を汲《く》んでくれれば、君の手に渡《わた》っているはずだ。
最初に伝える言葉は二つだ。

我々は人間ではない。人間ではありえない。
その事実こそをまずは伝える。
この世界が司《つかさど》る人間とジョブ、そしてモンスターの関係性。
そうした関係性の中に生じた異端《いたん》とでも言うべきものだ。
遥《はる》かな過去に、我らの先祖によって世界に刻まれた異常の権化《ごんげ》。
ゆえに、何時《いつ》かは自浄《じじょう》作用で消えているかもしれない。
しかしこの手紙を読んでいるならば、それは私や君の代ではなかったということだ。
君は自分が生まれ持った力に思《おも》い悩《なや》んでいるかもしれない。
私もかつてはそうだった。
もっとも私の場合は、生まれた時期の悪さと前任者との比較《ひかく》によるものが大きかった。
私の前任者は、恐《おそ》らくは歴代の中で最もこの力を活用していた。
この力を使い切ることが私にはできなかった。君にはできるだろうか？
だが、使い切る必要もない。我らの力は過大なのだ。
努力すらなく、只々選ばれて得る力。自分で積み重ねるまでもなく、破格に過ぎる。
それゆえに、君は幼子の内に大きな過《あやま》ちを犯《おか》しているかもしれない。
血に塗《まみ》れた生まれであるかもしれない。

そのことは既に覆《くつがえ》せない事実だ。我らの力は過大ではあるが、失われた他者を取り戻す術は持ちえない。それは私の前任者にもできなかった。

だからこそ、今ここにある君が力と意思を持つ者であることを望む。


意思なき時期の罪に囚《とら》われるな。

力を自覚し、自らの意思を持て。

その上で己のなすべきと思ったことをなすことが、我らの在り方を肯定《こうてい》する。

それはこの国を守ることではない。

それもまた選択《せんたく》の範疇《はんちゅう》だが、確定事項ではない。

あるいは、誰《だれ》かから『私は国を守るために生涯《しょうがい》を捧げた英雄《えいゆう》』とでも聞いているかもしれないが、それは違う。

私が国を守る生涯を選択したのは、私が生まれる前に私を理由として起きた戦乱への償《つぐな》いのためであり、私自身がこの国を見捨てられなかったからだ。

ゆえに、君までもこの道に殉《じゅん》じる必要はない。

命じられたことに従い続ける義務もない。

君は、君の生きるままに生きればいい。

我々は人間ではない。人間ではありえない。

ゆえに、縛《しば》られるな。

己の守りたいと思ったものを守れ。

己のなしたいと思ったことをなせ。

己の意思で何かを行うことを恐れるな。

誰も、君を縛ることなどできない。


君が手にした力と才は、君の望む未来のためにあるのだから。

◇◆◇

□■地下避難所《ひなんじょ》

黄河の皇子は、胸に大穴を空けていた。

超高熱で焼き潰《つぶ》された傷口からは血の一滴《てき》すらも流れない。

だが、ポッカリと空いた胴体《どうたい》からは心臓すらも失われており、その生死は明らかだった。

「ツァン……ツァンッ！」

目に涙《なみだ》を浮かべたエリザベートが彼の体を揺《ゆ》するが、吐息《といき》どころか血液も零《こぼ》れない。

生命活動と言えるものは、もはや少年の体には存在していないように見えた。

『何に当たったか。見えぬな』

連続する水蒸気爆発の中からそんな声が微《かす》かに聞こえた直後、

『もうしばらく続けるか』

四方八方に先刻と同じ熱線が飛ぶ。

それらは避難所の中を滅《め》茶《ちゃ》苦《く》茶《ちゃ》に、人も物も薙《な》ぎ払《はら》いながら放水ノズルを破壊していく。

数多の悲鳴が木霊《こだま》しながら、【イグニス】の熱線が、脱出し損《そこ》ねた者達ごと避難所を蹂《じゅう》躙《りん》していく。熔解音と蒸発音、肉を焼き切る音、そして侍女達《じじょたち》の悲鳴が木霊する。

やがて、ほとんどの放水ノズルが熱線によって失われ、【イグニス】は水蒸気爆発の檻《おり》から解放された。その身には、さほどのダメージも受けている様子はない。

「何ということを……バケモノめ‼」

熱線で右腕《みぎうで》の肘《ひじ》から先を失ったフィンドル侯爵《こうしゃく》が、憎々《にくにく》しげに【イグニス】を睨《にら》む。

熱線の被害《ひがい》を受けなかったのは、僅かに二人。倒れ伏《ふ》したツァンロンに寄り添《そ》っていたエリザベートと、偶然にも熱線の当たらない位置にいたミリアーヌだけである。

他のモノは大なり小なり熱線に当てられ、身動きが取れないものも多い。

このままでは、エリザベートを連れて逃げる事すらままならない。

『大賢者はどこだ?』

しかし自身が作り出したそんな惨状《さんじょう》を前にしても、【イグニス】の言葉は変わらない。

壊《こわ》れた機械のように、ただそれだけを求めている。

言葉がまるで通じない怪物の如く、【イグニス】はエリザベートに近づいてくる。

「殿下! お一人でも、お逃げを……!」

倒れた誰かがそう叫《さけ》ぶが、エリザベートはツァンロンの傍を離《はな》れない。

やがて、【イグニス】がエリザベートまで辿り着く。

『大賢者は、どこだ。出てこなければ、王国の王女を殺す』

歪みきった、しかし歪まぬ望みを口にしながら、【イグニス】が焼きごてのような腕をエリザベートへと伸《の》ばした。

周囲から悲鳴と怒号《どごう》が叫ばれるが、もはや動ける者はいない。

そうして【イグニス】の超高温の腕がエリザベートに触《ふ》れる――

――直前に、誰かがその腕を掴《つか》んだ。

『…………？』

そのとき、初めて異形となった【イグニス】の顔に、純粋《じゅんすい》な疑問らしきものが浮かんだ。

自らの腕を掴んだ何者かの手は、燃えている。

熱の鎧《よろい》を纏《まと》う【イグニス】によって、【イグニス】の腕を掴んだその手は燃えているのだ。

だが、離さない。その小さな手にどれほどの力が込められているのか。指は強化された外皮に食い込み、血を流させ、纏った熱によって【イグニス】の血が蒸発する。

異常とも言える光景に、【イグニス】は疑問を口にする。

『……何だ、お前は？』

「……ツァン？」

それは、エリザベートの疑問と同時だった。

小さな手の主は……胸に大穴を空けて死んだはずのツァンロンであったから。

倒れ伏していたツァンロンは右腕を伸ばして、エリザベートに触れるはずだった【イグニス】の腕を掴んでいる。

加えて、【イグニス】にはもう一つの疑問がある。

（何だ？　こいつの魔力は？　これではまるで【大賢者】……いや、今の私に届……）

全能力と才能を火属性魔法に捧げた【イグニス】には、《看破》ができない。

それでも、卓越《たくえつ》した魔法職であるゆえに感覚的に魔力は感じ取れる。

だが、仮に彼が《看破》を持っていれば、世にも奇妙《きみょう》な光景を目にできただろう。


——恐ろしいスピードで変化していくレベルとステータスという光景を。

変化は、数値に留《とど》まらない。


「——エリザベートに手を出すな」

死んでいたはずのツァンロンは、そう言って立ち上がる。

エリザベートを守るように、【イグニス】との間に割って立つ。

彼の胸の穴は未《いま》だ残っていたが……見ればそれは大半が塞がっていた。

心臓や諸共《もろとも》に蒸発したはずの肺腑《はいふ》が、超高速《ちょうこうそく》で再生している。【イグニス】の腕を掴み続ける手も、燃焼《ねんしょう》と同時に再生を繰《く》り返し、形を失わない。

代わりに、彼が素肌《すはだ》に巻き付けていた黒い包帯が……塵《ちり》となって燃《も》え尽きていく。

「……【自戒封巻《じかいふうかん》】は燃えてしまった、か。再生するまで、もう封じられないな」

燃えていく黒い包帯を——彼自身が黄河の宝物庫の中から選んだ『自身のステータスと

スキルを制限する』特典武具を見下ろしながら、彼は呟く。

彼が王国に来るために……彼の正体をカルディナやこの王国で隠《かく》すために身に着けていた特典武具は、もはや壊れてしまった。

「いいや……今は封じない」

だが、それでいい。今必要なのは隠すことではなく、使うことだ。

力を……そして己自身を。

「ツァン……大丈夫《だいじょうぶ》なのじゃ?」

目の前の異常への疑問よりも、死んだと思った己の友人が無事であったことへの喜びを見せながらエリザベートはそう尋《たず》ねた。

ツァンロンは一度だけ彼女を振り返って微笑《ほほえ》み……再び視線を前に戻《もど》した。

「エリザベート……。先ほど言いかけたことを言います」

彼は、エリザベートに背を向けたまま……その表情を見せぬままに言葉を紡《つむ》ぐ。

「僕は皇子ではありません。黄河の皇位継承権《けいしょうけん》を持っていない。僕にはその資格がない」

それは先刻の言葉の続きであり、

「そして……人間でもない」

一度は口の中に留《とど》めた……己の秘密の告白。

告白の直後、彼の骨が鳴り、手足が伸びる。

背丈《せたけ》も、身幅《みはば》も、少年のそれから体型が大きく変貌《へんぼう》する。

皮膚の内側では筋肉が盛り上がり、体表には鱗《うろこ》が浮《う》かび上がる。

やがて彼は、龍《りゅう》と人の中間のような生物へとその姿を変えていた。

「ツァン……？」

『…………』

ともすればそれは、相対する改人にも近い。バケモノと呼ばれるに値する容姿であり、余人には……そして彼女には見せたくなかった正体だ。

国を発《た》つ際に父である皇帝《こうてい》からも明かすなと厳命された真の姿。

それでも彼は、その姿を晒《さら》すことを選んだ。

自らの意思で自らの守りたいものを守るために、彼は……自ら選択したのだ。

『お前は……』

【イグニス】が何事かを言いかけたとき、彼は腕を振るい……自身の掴んでいた【イグニス】の体をエリザベートと正反対の方向の壁にまで投げつけた。

『ぐ、ォ……！』

先刻の水蒸気爆発を遥かに超《こ》える衝撃を受け、【イグニス】が血の泡《あわ》を吹く。

壁に激突《げきとつ》した【イグニス】を見ながら、ツァンロンだったモノはある場所へと歩む。
それは、先刻【ゴーレム・ベルクロス】が倒《たお》された場所。
彼は床に手を伸ばし、かつてゴーレムだったもの……熔けた神話級金属に触れる。
それは彼の手の中で瞬《また》く間《ま》に形を変えて、一枚の面を形作る。
『──【字伏龍面《ズーフーロンミイエン》】』
声帯すら変わった声で、彼は面の名を呼ぶ。
それは黄河の祭事の際に、ある特殊超級《とくしゆちようきゆう》職が被《かぶ》る面の名。
その意味を誰よりも知る彼は、異形と化した己の顔を隠すようにその面を顔に嵌《は》める。
『お前は……何者だ？』
幾度《いくど》も繰り返される【イグニス】の誰何《すいか》は、その場の多くの者の代弁であっただろう。
そこに立っていたのは、少年ではない。
どこか線の細く、幼い黄河の皇子ではない。
屈強《くつきよう》な四肢《しし》と龍の如き体皮、そして面をつけた怪物。
だが、ここに黄河の人間がいれば、一目で彼が何者かを理解しただろう。
黄河においては神にも等しいモノ。
そう、彼こそが……最強の古龍人《こりゆうじん》。

『――【龍帝《ドラゴニック・エンペラー》】蒼龍人越《ツァンロンレンユエ》』

――人界の〈イレギュラー〉、【龍帝】である。

『……！』

その名の意味を、【イグニス】が果たしてどれほど知っていたか。

だが、威圧《いあつ》と共に放たれた言葉に【イグニス】の対応は早かった。

この避難所に現れて……否、王城を襲撃《しゅうげき》してから初めての戦闘《せんとう》態勢を取る。

それは敵が、【ベルクロス】を含《ふく》めたこれまでの相手とは一線を画すという判断。

障害物ではなく、【大賢者】同様……同格かそれ以上の敵対者として認識《にんしき》した。

『《クリムゾン・スフィア》！』

初手は牽制として、一〇発以上の上級職奥義をツァンロンへと叩き込む。

ツァンロンが心臓すらも再生した光景は既《すで》に見ているが、如何《いか》に再生能力に優《すぐ》れていようと全身を跡形もなく焼却《しょうきゃく》されれば復活はできないはず。そう考えての牽制《けんせい》である。

そしてツァンロンにはこれを回避《かいひ》できない。射線上には彼が守るエリザベートや、動けない者達《たち》が多くいる。ツァンロンが彼女《かのじょ》達を守るならば、その身を盾《たて》にするしかない。

この攻撃への対処に再生や防御《ぼうぎょ》で手間取るならば、その間に再び《恒星雨《フィツクスド・スター・レイン》》を形成して塵一つ残さず消し去る。そういった心算だ。

だが、迫《せま》る火球に対してツァンロンは足を開き、構えを取って、

――突き出す拳打《けんだ》の衝撃波《しょうげきは》で全ての《クリムゾン・スフィア》を霧散《むさん》させた。


王城の城門を熔かし尽くしたときの倍以上の数があった火球が、まるで燐寸《マッチ》の火が吹き消されるように消えたのだ。

その異常な光景に、動けないフィンドル侯爵や近衛騎士《きし》達《たち》は言葉もない。

だが、敵対する【イグニス】にはその行動の意味が理解できていた。

（拳《こぶし》の突きに合わせて、魔力を放出したか……）

ツァンロンが火球の消去に用いたのは、魔力《MP》。

純粋量で言えば【イグニス】が《クリムゾン・スフィア》に用いた魔力量に数倍する魔力を拳の動きに連動して放出し、強引《ごういん》に《クリムゾン・スフィア》という魔法の形そのものを粉砕してかき消したのである。

（魔法以外に魔力を打ち出す術……黄河の武術にあるとは聞いていたが）

《発勁《はっけい》》とも呼ばれるスキル体系。本来は相手の体に魔力を打ち込み、体の頑強《がんきょう》さに関係なく内部を粉砕する衝撃波である。

しかし、ツァンロンのものはそれとは異なる。莫大な魔力によって空中の魔法を粉砕している。動作は似ていても明確に違うモノだ。

常人であれば……否、魔法系超級職でもそれだけの魔力を一度に放つのは難しい。

(今の私に迫る異常な魔力。【龍帝】とはそれほどのものか？　いや、そもそも打ち出した魔力も、通常の魔力とはどこか……)

そもそも【龍帝】のジョブ特性が【イグニス】には不明だ。

どのステータスに重点を置いているのか、如何なるスキルを有しているのか。

【龍帝】は黄河において現人神《あらひとがみ》の如き神秘的存在であり、熟練の魔法職である【イグニス】をしてその情報はほぼ皆無《かいむ》と言っていい。

決闘《けっとう》一位ではあるが、その手の内は西方にまで伝わっていない。

『…………』

ツァンロンは無言のまま、一歩ずつ【イグニス】へと歩いていく。

その動きには一切《いっさい》のブレがなく、重心の安定した武道の達人の如き歩みだった。

(なぜ駆《か》けない？　AGIは然程《さほど》高くないのか？　それとも、先刻のように背後の王女達を守るため、こちらの魔法に対応できるように動いているのか？）

【イグニス】はツァンロンの動きからその意図を読み取ろうとする。

同時に迎撃《げいげき》のための魔法も掌中《しょうちゅう》で編むが、──それを形に成すより早く眼前にツァンロンの巨体《きょたい》があった。

（超音速機動《ちょうおんそくきどう》⁉）

寸前までのゆっくりとした動作からの落差は凄《すさ》まじく、常人ならばまず対応できない。

しかし疑問を頭の中に浮かべながらも、敵の接近に対して【イグニス】は反射的に動く。

元より単独戦闘する戦闘系魔法職に求められるのは、自身より速い前衛への対応能力。

その道で何十年と鍛《きた》え上げた【イグニス】……フュエル・ラズバーンは息をするように迎撃用の魔法を編む。身に纏う《プロミネンス・オーラ》に加え、【ベルクロス】の腕《うで》を熔解《ようかい》した〝武器として指先に維持《いじ》する〟スタイルの《恒星》を発動。

ツァンロンは【イグニス】に向けて左拳を放つが、《プロミネンス・オーラ》の圏内《けんない》に囚われたことでその全身は燃え上がる。

それだけでなく、突き出した拳の先には《恒星》を展開した【イグニス】の腕があり、突き出した拳は火に飛び入る虫の如く、《恒星》へと吸い込まれる。

先刻のように魔力でかき消すこともできず、ツァンロンの左手は一瞬で蒸発した。

――直後、コンマ一秒で再構成された左拳が【イグニス】の腕の一本を叩き潰す。

『ガ、ァ、ハァ⁉』

四つ腕の一つを潰された【イグニス】が、苦悶《くもん》と驚愕《きょうがく》の混ざった声を上げる。

眼前の光景のありえなさに、意味のある言葉を吐《は》くことすら難しい。

拳打の過程で腕を蒸発させられながら、一瞬で治し、勢いのままに拳打を打ち抜《ぬ》く。

ツァンロンのやったことはそれだけだが、それこそがありえない。

(超速《ちょうそく》再生……いや、それにも限度がある！　【教皇《ハイエロファント》】の《聖者の慈悲《じひ》》と同等の超回《ちょうかい》復《ふく》を、スキル宣言もなくあの短時間に行っただと……！)

咄嗟《とっさ》に後方に逃《に》げ去りながら、【イグニス】は無数の火球を四方八方に放つ。

それは攻撃でも破れかぶれでもない。

極《きわ》めて的確に……倒れ伏した王国の人間達を狙《ねら》い定めたものだ。

『…………』

ツァンロンの表情は面によって隠されているが、それでも表情を僅かに歪ませたのは気配で悟《さと》れた。

ツァンロンは【イグニス】を追撃《ついげき》せず、先刻同様に倒れた者達を守るために動いた。

【イグニス】の行動はツァンロンの動きを制限し、自身が態勢を立て直すためのものだ。

(私もラ・クリマが搭載《とうさい》した自己修復機能で、腕の機能はある程度戻《もど》せる。……だが、奴《やつ》よりは格段に遅《おそ》く、修復精度も劣《おと》る。むしろ、奴が異常だ)

【イグニス】には、いよいよ【龍帝】というジョブの方向性が理解できなくなっていた。

マジックキャンセル、超音速機動、超速再生。そして強化された【イグニス】の体を容易く粉砕する筋力。万能《ばんのう》であるがゆえに、ジョブの正体が掴めない。

(……いや、待て。本当に……そうか?)

【イグニス】の長年に渡る研鑽《けんさん》と戦闘の経験が、鍛え上げた直感が異論を述べる。

(……覚えが、あるのではないか？　こういった……存在には)

そのように思考を重ね、

(魔法を……攻撃《こうげき》を無力化する力。【龍帝】……龍……ドラゴン？)

やがて思考は連なって……。

(……《竜王気》？)

一部のモンスターが有する、特殊《とくしゅ》能力に思い至った。

(まさか、【龍帝】とは……)

まるでそれが答えと言わんばかりに、【イグニス】の脳内で事実が繋《つな》がっていく。

弱小の攻撃を無力化する力、人間と比較にならない高いステータス、そして超速再生。

一握《ひとにぎ》りの強者はかつて相対した存在を、そして王国の強者ならば三つ首の大魔竜《だいまりゅう》を思い出すだろう。

そう、【龍帝】とは……。

『【竜王】の……ドラゴンの力を宿す人間か？』

最強の怪物達《かいぶつたち》の力を宿した人間だと、【イグニス】は推察した。

『…………』

ツァンロンは答えない。攻撃から王国の者達を守りながら、その推察を無言で返す。

だが、心の中ではこう答えていた。

――近いけれど届いていない、と。

◇◆

【龍帝】とは、古龍の末裔《まつえい》にして古龍そのものである。

古龍は大陸東方のドラゴン……最高位 純竜《じゅんりゅう》や竜王の別名だ。

西方の〈境界山脈〉に住まう西洋風ドラゴンの天竜とは違《ちが》い、リアルの中国に伝わるような蛇《へび》に近い龍であったという。

近い姿の龍は今も天地に生息しているが、古龍はそれらとは別格の存在であった。

古龍は知能が高く、様々な術法にも精通していた。

古くから人と交流を持ち、庇護者《ひごしゃ》として、あるいは支配者として振舞《ふるま》ってきた。

今も残る古龍人は、そうした古龍と人の混血児の末裔であり、当時の古龍が支配の代行者として立てた存在でもある。

古龍達《こりゅうたち》は、この世界の初期段階に生まれたモンスターでもある。

それゆえに古龍と呼ばれ、また名乗ってもいた。

この世界のシステムの働きを代行するように、人類の圧政者にして研磨《けんま》装置として先代の管理者に用意された存在とも言える。

この世界の真実を理解し、世界《ゲーム》を管理する術の幾《いく》らかも関知していた。

そのような事情もあり、大陸の東方において古龍は賢《かしこ》くも恐ろしき君臨者であった。

しかし、二〇〇〇年前の〝化身《けしん》〟の襲来《しゅうらい》時は、違った。

そのときの古龍は——物分かりが良すぎた。

〝化身〟が持つ規格外の能力と、その莫大《ばくだい》なリソース。絶対に勝てないと早々に悟った。

ゆえに、彼らは……〝化身〟と戦うことなく退場する。

戦うことによる確実な消滅を恐れ、逃《のが》れようとした。

自らの存在を遺《のこ》しながら、未来に生き延びる術を探した。

辿《たど》り着いたのは、この世界を管理する術の一つ……ジョブを管理する〈アーキタイプ・システム〉に干渉《かんしょう》する術法。

彼らはその術法を行使して、消え失《う》せた。

自らと人の子孫である古龍人。

そして、【龍帝】という存在を遺して。

【龍帝】は古龍が消え失せてから初めて現れたジョブである。

なぜなら【龍帝】とは、古龍そのもの。

古龍は自分達の存在を『ジョブ』という器に変え、未来の子孫に遺したのである。

ジョブならば滅びない。この世界がある限りは永遠に存在できる。

彼らにとって自我《じが》や生命すら必要ではなく、自らが存続することだけが問題だった。

実体のないジョブもどきになった古龍共の集合体……成れの果て。

【龍帝】とは……ジョブに偽装《ぎそう》したモンスター《古龍》を宿した存在である。

そして【龍帝】には生まれ持った特性スキルが二つある。

第一の特性は《古龍細胞《さいぼう》》。竜王以上とも言える古龍の体。ジョブを宿した人間の体を、そうした古龍のものに作《つく》り替《か》えるのである。

古龍全頭分が結集した【龍帝】というジョブにおいて、古龍の生命力は如何《いかん》なく……あるいはかつて以上に発揮される。

ゆえに【龍帝】はほぼ不死身と言っていい存在だ。致命傷《ちめいしょう》さえ掠《かす》り傷《きず》と同義。心臓を潰し、体を燃やした程度で死ぬのであれば、黄河の決闘一位は迅羽のものになっていただろう。

この【イグニス】との戦いでも、その身の不死性を証明していた。

加えて、《古龍細胞》の副次効果として肉体のドラゴン化……【竜王】化がある。

体質や耐性《たいせい》までも最上位のドラゴンと同一となっているために、自身の魔力《まりょく》を【竜王】が有する防御オーラ……《竜王気》に変換《へんかん》して放出することも出来る。

無敵の再生能力を持つ【龍帝】自身には不要かもしれない防御能力だが、エリザベート達を守ったように、周囲への援護《えんご》能力として機能している。

《古龍細胞》一つとっても、かつての古龍が遺した過大すぎる力である。

だが、真にオーバースペックと言うべきは、第二の特性。

性質を知る者に【龍帝】が異常と評される理由。

第二の特性の名は《龍気継承《けいしょう》》。

【龍帝】はジョブにしてジョブならざるもの。

世界の理《ことわり》とは異なる、古龍が生み出した偽《いつわ》りの器《ジョブ》。

それゆえ、他の超級職のように代替《だいが》わりの度《たび》に貯《た》めたリソースを空にする必要もない。

即《すなわ》ち――【龍帝】は前任者のレベルとステータスを引き継《つ》いで生まれる。

元より満遍《まんべん》なくステータスが上昇《じょうしょう》する【龍帝】なれど、このスキルゆえに限界がない。

改造に改造を重ねた【イグニス・イデア】に迫る魔力も、超音速機動や超筋力《ちょうきんりょく》、あるいは膨大《ぼうだい》なHPさえも全《すべ》ては引き継ぎ続けたレベルの産物。

先々代が最強の【龍帝】と呼ばれているのは、その術法の技術ゆえのこと。

純粋なステータスに限れば――当代の【龍帝】であるツァンロンが歴代最強である。

そのレベル……優に三〇〇〇オーバー。

それこそが、【龍帝】。かつて〝化身〟との戦いで滅亡《めつぼう》が避《さ》けられぬと悟った古龍が、自分達の全てを変換した無形にして異形の器。

古龍が世界に刻み込んだ、人界の〈イレギュラー〉。
生まれながらの超越者《ちようえつしや》。
人にして、人でないもの。
人ではありえないもの。
それゆえ彼《かれ》らはこう呼ばれるのだ。

人外、人超——あるいは人越、と。

第二十四話　Don't touch the GAME OVER

□■王城四階廊下《ろうか》

（一体何が起きていやがる？）

魔力を感知できるモーターは、地下に莫大な魔力が突如《とつじょ》発生したことに気づいた。

追っていた魔力とも動かない魔力とも違う。第四の魔力だ。

（炎の爺《じじい》と並ぶぞ。何なんだこの城は……）

それは【龍帝《ドラゴニック・エンペラー》】の力を解放したツァンロンの反応だが、魔力を感知できる……逆に言えば魔力でしか情報を得られないためにモーターの混乱は大きい。

（バケモノの、巣《も》か？）

先刻自分が漏らした軽口を、自分で『真実』と認めてしまった。

それは、彼自身を取り巻く現状に対しての言葉でもある。

今も彼に襲《おそ》い掛《か》かってきたモンスター群。明らかに奇《き》怪《かい》な姿のそれらを相手に彼は戦い、その全てを撃破《げきは》したが……撃破した後が問題だ。

倒したモンスターはいずれも光の塵にはならなかった。

絶命と共に、それらは……壊れた鎧、砕《くだ》けた壁《かべ》、手折《たお》れた花、破れた絵画に変わっていた。

まるでモンスターなどおらず、そこにあったのはただのモノに過ぎず、彼が暴れて壊しただけだと言わんばかりに。ドロップ品として残ったときとは、明らかに気配が違う。

加えて、経験値の類を得られた感触《かんしょく》もモーターにはない。

通常のモンスターならば、ありえないことだ。

(幻術《げんじゅつ》の類は……ありえねえ)

他の者ならばともかく、無視界状態でも自在に行動可能な改人……【ウェスペルティリオー・イデア】となった彼に、幻術などそうそう掛からない。

モンスターはいたはずなのだ。モンスターの法則に従わないモンスターだとしても。

(……そして、目下のところ最大の問題は)

モーターは、自身の正面にある扉《とびら》を……その先にある魔力の反応を睨む。

そこにあるのは、第三の異常。かなり強大な……魔力の反応。

(この異常事態の原因が、この扉の先にあるかもしれねえってことか)

この四階を移動していた魔力反応は、今は扉一枚を挟《はさ》んでモーターと相対している。

まるで、待ち構えているかのように。

(嫌《いや》な予感しかしねえ……。逃げ出してえが……それもできねえ)

モーターは自身の逃走《とうそう》を阻《はば》むものを、体内に未だ存在するイデアの分体を恨《うら》む。

このイデア分体はイデアに改造された人間……改人の体を維持する繋ぎだ。

命令に反した行動を取ろうとしたときに、体の主導権を奪《うば》い取る首輪でもある。主導権をとられれば、モーター自身が動かすよりも遥かに劣る動きで命令通り動かされる。

そうなれば待っているのはより高確率な死であり、彼には命令に従う以外の道はない。

(取り除けば死、逆らっても終わり。クソッタレな仕様にしやがって……!)

改造で得た力を気に入ってはいても、デメリットがメリットに勝る。

(ここはゼタの指示通り、この魔力の持ち主に仕掛《しか》けるしかねえ)

彼は観念したようにそう考えて、不意に指示を受けたときの会話を思い出した。

『重要。今回の依頼《いらい》で重要なのは、奇妙な人物に攻撃を仕掛けることです』

『奇妙と言うがな。〈マスター〉も含めれば街ごと奇妙な奴だらけだぜ』

『重々承知。そんなことは分かっています。ですから、街ごと攻撃すればいい』

『……は?』

『指令。【レジーナ・アピス・イデア】には街での破壊《はかい》活動を命じます。残りの三人は王城を襲撃。城での破壊活動を行いつつ、怪《あや》しい者を攻撃。攻撃対象の生死は問いません』

『……………正気かよ』

『正気。いたって正気です。それが私達の請《う》け負《お》った依頼内容ですから。付け加えれば私自身の目的のためにも、騒動《そうどう》は派手な方がいい』

『あんたもそいつも……頭の配線がキレてるのか？』

『不確定。正常な精神であるかなど分かりません。私自身も、そして依頼主《いらいぬし》も。しかし依頼主に限れば、今回の犠牲《ぎせい》を厭《いと》うまでもないほどに重要な事柄《ことがら》があるのかもしれません。依頼主は、『この世界に必要なもの』と言っていましたが』

『……これが必要経費になるような事柄は、おっかなすぎて聞きたくねえな』

『同意。それゆえに仕事の完遂《かんすい》を望みます』


その後、彼らは襲撃を仕掛け、モーターは特に怪しい魔力を辿ってここにいる。

（この扉の先にいるのは間違《まちが》いなく奇妙な奴だ。……俺《おれ》がアタリを引いちまったか？）

扉を開けた瞬間《しゅんかん》に、勝敗は決する。

それほどの状況《じょうきょう》であるとモーターは理解し、己《おのれ》のすべきことを心中で確かめる。

（扉を蹴破《けやぶ》ると共に内蔵機能の《暗黒結界》を起動。相手が俺を見失うと同時に【奇襲王《キング・オブ・レイド》】の奥義《おうぎ》、《サドンデス《突然の死》》をぶちかまして一撃《いちげき》で終わらせる）

《暗黒結界》はラ・クリマが彼に内蔵したもの。一定時間だけ周囲一帯の光や電磁波を吸収し、強制的に視覚を潰す結界だ。

《サドンデス》は相手が自身を目視していない状態でのみ使用可能な【奇襲王】の奥義。防御力《ぼうぎょりょく》・耐久《たいきゅう》・耐性無視の三倍撃。命綱《いのちづな》であるはずの【ブローチ】さえも発動しない。

それに加えて、襲撃者《しゅうげきしゃ》系統の基本スキルである《スニーク・レイド《騙し討ち》》の『未発見状態三倍ダメージ補正』も乗る。

改造された今の体で放てば人間など跡形《あとかた》も残らない。

仮に膨大なＨＰを持つ相手でも、致命《ちめい》部位を消し飛ばすくらいはできる。

『…………』

しかし頭でそう考えても、魂《たましい》が、経験が、二の足を踏《ふ》ませる。

目の前にポッカリと大きな落とし穴が口を開けているかのような錯覚《さっかく》。

それでも、物怖《ものお》じすれば待っているのはイデア分体による強制操作。死に向かう自分の体を見ているだけの時間である。

そうでなければ、扉の向こうの敵から先に仕掛けてくるかもしれない。

ゆえに、モーターに選択《せんたく》の余地はなかった。

（……まぁ、信じるっきゃねえ。俺は超級職、一握りの超越者。おまけに、クソッタレな仕様でもトンでもねえ体を預けられちまってんだからよ）

そして彼は……。

『……!!』

無言のまま、しかし覚悟を決めてドアを蹴破る。

同時に、《暗黒結界》を起動し、周囲一帯を闇《やみ》に包む。

その環境《かんきょう》でも、蝙蝠《こうもり》型の純竜クラスと混ぜられた彼の聴覚《ちょうかく》は敵の姿を捉《とら》えていた。

（敵は二体……!?　そうか、上に乗っていやがるのか！）

両者の距離《きょり》があまりに近すぎて魔力感知では一人と捉えていたのだ。

――あるいは片方にそもそも魔力の反応がなかったのかもしれないが――。

（下は四足歩行のモンスター、上は……かなり小柄《こがら》だが人間！）

それを聴覚で把握《はあく》した瞬間に、モーターは狙いを定める。

（狙いは……上の奴だ！）

『奇妙な人物を攻撃する』というゼタの指令に則《のっと》り、床《ゆか》や天井《てんじょう》で幾度かの跳躍《ちょうやく》を重ねながらターゲットに定めた小柄な人物に肉薄《にくはく》する。

そして心中でスキルを宣言しながら、小柄な人物の首の裏に刃《やいば》の如き爪《つめ》を振《ふ》り下ろした。

(——《サドンデス》!!)

しかし爪は——首に僅《わず》かも食い込むことがなかった。

「……何、が?」

己の爪を、驚愕の眼差《まなざ》しでモーターは見る。

確実に息の根を止めるはずだった爪は皮膚《ひふ》に沈《しず》むことすらなく、受け止められていた。

ダメージはおろか……何の影響《えいきょう》も受けなかったかのようにそこに在り続ける。

やがて、モーターが起動した《暗黒結界》の効果が切れて、世界に光が戻ってくる。

音響《おんきょう》による認識から視覚による認識へと切り替わった時、

「……バカな!?」

モーターは更《さら》に大きな衝撃《しょうげき》を受けた。

自身の爪を首という急所で受け止めていたのが——幼い少女だったからだ。

「………………」

無表情な少女は四足の獣《けもの》に乗りながら……感情を感じさせない目でモーターを見返す。

（小柄だとは思ったが、子供⁉　俺の奥義で、一つの傷も負っていないのが……子供⁉）

その少女の情報を、モーターは《看破》で読み取ろうとする。

テレジア・セレスタイト・アルター
職業：なし
レベル：〇（合計レベル：〇）

しかし《看破》の情報が伝えるのは、少女がジョブにも就《つ》いていないということのみ。

名前から分かるのは、彼女がアルター王国の第三王女だということだが……。

『そんな訳が……あるか！』

今、自分の手で確認《かくにん》した現実が、その情報の全てを否定する。

（この子供が無力の訳がない。ただの王女な訳がない。奇妙な人物だと……？　コイツ以上に奇妙な、異常な者などいる訳がない！）

ゼタからの指示、奇妙な人物への攻撃命令が脳をよぎる。

モーターが遭遇《そうぐう》した〈ＩＦ〉のメンバーや彼と同じ改人ですら、目前の相手ほどの異常さも違和感《いわかん》も与《あた》えはしない。それほどに、おかしかった。

「なにもおかしなことはないわ」

しかし、彼の心中を読み取ったように少女――テレジアが静かに言葉を発した。

モーターは瞬時《しゅんじ》に後方へと飛び退《の》いて、距離を取る。

「あなたのコウゲキを耐《た》えられたのは、【ブローチ】のおかげ。くだけたブローチがころがっていないのは、たまたまこわれなかったから。わたしはあなたのコウゲキがこわいわ」

テレジアはそのように……自分は普通《ふつう》の子供だと述べるが、《真偽判定《しんぎ》》を持たないモーターにはその言葉の真偽をスキルで知ることはできない。

だが、そもそもそれが嘘《うそ》だと彼には分かる。

【奇襲王】の《サドンデス》は、【ブローチ】に無効化されない攻撃なのだから。

しかし、まだ何かの間違いで【ブローチ】が効果を発揮した方がマシだったとも思う。

同時に直感する。今自分は《真偽判定》なしでも彼女の嘘が分かったが、《看破》が本当だと思えないように《真偽判定》でもこの少女の言葉は嘘と見抜《みぬ》けないのではないか、と。

「あなたはマリョクをおってきたのね。でも、あなたがカンチしていたのは、きっとドーなのよ。だって、このこはわたしのモリヤクだもの。ドーはとってもつよいのよ、……セカイをほろぼせるくらいにはね」

テレジアはそう言って自身が乗る四足の獣――ドーマウスを撫《な》でる。

あるいは本当にモーターが感知していた魔力はドーマウスのものだったのかもしれない。

しかしそうだとすれば……、否、だからこそモーターは思う。

自分が感知していた莫大な魔力など問題にならないほどに……少女はおかしい。

「わたしはふつうのおんなのこで、ドーがとってもつよいモリヤク。あなたのコウゲキはたまたま【ブローチ】でたえられただけ。ここにあなたの、あなたにメイレイしたひとがもとめるものはない。そういうことでスジはとおるわ。……でも」

テレジアは考えを一切読み取ることが出来ない目を向けながら、

「――そういうことにして、かえってはくれないのよね？」

常人ならば狂死《きょうし》してもおかしくはないほどの威圧をモーターにぶつけた。

『な、ぐ……』

威圧に返答をすることすらできないモーターにテレジアは、

「……仕方ないわ。情報が欲《ほ》しいならあげるから、それを手土産《てみやげ》に帰って」

それまでよりも余程《よほど》に大人びた口調と発音で言葉を紡《つむ》ぐ。

「私が――【[redacted]】よ」

けれどその言葉は、モーターの耳には届かなかった。

正確には、意味をなさない雑音として届いた。

「聞こえないかもしれないわね。私の存在は【■■】のジョブそのものにカモフラージュされているし、私自身が伝えることもできないから。けれど、私が知っていることを話すわ。聞こえないところがあっても、そのまま伝えてほしいの。きっとそれで意図も伝わるわ。この襲撃は私を排除《はいじょ》したい人の思惑《おもわく》だから、王都全部を襲ったのは、誰が私かを確かめるためのものだもの。その答えなのだから、情報だけでも十分な成果になるはずよ」

『ま……』

モーターが『待ってくれ』と口を挟む間もなく、テレジアは言葉を続ける。

「それに、近くで死なれても困るのよ。ドーが処理してくれるから進行は遅《おく》れているけれど、それでも近くで大量に死なれると少しは入ってしまう。それに私や■■が直接殺すと最も吸収率が良くなってしまうし、ドーは〈エンブリオ〉混じりのあなたを排除する権限がない。王城という人死にの少ない場所にいるのに、結界で外部からの■■■■■も妨《さまた》げられていたのに、これでは困るの。〈■■〉の降臨が早まってしまうから」

その言葉の意味は、モーターには分からない。正しく聞こえない。

「ドーは世界を滅ぼせるけれど、〈■■〉は世界を■■■■られるの」

だが、自分程度が聞いてはいけない情報だと全身の細胞《さいぼう》で理解できた。

本当ならばもっと特別な人間しか聞いてはいけないこと。

聞いたら最後、もはや普通に死ぬことすらできなくなるような錯覚を覚える未知の情報。

『なぜ自分が聞かされているのか』と、モーターは正気を失いかける心の片隅《かたすみ》で思った。

「だから私への攻撃はやめて。でないと、またゼクスのときみたいに外れてしまう。私が危険にさらされると、セーフティは少しずつ外れてしまうから。ゼクスの一件で、《■■■■》が解禁されたように」

自分を倒した者、改造した者、使う者のさらに上……。〈IF〉のオーナーの名が出ても、モーターはそのことに意識を割《さ》く余裕《よゆう》もない。

しかしどうしてか、聞こえない言葉の中に先刻廊下で相対した異形にして異常なモンスターに関するものが混ざっている気がした。

「【グローリア】のときは、もしかすると諸共《もろとも》終わりにできるかもしれないと思ったけれど。あなたじゃ私を殺すまで届いてくれない。……もしかしたら、手が加わってしまっていたから【グローリア】でも届かなかったのかしら」

少しだけ、無表情だったテレジアの顔が変わる。

「私のセーフティは自動的。私の危険を排除し、私を生かすために発動してしまう。さっきあなたを襲った■■のように。異物と混ざっているから効かないあなたの攻撃でも、スキルに反応してしまう。ダメージがないから反応は鈍《にぶ》いけれど、このまま続くと……きっと外れていく。最終的に〈■■〉も半分くらいは顔を出すわ。……それは怖《こわ》いわ」

『怖い』と言ったときに、本当に不安そうな表情を浮《う》かべた。

それはモーターに攻撃されることそのものではない。

彼女《かのじょ》が怖いものは……彼女自身の中にある。

攻撃されることで、危険にさらされることで、先刻の異形のモンスターを創《つく》り出したように……自動的に周囲の危険を根こそぎ消し去らんとする彼女自身に眠《ねむ》る力の防衛反応。

それこそが、彼女は怖い。

「これ以上は力を開放したくないの。姉さままで殺してしまうかもしれない。だから……」

そうしてテレジアは手土産の情報を伝え終わったと言わんばかりに、
彼女に触れてしまったモーターに対し、

「——Don't touch the GAME OVER《私に触れないで》」

静かに最後通牒を突《つ》きつけた。

拾話 触れられぬモノ、触れてはならぬモノ

■5XX years ago

かつて業都と呼ばれた廃墟《はいきょ》の地下深く。避難《ひなん》区画よりも更に深くに巨大《きょだい》な空洞《くうどう》がある。

天井の高さは一〇〇メテルを優に超《こ》えるだろう。

その巨大な空洞を埋め尽くすように、巨大な存在が膝《ひざ》を抱《かか》えていた。

人型のような、あるいは獣のような……何かの死骸《しがい》。

しかし、化石のような表面を持つそれは僅かに脈動している。

今にも立ち上がるのではないか、世界を滅ぼすのではないか、というほどの莫大なエネルギーの内蔵を感じさせるが、不意に脈動が収まり……本当に死に絶えたように停止した。

「……確認した……わ。地上で……今代の【邪神《ジ・イーヴィル》】が死んだ……わ。これも……〈終焉《ゲームオーバー》〉も休眠《きゅうみん》状態に移行したわ……」

「やれやれ……。このトラブルもようやく解決ってことだねー……」

陰鬱《いんうつ》な雰囲気《ふんいき》の女性の言葉に、猫《ねこ》を頭に乗せた青年が応《こた》える。

彼ら以外にも数人が、それを見上げていた。

いや、数人とは言えないのかもしれない。人の姿が多かったが、異形もまた存在した。

『本体を見つけられたのは今回が初めてだが、恐《おそ》らくはジャバウォック……【エヴォリューション】と似た仕組みか』

浮遊《ふゆう》する四つの玉を連ねたような存在……横から見ると芋虫に見えないこともない何かがそう言った。

「地上で【聖剣王《彼》】らに倒《たお》された【邪神《アレ》】がこいつの頭脳体に相当するのだろう。今回はこの戦闘《せんとう》体が動く前に頭脳体が死に、戦闘体の眠りは覚めなかった。あるいは、我々の活動によって起動のためのリソースが不足していたのかもしれない」

「測定値からすると結構ギリギリだったっぽいよ～?」

双子《ふたご》と一目で分かる眼鏡をかけた少年とヘッドホンをした少女が、そのように分析《ぶんせき》した。

「回収した文献《ぶんけん》が正しければ、前回の起動は我々が来る前だ。当時は戦力が整っており、【邪神】のみに苦労した今回と比べても問題は少なかったらしい」

「ん～。じゃあ前のは今回よりも弱かったってことだね～。その戦力って私達《たち》で簡単に滅ぼせたからね～。今だと～私達一体分よりは強そ～。あ～、バンダースナッチ達は別枠《べつわく》で～」

双子の分析にどこか神経質そうな線の細い青年が問う。

「一〇〇〇年以上かけて、再構成と強化を続けていたということでしょうか？」

「可能性は高い。さて、レドキング。……これをお前の《空間破断》で攻撃してくれ」

「了承《りょうしょう》しました」

線の細い青年は即座《そくざ》に応じ、己の力を化石のようなそれに叩《たた》きつけた。

瞬間、世界が線を引いたように真っ二つに裂《さ》けて、色のない虚空《こくう》が顔を覗《のぞ》かせる。

数秒後に虚空が閉じたとき、その線上の物体は全て両断されていた。

ただし、化石のようなそれを除いて。

尋常《じんじょう》ならざる破壊を齎《もたら》すはずの攻撃を受けてもそれは傷一つなく、微動《びどう》だにしなかった。

「……【邪神】と同じか。でも《空間破断》でも無傷って……まずいねー」

猫を乗せた青年が何かを思い出しながら、苦渋《くじゅう》の顔でそう述べた。

「そう。空間上の物体や現象を強度に関係なく破壊する《空間破断》でも、これだ」

「あはは～。やっばいね～。試《ため》しにバンダースナッチも呼ぶ？」

「それはやめよう……。最悪、これまでの全部が台無しになりかねないからねー」

双子の少女の提案に、猫を乗せた青年がそう言った。

『かつてこれを倒した者達は、レドキングの《空間破断》以上の攻撃手段があったと？　【聖剣王】のあの剣《けん》ならば可能かもしれないが……』

「いや、そもそもの仕組みが違う。外から加わった私達では、こいつに影響を及《およ》ぼせない。【邪神】と同じだ。多分、世界のシステムそのもののセーフティだよ」

芋虫の質問に、双子の少年は己の分析を述べた。

「……ティアンのみ傷つけられる存在ってことだねー」

「〈UBM〉はどうでしょう？」

「あれは恐らく駄目《だめ》だろうな。というか、今のモンスターは全て駄目だろう。クイーンの手でアイテム変換機能が混ざっている」

「あはは～。すっごい裏目ってる～」

双子の少女は笑うが、他《ほか》の者達は全く笑えなかった。

「あれ？　でも地上で【邪神】にトドメを刺《さ》したのは【聖剣王】だよね？　あの【元始聖剣】って〈イレギュラー〉……〈UBM〉じゃなかったっけ？」

「あれは切断という現象に限ってはあらゆる理不尽《りふじん》を内包していますからね。【邪神】の防御《ぼうぎょ》機構さえも、無力化しているのでしょう。逆に言えば、それだけの理不尽でなければ防御機構は突破《とっぱ》できない。……そうなると、いずれ迎《むか》え入れる〈マスター〉達でも」

「無論、無理だ。これは我々では……〈エンブリオ〉では全く対処できん」

「どうしましょうか。こんなものが残っていては我々の準備も……」

『次の起動までに、こちらの悲願が達成されていると思いたいがな』

極《きわ》めて厄介《やっかい》な課題を前に、彼らはひどく思《おも》い悩《なや》んでいた。

「そもそも……何で……こんなの……あるの？」

『試練であろう』

陰鬱そうな女性の純粋《じゅんすい》な疑問に、それまで無言だった四足の獣が答えた。

「ドーマウス……」

『我輩達《わがはいたち》が作ろうとする環境が〈超級《ちょうきゅう》エンブリオ〉を育てるためにあり、そのために試練としてジャバウォックが〈ＳＵＢＭ〉を揃《そろ》えている。この地もまたジョブによって力を育《はぐく》むのであれば、これも同じ立ち位置なのかもしれぬ。強大な試練としての存在である』

「でも……こんなの……世界ごとなくなってしまう……わ」

『『強くなる試練を越えられなければ滅べ』という足切りの機構でもあるのかもしれぬ』

「……短気な創造主……ね」

「ドーマウス、それは推測か？」

『推測だ。我輩の演算能力をフルに稼働《かどう》させて出した結論である。……勘《かん》も含《ふく》むがな』

「生物的な勘はこちらにはない。一考の余地がある」

機械的な演算能力で最高位に位置する双子の片割れは、納得《なっとく》するようにそう言った。

『これまでのデータから推測を重ねるが、頭脳体の再誕は本体から遠くない場所で起こるのである。今回の【邪神】は、地上の業都で生まれた者だった』

「ならば、再び生まれるのもここである可能性が高いか」

「だったら監視《かんし》して【邪神】ができたらすぐ駆除《くじょ》すればいいんだよ～。これまでみたいに～」

彼らは先々期文明の文献から化石のような物体……〈終焉〉と【邪神】のことを知った。

これらが自分達の計画を揺《ゆ》るがしかねないと判断し、【邪神】を倒すことで〈終焉〉の降臨を阻止《そし》し続けてきた。

そして今、発見した〈終焉〉と相対して判断は正しかったと確信していたが……。

『だが、今のような手法……ティアンによる討伐《とうばつ》が使えるのは今回までである』

「……そうだねー。ちょっと、対症療法《たいしょうりょうほう》を使いすぎた」

ドーマウスと猫を乗せた青年は、苦虫を噛《か》みつぶしたような顔でそう言った。

「これまではティアンを誘導《ゆうどう》し、早期に発見した【邪神】を討伐してきたけど……」

【邪神】には彼らの攻撃《こうげき》が効かなかったため、実力者のティアンを雇《やと》い入れる。あるいは誘導するなどの方法で倒してきたが……、それができるのは今回が最後だ。

「倒すたびに【邪神】の強さが増している。今回に至っては、幼少期に超級職で奇襲を仕掛けても自動迎撃《げいげき》で返り討ち。そして成長後の今は……考えうる限りのティアン戦力を誘導しての辛勝《しんしょう》だ」

『……次はないな』

もはや、ティアンを誘導しても【邪神】は倒せない。

むしろ下手《へた》な接触《せっしょく》は【邪神】の活性化を早めるだけになる。

なぜなら【邪神】や【邪神】の作り出したモンスター……通称《つうしょう》『眷属《けんぞく》』が殺傷する場合は、他の死者よりも吸収するリソース量が多く、レベルアップと〈終焉〉の降臨を早めてしまう。

『アプローチを変えるのである』

「と言うと？」

『今後、【邪神】を見つけた後は我輩がその傍《そば》に立ち、【邪神】が吸収するはずのリソースを我輩が横から吸収するのである。加えて【邪神】を守り、危険から遠ざけることで活性化も遅らせるのである』

「データの少ない案件であるから試してみなければ何とも言えないが、……上手《うま》くすれば【邪神】が自然死するまで〈終焉〉が起動しない可能性もあるか」

『だが、地球の〈マスター〉を迎え入れた後はどうする。まず確実に世界は動乱し、流れるリソース量は膨大なものとなる。お前でもその全てを完全に吸うことはできまい？』

芋虫球体の言葉に、ドーマウスは少しだけ言葉に悩んでから……こう述べた。

『……それはこちらの目的達成が先であることを祈《いの》るしかないのである』

その発言に、彼の仲間達は苦笑《くしょう》した。

「祈る、ですか。何ともコメントに困る話になりましたね」

「……ここの信仰《しんこう》をぶっ潰《つぶ》したらしい僕達《ぼくたち》が、その信仰における終焉から世界を守るために神頼《かみだの》みとかー。皮肉が効きすぎて笑えもしないね」

しかしそれしかないだろうとも、彼らは分かっていた。

「分かった。その線で進めよう。この場にいる者達に否はないな？」

双子の少年の言葉に、一同は頷《うなず》いた。

「ならば、私とディー、レドキング、キャタピラー、ダッチェス、ドーマウス、チェシャ、……それと今アバター越《ご》しにアリスからも了承が来た。これで過半数ゆえ決定だ」

「まぁ、ここにいない連中もノーとは言わないだろうねー。……あのドラム缶《かん》以外は」

「……バンダースナッチは頑《かたく》なですからね。敵対者相手では潰す以外の選択肢《せんたくし》はありませんし、彼の仕事もそれしかできない。アバターすら持たないのですから」

最も巨大で強大で狂犬《きょうけん》な同僚《どうりょう》を思い出し、猫の青年――チェシャと神経質そうな青年

――レドキングは苦笑した。

「さて、あとは【邪神】だけでなくこれの隠蔽《いんぺい》も必要か。キャタピラー、この地の周辺にセーブポイントの設置と環境の調整を頼《たの》む」

『ここは一度セーブポイント環境整備マーカーを外した場所だが？』

双子の少年――トゥイードルダムの言葉に芋虫球体――キャタピラーが質問を返す。

「分かっている。チェシャにも根回しをしてもらうぞ。無論、私とディーも〈DIN〉を通じて情報を流布《るふ》する」

「何をする気？」

「【聖剣王】が【邪神】を倒したことで、この地が『良い土地』になったと示す。そして、街として発展してもらう。こいつに近い場所に人が集まれば、それだけ次の【邪神】がここで生まれる確率も高まり、監視しやすくもなる。それとここのセーブポイントにはリソース収集機能も付与《ふよ》しておこう」

『なるほど。それは助かるのである』

「それと、こいつに余人が近づけないようにレドキングに空間を組《く》み替《か》えてもらう」

〈終焉〉を指差しながら、トゥイードルダムは言葉を続けた。

「どのように？」

「地中を掘《ほ》るだけでは辿《たど》り着けないように、異空間を重ねる。いっそ我々の手で〈神造ダンジョン〉を一つ作るぞ。空間をただ作り替《つく》えるだけでは不自然だからな。発生理由は【邪神】討伐と絡《から》めて〈DIN〉が流布する。ダッチェスも手伝ってくれ。主にクイーンの説得を頼む」

「わかった……わ……」

陰鬱そうな女性――ダッチェスも頷く。

「〈神造ダンジョン〉……。前の管理者が遺《のこ》した魔王転職用ダ、ン、ジ、ョ、ン、に被《かぶ》せず作るのは初めてだねー」

「あれよりも難易度は引き上げる。ジャバウォックにも話を通そう。回収した〈UBM〉を番犬代わりに置く。【滅竜王《めつりゅうおう》】など丁度いい」

「なるほど～。あ、そうだ。ダンジョンの名前はどうする～?」

双子の少女――トゥイードルディーに問われたトゥイードルダムは、化石のような〈終焉〉を……その神骸《しんがい》を見上げながらこう述べた。

「ダンジョンの名は――〈墓標迷宮《めいきゅう》〉だ」

この後、かつて業都と呼ばれた地には王都アルテア、そして〈墓標迷宮〉と呼ばれる〈神造ダンジョン〉が創られることとなる。
それに関する様々な伝説や伝承が作られ、しかし散逸《さんいつ》していった。
結果としてその成立の真実を隠《かく》しながら、王都と〈墓標迷宮〉は現在まで残っている。

◇◆◇

□■彼女について

彼女は、生まれてからずっと嘘をついてきた。

テレジア・C・アルターは王国の第三王女である。
生まれて間もなく母を亡《な》くし、自身も病弱な身で生まれてきた。
そのためか父と二人の姉は彼女を殊更《ことさら》に溺愛《できあい》していた。
あるいは、医者の『恐らくは成人前に……』という診断《しんだん》があったためかもしれない。
そんな愛情と悲しみのないまぜになった人々の揺り籠《かご》の中でテレジアは思った。
（今回はそういう生まれなのね）

脳が未成熟な赤子の時分に、彼女は既《すで》に確立した自我《じが》を持っていた。
まるで脳という生体器官以外に、思考と記憶《きおく》のための器官を持っているかのように。
実際に、彼女はそのための器を持っている。

ジョブ——特殊超級職【邪神】という器を。

【邪神】とは〈終焉〉の呼び水。半身にして半神。
この世界に試練を課すためにかつての管理者が遺した〈システム〉の一部。
それゆえに、特例中の特例と言える仕組みを持たされている。
特殊超級職を含めた他のジョブとの違《ちが》いは、五つの機能。
第一に、歴代の【邪神】の記憶の保持及びジョブ自体を代替《だいたい》脳とした思考。
第二に、世界中の死者からのリソース吸収による自動レベルアップ。
第三に、一定レベルに至るまでの【邪神】に関連した情報の完全隠蔽。
第四に、〈システム〉の範疇《はんちゆう》に存在しなかった異物への無敵化。
第五に、代を経るごとの基礎《きそ》ステータスとスキル強化。
(生まれたばかりなのに、既に生きるのに疲《つか》れた気分)

テレジアにとって最大の問題は記憶の保持。あくまでも記憶のみで人格は含まれず、彼女の人格は彼女だけのものだが……記憶と人格は完全に無関係ではない。

歴代の【邪神】の記憶を持つがゆえに、彼女は既に多くのことを知ってしまい……その精神年齢《ねんれい》を強制的に引き上げられてしまっている。記憶と思考の機能がある程度の精神保護を有していなければ、生まれて早々に心が壊《こわ》れていただろう。

それでも例外なく殺されてきた記憶ゆえに、彼女は既に疲弊《ひへい》していた。

同時に、【邪神】とは最終的には死ななければならない存在だと理解もしている。

【邪神】が死ななければ〈終焉〉が降臨し、世界は滅《ほろ》ぶかもしれないのだから。

しかし【邪神】は自殺も自傷もできず、危険が迫《せま》れば自動的にジョブスキルが反応する。

成長後は存在するだけで世界に害をなすために、いつも誰かに殺される。

歴代の【邪神】の中では静かに終わりを待つ者もいれば、世界に牙《きば》を剥《む》く者もいる。

テレジアの先祖が倒した【邪神】は後者だったし、生まれたばかりのテレジアは前者だ。

記憶は似通っているはずなのに行動が違うのは、きっと魂が違うためだろう。

いずれは自分の正体がバレて殺されるのだろうと悟《さと》っていた。

テレジアはいつか終わるときを静かに待とうと……生まれてすぐに考えた。

だからバレるまでは……嘘をつこうと思った。

◇◆

生まれてから一年ほど経《た》ち、テレジアは自身の周囲の環境を理解していた。

（アルティミア姉さまは【聖剣姫《セイクリッド・プリンセス》】。あの剣ならレベルが未達な私の首を斬《き》るのは簡単）

先代の【邪神】や他にも幾人《いくにん》かの【邪神】の死因を思い、テレジアはそう結論づけた。

【元始聖剣】は今や〈UBM〉……異物の混ざったものであるが、あらゆるものを斬るその力は【邪神】の無敵化さえも切り裂いてみせる。

そもそも、あの剣は【邪神】同様に世界を創った者達が特別に用意したもの。その上で『あらゆるものを斬る』とされているならば、変性しようと【邪神】を斬れる。

揺り籠のテレジアに読み聞かせられる絵本……アルター王国で最も有名な物語の内容からもそうなることを察していた。

（保有者は地に眠る神骸より離《はな》れるべからず。この地に次の【邪神《私》】が生まれることを察して、すぐに【元始聖剣】で斬り殺せるように伝えているのね。御先祖《ごせんぞ》様も、子孫が【邪神】になるとは思わなかったのでしょうけど）

神骸……〈終焉〉の本体は王都の地下に眠っている。

【邪神】は〈終焉〉からそう遠くない場所で生まれるというルールを当時の【聖剣王】が知っていたかは不明だが、対処法としては正しい。

初期段階の【邪神】相手なら、【元始聖剣】で首を刎《は》ねるのが最も効率的だ。

成長するとスキルによる防衛能力が上がり、それこそかつての【聖剣王】のように死力を尽《つ》くさなければ刃が届かない。

（レベルの上昇《じょうしょう》は……少しずつね）

生まれた時よりも、今の方がレベルは上がりづらい。

なぜかと言えば、病弱なテレジアのために城に防疫《ぼうえき》の結界が張り巡《めぐ》らされたからだ。

【テレジア】が世界から吸収する死者のリソースは本来の対象ではなかったが、呪怨《じゅおん》系状態異常も警戒《けいかい》した結界であったためか、吸われるはずの死者リソースの殆《ほとん》どがシャットアウトされていた。

（吸われなかったリソースは自然に還《かえ》るでしょうから、問題もないのでしょうけど。……いえ、そもそも結界が張られる前から歴代の【邪神】よりもペースが遅《おそ》かったわ。……まぁ、今は戦乱の世でもないから、当然なのかしら）

テレジアは知る由《よし》もないが、王都のセーブポイントには浮遊リソースを吸収する仕組みが設けられている。

管理AI達が【邪神】を警戒して行った仕組みが、彼女のレベルアップを遅らせていた。

（……別にいいのだけれど。どうせレベルが上がりきってしまえばおしまいなのだから、遅いに越したことはないわ。大した違いはないでしょうけど）

これまでの【邪神】ならば五歳《さい》になる前には危険に遭《あ》い、セーフティが外れ、最初の覚《かく》醒《せい》が起きた。そうなればたとえ《看破》などのスキルから秘《ひ》匿《とく》されていても、テレジアが【邪神】であることは明白になる。後は殺されておしまいだ。

（それなら、今の恵《めぐ》まれた暮らしを味わいましょう。）

テレジアは本心からそう思った。いずれ自分を殺す相手と分かっていてもテレジアはアルティミアが好きだったし、父や年の近い姉のエリザベートも好きだったからだ。

ここまで愛にも物にも恵まれた環境は、歴代の【邪神】にはなかった。

（そういえば……先代は貧しい家の子供だったわね）

先代は荒《こう》廃《はい》した業都の貧民街の生まれで、子供を売って冬を越《こ》すような家だった。兄弟もいたが、どこかに売られてそれっきり会えなかったと記憶して……。

（…………いえ、どうだったかしら）

何かを思い出しかけて、けれど思い出せなかった。

全員ではないが、歴代の【邪神】の記憶は年齢を経るほどにおぼろげになる。

抱え込んだ狂気《きょうき》が基本の精神保護の限度を超え、正気ではなくなった【邪神】の記憶とはそういうものなのかもしれない。

いずれにしろ、【邪神】として生まれて幸せに生きられた者は少ない。

良くて……納得して殺された者くらいだ。

だから、テレジアもまた【邪神】として死ぬ前に第三王女としての時間を過ごすのも悪くないと……どこか枯《か》れた思考で方針を決めた。

自分は病弱なだけの第三王女であるという嘘を、今しばらくつき続けようと。

(どうせ、ほんの数年でバレてしまうでしょうけれど)

◇
◆

それから四年近くが経って、今年で五歳になろうかというテレジアはガラス窓の向こうの景色を眺《なが》めながら呟《つぶや》いた。

「……めぐまれすぎたわ」

王女で、しかも病弱に生まれたために、考えうる限りこの世界で最も手厚く育てられた。

それこそ、あらゆる危険から遠ざけるように……。

「ようがいだわ……」

まさかこの年になるまで、【邪神】だとバレないとは思わなかった。

普通はモンスターや戦火といった要因でセーフティが外れ、【邪神】の力の一部が解放される。今までの多くの【邪神】は幼少期にセーフティが外れ、その後に殺されてきた。

だが、テレジアは王女である。

ずっと危険のない屋内にいたためにセーフティが外れず、気づかれてもいなかった。

この世の誰も……【邪神】を捜《さが》す者達も含めて誰も彼女が【邪神】だとは知らない。

（自傷や自殺はできないし、私から【邪神】と言っても信じてもらえない。……言っても聞こえないでしょうけど）

テレジアが【邪神】であるということは《看破》で見破れないだけでなく、彼女の言葉からも隠される。話そうとしても違う言葉や意味のない言葉に聞こえるし、年齢もあって不自然にさえ思われないだろう。

それにどうしてか【邪神】についての伝承もかなり簡略化と欠落が起きているため、そもそも分かってもらえない可能性が高い。

（このままだと【邪神】が完成してしまうのではないかしら……。けれど、このレベルアップのペースだと……もう何十年か先になりそう）

彼女は自分のレベルアップを肌《はだ》で感じることが出来る。

数代前の【邪神】から、世界はステータスを表示するようになった。それまでは特定のスキルの使用や感覚的にしか判断できなかったが、今は誰でも客観視できる。

しかし【邪神】のステータスはその目に見える形においてはなぜか彼女自身にもカモフラージュされており、彼女は自分の真のレベルを感覚的にしか把握《はあく》できない。

そして感覚で言えば……恐らくはまだ三〇レベルにも達していないだろうと思われた。

それは歴代と比較《ひかく》しても明確にレベルアップが遅い。

ひょっとすると天寿《てんじゅ》を全《まっと》うするか病死するのが先かもしれないとも考えた。

その未来予想図にどうしてか少しだけ……テレジアは胸が温かくなった。

それは、最も希望に満ちた終わり方であるような気がしたからだ。

「テレジア殿下《でんか》、どうなさいました？」

少しだけ頬《ほお》が赤くなったテレジアに、御付《おつ》きの侍女《じじょ》が声をかける。

「だいじょうぶよ。ちょっとあったかいだけ」

「最近は陽気もよくなってきましたからね」

侍女に彼女は適当な嘘《うそ》の言葉を返したが、侍女は……王女の護衛役として《真偽判定《しんぎ》》も持ち合わせた侍女はその嘘に気づかない。

それもまた【邪神】としてのテレジアの特性だった。

《看破》を偽《いつわ》るように、《真偽判定》でも彼女の嘘を見破れない。

スキルによって嘘が制限されるこの世界で、テレジアは自由に嘘がつける人間だった。

彼女が今もバレずにいるあまりにも大きな嘘に比べれば、些細《ささい》な話だったが。

「おへやにもどって、おねんねするわ」

「はい。分かりました」

テレジアがそう言うと、侍女は彼女を大きめの乳母車《うばぐるま》に入れて運び始めた。

病弱な——実際には【邪神】のステータスで余裕がある——身であるために、部屋から部屋の長い移動は自分の足ではなく乳母車を使われる。

それが少しだけテレジアには不満だった。せめてもう少し見栄《みば》えのいい移動手段はないものかと……膨大《ぼうだい》な記憶と五年足らずの実年齢《じつねんれい》を持つ少女は強く思った。

「それではテレジア殿下、私は隣室《りんしつ》で待機しております」

「ありがとう」

テレジアを部屋まで運んだ侍女とそんな言葉を交《か》わして、テレジアは自室に一人となる。

彼女の部屋は王女らしく豪奢《ごうしゃ》で、同時に清潔さが保たれた部屋だった。

天蓋《てんがい》付きのベッドには、二人の姉から贈《おく》られた可愛《かわい》らしいぬいぐるみが寝《ね》かされている。

ベッドの傍には何かあった時のために隣室の侍女を呼ぶためのベルが置かれている。

けれど、彼女の視線は……ベッドと自分の中間点に固定されていた。

そして彼女は口を開き……。

「あなたはだれ？」

誰もいない空間に向けて……そう言った。

空気だけが聞くテレジアの声に、

「——先に声を掛《か》けられてしまいましたね」

聞き覚えのない男の声が、応えた。


直後、何もなかったはずの空間に、緑色の外套《がいとう》が浮かび上がる。

外套を着こんだ人物は、音もなくそれを脱《ぬ》ぎ去って……テレジアに礼をする。

「この私の名前はゼクス・ヴュルフェル」

黒髪《くろかみ》のどこか冴《さ》えない容姿の男は自分の名を名乗ってから、

「貴女《あなた》を攫《さら》いに来ました、テレジア王女」

まるで歌劇のようなセリフを口にした。

「すてきなことばね。じゅうねんごにききたかったわ」

自分を攫いに来たという男――ゼクスに、テレジアは冷静にそう返した。

「…………」

ゼクスは――後の彼《かれ》を知る者なら驚《おどろ》くだろうが――目を見開いて暫《しば》しテレジアを観察し、
やがて一つの言葉を口にした。

「すみません。本当に貴女が王国の第三王女ですか？」

「そうよ。どうしてたずねるのかしら？」

「今、バ、ケ、モ、ノにしか見えませんでしたから」

「…………。そんなことをレディにいうものではないわ」

「そうですね。すみません」

穏《おだ》やかに言葉を返しながら、テレジアは自身の人生で最も心臓の鼓動《こどう》を速めていた。

（【邪神】だとバレている？　どうして？　そもそも、この男は何者……？）

相手の正体を探《さぐ》ろうと視線を巡らせて、テレジアはゼクスの左手の甲《こう》に紋章《もんしょう》を見つけた。

ただ丸だけの……一粒《つぶ》の水玉だけのシンプルな紋章。

けれど、だからこそ何にでも形を変えそうな、水の象徴《しょうちょう》。

「あなたは、〈マスター〉？」

「はい。先月から始めました」

一ヶ月ほど前から〈マスター〉が増え始めたという話は、テレジアも聞いていた。

そして〈マスター〉というのは、彼女の中で別の意味を持つ。

（【猫神】の同類……ね）

かつての【邪神】が戦った〈マスター〉、【猫神】。分身する〈エンブリオ〉を使うという彼との戦いで、しかし【邪神】は僅《わず》かな傷も受けなかった。

それが【邪神】の特性の一つ、異物への無敵化であるとテレジアは知っている。

（〈マスター〉は、システム外の異物。絶対に私を傷つけられない。そんな〈マスター〉が、今の【邪神】である私に接触する理由は……何？）

あまりにも不透明《ふとうめい》な状況《じょうきょう》に、テレジアは情報を得るために会話を続ける。

「さっききていたのは、あなたの〈エンブリオ〉？」

「いいえ。特典武具です。元は逸話《いつわ》級のカメレオンで名前は……【擬音色獣《ぎおんしょくじゅう》　サウンドカラレス】だったかと。遭遇《そうぐう》した時は気づかないうちに丸呑みにされてしまいました」

「……………」

目の前で「死んだ」と同義の言葉を笑いながら話す男に、少しの感性のズレを覚えた。

「だからこそ、今はこの私の特典武具なのですが」

「……？」

「むしろこの私の方から聞きたいのですが……どうやって気づいたのですか？」

「…………」

テレジアが特典武具で姿を隠したゼクスに気づいたのは、必然だ。

ゼクスの特典武具の効果は、身に着けた者の音と色を偽り空間に紛《まぎ》れさせるというもの。テレジアの部屋にまで入り込めたのはその力が大きい。他の感知システムも、同様に何らかの手段で突破したのだろう。

しかし特典武具……異物の力が混ざった〈ＵＢＭ〉に由来するアイテムであるゆえに、【邪神】であるテレジアにはその効果も発揮できない。

テレジアには最初から、見えないはずのゼクスが見えていた。

「……それはね」

テレジアは少しだけ考えて……。

「わたしが【[redacted]】だから」

「？」

自分の正体を明かしたが――しかしそれはゼクスの耳には届かなかった。

（やっぱり〈マスター〉相手でも効いている。だったらどうして、さっきバケモノなんて言ったのかしら。いえ、私が【邪神】だと分かっていないなら、どうしてここに……？）

一つが明らかになっても、謎《なぞ》はさらに連なる。

ゆえに、テレジアは尋《たず》ねる。

「あなたは、どうしてわたしをさらうの？」

直接的に、動機を尋ねたテレジアに対し、

「それがこの国でも指折りの重罪だからです」

ゼクスは至極《しごく》あっさりと……動機とは思えない言葉を口にした。

「………え？」

「この私は悪人になるために王国で重罪を犯《おか》します。そのための重罪とは何かを考えたら貴女を誘拐《ゆうかい》することでした。だからこの私はここにいます」

罪を犯すために重罪である王女誘拐を行う。言葉通りならば、彼は目的と手段が一体化して、得るものなどない犯罪こそを目的としていた。

そんな奇怪《きかい》な相手をテレジアは……これまでの【邪神】達は見たことがなかった。

（〈マスター〉ってそういうものなのかしら……）

しかし奇怪な思考回路を有しているとしても、城の中でも厳重に警戒されているテレジアの私室に忍《しの》び込むほどの手合い。どう対処したものかと、テレジアは考えを巡らせる。

（〈マスター《異物》〉では私を害することはできない。殺されることも傷つけられることもない。

けれど、だからと言って……）

放置することもできないが、ここでテレジアが声を上げれば隣室にいる侍女が異変に気づいて入ってきて……ゼクスに殺されかねないと考えた。

しかしそうしてテレジアが考えを巡らせている内に、

「気になることはありますが、ひとまず攫わせていただきます」

ゼクスの声が真後ろから聞こえると共に、口元に濡《ぬ》れた布を押《お》し当てられた。

「え……」

一呼吸の内にテレジアの意識は急速に失われる。

意識の途切《とぎ》れる直前にテレジアが見たのは寸前まで自分と話していたゼクスと……自分に布を押し当てるゼクス。

二人のゼクスが同時に存在する光景だった。

◇◆

「…………っ」

テレジアの意識が途切れてから、二時間ほどが経って……テレジアは目を覚ました。

意識を取り戻《もど》してすぐに、テレジアは自分が薬で寝かされていたことに気づいた。

今いる場所は……テレジアが一度も見た覚えのない空間だ。

木でできた小さな小屋と、窓の外に見える森。城で暮らしてきたテレジアが実際に見たことはないが、歴代の【邪神《ジ・イーヴィル》】の記憶からそれが木こり小屋か何かではないかと推測した。

寝かされている内に城から連れ出され……恐《おそ》らくは王都に近い〈ノズ森林〉にある小屋にでも閉じ込められたのだろうと、理解する。

そもそも【邪神】であるテレジアが、異物である〈マスター〉によって眠《ねむ》らされたこと自体が異常ではあったが……その答えをテレジアはすぐに思い出した。

（……ああ。そういえば、そんな例外もあったわね）

異物は【邪神】に対して害を及ぼせない。

ただし、三点の例外がある。

まず、【元始聖剣《せいけん》】のような【邪神】の法則を歪《ゆが》めるほどの力を使うこと。

次に、【邪神】の土台であるシステムごと……要は世界全体を影響《えいきょう》下に置くこと。

そして、最も簡単かつありえるのは……ティアンの作った消費アイテムを使うこと。

テレジアが嗅《か》がされた薬品や、あるいは攻撃《こうげき》魔法《まほう》の【ジェム】など、ティアンが手掛《てが》けた消費アイテムは異物である〈マスター〉が使っても【邪神】に効果を及ぼす。

モンスターから変換《へんかん》システムによって直接ドロップしたアイテムや素材が混ざっていれば無効であるため、異物が関与《かんよ》しないティアンの手製アイテムだけの現象だ。

偶然《ぐうぜん》にも、ゼクスの使用した薬は自然素材を使ったその類のものだった。

（【邪神】としてのレベルがもっと高ければ効かなかったのでしょうけど、レベルは低いし、セーフティも外れていない今はダメだったみたいね……）

そのセーフティは今も外れていない。

体には傷の一つもなく、少なくとも危害を加えられたわけではないと悟る。

ゼクスの姿はないが、もしかするとテレジアを誘拐したことを城に伝え、犯罪者らしく何らかの要求をしているのかもしれない。

そのゼクスに対して、テレジアは一つの疑問を抱《いだ》いている。

それは気を失う直前に……ゼクスが二人いたことだ。

（一人の人間が複数人……。顔を整形した別人物や双子《ふたご》でないのなら、彼自身のスキルによるものね。私に見えたと言う事は幻覚《げんかく》ではなく実体。ゼクスの〈エンブリオ〉か、《影分《かげ》身の術》かしら。まさか人間がスライムのように分裂したわけでもないでしょうし……）

その「まさか」が正解であるなどとはテレジアもこの段階では気づかなかった。

気づかぬまま、あれは何だったのだろうと思考を巡らせていたが……不意に気づく。

「……あがってる」

彼女《かのじょ》自身が感じ取った自身の感覚……自身の真のレベル。

ここ暫《しばら》くは停滞《ていたい》していたレベルアップが、眠っていた間に上昇したのを悟る。

しかしそれも当然ではあった。ここは結界に保護された城内でも、リソースを収集する仕組みのセーブポイントが置かれた王都でもない。

自然のマップの只中《ただなか》であり、死した者のリソースが【邪神】に集まっているのだ。

ここにいるだけで、彼女のタイムリミットは少しずつ縮まるのである。

それでも今はステータスが上がるだけで、スキル自体は持っていないが……。

「…………」

今危険に晒《さら》されれば、セーフティが外れ、【邪神】としての力《スキル》が解放される。

第一に開放されるのは周辺物質を変性させる《眷属変性》。彼女の危険に応じ、自動的に周辺の石くれや樹木をモンスター……眷属へと変性させ、彼女の身を守るようになる。

そうなればテレジアの正体も露見《ろけん》し、彼女は死することになるだろう。

テレジアにとってそれ自体は構わない。世界が滅ぶよりは余程《よほど》に良いと冷静に考える。

本当は天寿を全うすることに淡《あわ》い期待を抱いてもいたが、不可能であれば仕方がない。

（問題は、アルティミア姉さまが今は留学中ということね。【元始聖剣】なしで……私の自動防衛を突破《とっぱ》して殺してもらえるのかしら）

自分を殺す者の心配をしながら、諦観《ていかん》と共にテレジアは溜息《ためいき》を吐《つ》いた。

十中八九、多大な犠牲者《ぎせいしゃ》が出るだろう。

現状、それを避《さ》けようとすればこの小屋から動けない。

小屋程度は今のテレジアのステータスでも容易に破壊《はかい》できる。

しかしテレジア一人では危険を避けずに城へ戻ることができないのだ。

ゼクスのことを抜《ぬ》きにしても、モンスターの蔓延《はびこ》るマップを歩けば襲《おそ》われる。

そうなれば――テレジアのステータスや異物への無敵ゆえに実際は害がないとしても――危険に反応してセーフティは外れる。

ゼクスはテレジアの事情などまるで知らなかったのだろうが、森の中の粗末《そまつ》な小屋は【邪神】であるテレジアにとって檻《おり》として機能していた。

（……せめて私を守りながら、城まで連れて行ってくれる人でもいればいいのだけど）

しかしそんな都合のいい相手が現れる訳がないと、彼女は自嘲《じちょう》するように溜息を吐いた。

そんな折、彼女は小さな音に気がついた。

「……あまおと？」

ポツリポツリと、木造の小屋の屋根を雨粒《あまつぶ》が叩《たた》く音がする。

それは少しずつ強まって、しかし強くなりすぎることもない勢いで安定した。

木造の小屋の壁越《かべご》しに、彼女はその音を聞く。

「……てんきなんて、きにしたこともなかったわ」

病弱な彼女はずっと城の中にいた。城の中に彼女の全《すべ》てがあったし、外の世界も歴代の【邪神】の記憶で知っているから過度な憧《あこが》れを抱くこともなかった。

だから、彼女が雨をこんなにも身近に感じたのは初めてだった。

（五月蠅《うるさ》い気もするのに、少しだけ安らぐのはどうしてかしら）

暫し、彼女は目を閉じて耳を澄《す》ました。そうしていた時間は一分足らずか、数分か、あるいはもっと長かったのか、彼女の主観では曖昧《あいまい》な時間が経過して。

「……きたわね」

耳に届く音に、雨でぬかるんだ地面を駆《か》ける足音が交ざった。

（ゼクスが戻ってきた。……これからどういうことになるのかしら）

身代金《みのしろきん》との交換《こうかん》か、どこかへと身柄《みがら》を引き渡《わた》されるのか、あるいは重罪目当てだというのならば殺害しようとするかもしれない。

まずは誘拐だけだったのは誘拐と殺人で罪を二重にせしめるためではないかと、テレジアはあの狂人《きょうじん》の思考を想像した。

それが正解かは別として、「そういうことをしてもおかしくない」という印象をテレジアはゼクスに抱いていた。

（ゼクスでは【邪神《私》】を殺せないけれど、セーフティは働いてしまうわね。私が王女でいられるのはあと数分かしら）

彼女が生まれてからついてきた嘘も、それでおしまい。

その後は、世界を脅《おびや》かす【邪神】だ。

テレジアを討伐《とうばつ》できるかは別として、彼女がこれまでの生活を送れる可能性はない。

（……それでも、これまでの【邪神】と比べれば恵まれていたわね）

テレジアは、自分を慰《なぐさ》めるようにそんなことを考える。

だが、彼女が諦観と覚悟《かくご》と共にゼクスが小屋に入ってくるのを待っていたというのに
……一向に小屋の中に入ってこない。

それどころか、小屋のドアの前で何やら悪戦苦闘《くとう》している様子だ。ガチャガチャと金属をいじる音は、この小屋に掛かった錠前《じょうまえ》でも開けようとしているのだろうか。

（閉じ込めたのがゼクスなら、鍵《かぎ》も持っているはずだけれど。まさか鍵を落とした……？）

ガチャガチャという音が長引くにつれて、テレジアは気づいた。

（……もしかして）

彼女がその答えを思考しようとしたとき、

『ふんがー！　もう我慢《がまん》ならんクマ！』

どこかコミカルな怒声《どせい》と共に、金属製の錠前が壊れるような音がした。

その直後、立て付けの悪い音と共に扉《とびら》は開き……一つの大きな影が小屋に入ってきた。

『雨が降ってきたから雨宿りしたかっただけなのに、何で小屋に鍵がかかってるクマ。木こりのおっちゃんは盗《と》られるものもないし鍵もかかってないって…………うん？』

「…………」

それはなぜか「クマ」と語尾《ごび》をつける黒い犬……あるいは狼《おおかみ》の着ぐるみだった。

真っ黒でふさふさとした毛並みは、なぜか背中だけ赤かった。

もちろん、ゼクスではない。

『ちっちゃい子が何でこんなところに一人でいるクマ？』

「…………あなたはだあれ？」

人語を解すそれの頭上にはネームの表示がなく、モンスターでないことは分かった。

しかし何者であるかはまるで分からない。

ゆえに尋ねたテレジアに対し、

『俺《おれ》はシュウ。〈マスター〉だクマ……じゃないワン』

シュウと名乗った〈マスター〉は、ようやく自分の語尾を訂正《ていせい》してそう言った。

「いぬ？ くま？」

『人間。……ま、今は狼の着ぐるみだワン。ちょっと前までクマの着ぐるみだったからまだ癖《くせ》が抜けんクワン』

「……くす」

そう言いながらまだ交ざる語尾の可笑《おか》しさに、テレジアは少しだけ笑った。

同時に彼はあのゼクスとは無関係な、ただの通りすがりなのだろうと察した。

『お子様に受けたなら言い間違《まちが》いも無駄《むだ》じゃなかったワン。それでお嬢《じょう》ちゃんの名前は？』

「わたしは……」

名を問われてテレジアは少しだけ悩《なや》み、

「わたしはティー。きづいたらここにいたの」

その場で考えた偽名《ぎめい》で返答した。

テレジアという名前を出せば、王女であると気づかれるかもしれない。

ゼクスと無関係のシュウでも、テレジアが王女と知れば行動が変わるかもしれない。

だからこそ、テレジアは偽名を名乗った。

（どうせ、【邪神《私》】の嘘は誰《だれ》も気づけな）

『ふーん。で、本当の名前は何クマ？　教えてもらわないと親御《おやご》さんを捜しづらいワン』

「——え？」

そのときの衝撃《しょうげき》は、きっとテレジアが生まれてから最大のものだった。

あのゼクスと相対したときよりも、遥《はる》かに衝撃の度合いは強い。

「どうし、どうして……うそだと、おもうの？　《しんぎはんてい》は……？」

『そんなの持ってねーワン』

「じゃあ、どうして……？」

最高レベルの《真偽判定》でさえも【邪神】の嘘は見破れない。

なのにどうしてシュウはそれを見破れたのかと、テレジアは本気の困惑《こんわく》と共に尋ね……。

『嬢ちゃんがその名前に愛着持ってないのなんて一発で分かるワン。あと目も揺《ゆ》れてたし、名乗るときもちょっと考えてから喋《しゃべ》ってたワン』

「…………！」

スキルではない。

しかしそれはセンススキルと類されるもの……本人自身の経験と直感により、時にスキル以上の精度を叩き出すシュウ自身の力だった。

あらゆるスキルを欺瞞《ぎまん》し、世界の全てから覆《おお》い隠《かく》されたテレジア《邪神》の嘘は……シュウ個人の力によって暴《あば》かれた。

『ま、急に出てきた着ぐるみのニーチャンが信用できないのも仕方ないワン。でも俺は「気づいたらここにいた」っていうお嬢ちゃんを、ちゃんとお家に帰してあげたいワン』

「…………」

シュウのその言葉を、テレジアはどう受け止めていいものか悩んだ。

テレジア自身も、《真偽判定》は持っていない。

だからシュウの言葉が善意か、それとも嘘かも分からない。

けれど、テレジアは……。

「わたしの、ほんとうのなまえは……テレジア」

テレジアは、真実を口にすることを選んだ。

自分の嘘を見破ったシュウに、今度は嘘ではなく真実の言葉を告げようと思った。

「テレジア・セレスタイト・アルター」

『その名前……』

テレジアがフルネームを名乗ったことで、シュウも彼女が何者であるかを理解する。

「ねえ、きぐるみさん。……おねがいがあるの」

そんな彼に、テレジアは言葉を続ける。

それは彼女自身が先ほど諦《あきら》めたことに繋《つな》がる願い。

これまで通りに、第三王女テレジアとして家族と共に生き続けるための道。

希望のある終わり方を迎《むか》える可能性。

『何だ？』

「わたしは、おうじょで……とてもあぶないみのうえだけれど……」

『…………』

「おうちに……おしろにまでおくりとどけてくれるかしら？」

『二言はない。俺はお嬢ちゃん……テレジアちゃんをお家に帰す。任せろクマ』

テレジアの頼《たの》みを聞いて、シュウはそう答えた。

そこには一切《いっさい》の躊躇《ちゅうちょ》はない。テレジアが王女であることも、テレジアが何か大きな事情を抱《かか》えていることもシュウは察していた。

それでもなお、シュウは彼女を送り届けると宣言したのだ。

【クエスト——【護衛——テレジア・C・アルター　難易度：七】が発生しました】
【クエスト詳細《しょうさい》はクエスト画面をご確認《かくにん》ください】

そして、クエストの始まりを告げるアナウンスが流れた。

◇◆◇

□■？？？

『……奇妙《きみょう》である』

「どうした、ドーマウス」

『〈ノズ森林〉周辺でのリソースの動きがおかしいのである』

「〈ノズ森林〉か。そういえば先ほど〈ノズ森林〉で妙《みょう》なクエストの難易度を算定したぞ」

『妙なクエスト？』

「誘拐された第三王女を城にまで送り届けるクエストだ。マップ内に王女を誘拐した犯人がいることと、獰猛《どうもう》な〈ＵＢＭ〉の徘徊《はいかい》情報もあるので七を割《わ》り振《ふ》ったが」

『…………』

「気になるのか？」

『うむ。少し、様子を見てくるのである。もしかすると……捜していた相手が見つかるかもしれないのである』

◇◆

後に第三王女誘拐事件と呼ばれる事件。
テレジアと、彼女の秘密を知ることになる者達《たち》の出会い。
彼女を誘拐した、後の【犯罪王《キング・オブ・クライム》】ゼクス・ヴュルフェル。
彼女を助けた、後の【破壊王《キング・オブ・デストロイ》】シュウ・スターリング。
そしてこの事件の後に彼女の傍《そば》で守《も》り役《やく》を務める管理AI、ドーマウス。
【邪神】以外の因縁《いんねん》さえも始まった大事件の、幕開けであった。

第二十五話 〝黒渦の化身〟

■彼について

モーター・コルタナはカルディナの名家の生まれだった。

だが、とある事件で両親が死に、妹とも生き別れ、順風満帆《じゅんぷうまんぱん》であったはずの彼の人生はいつの間にか袋小路《ふくろこうじ》になっていた。

生きるためにスリや盗《ぬす》みで生計を立てるストリートチルドレンの集団に入り、そこから先は犯罪ばかりだ。ジョブを得ても人から奪《うば》い続け、やがて超級職《スペリオル・ジョブ》となり、〈遺跡《いせき》〉での成功者狩《が》りを生業とするようになった。

なぜ成功者狩りをするようになったのか、彼にもはっきりと理由は分からない。

強《し》いて言えば、僅かな時間で全てを失った彼と正反対……一度の探索《たんさく》で巨万《きょまん》の富を築く成功者達に、暗い感情を持ったためか。

いずれにしろ、その生業ゆえに彼はラスカルに敗れ、改人の素体となった。

そして今、決して触《ふ》れてはいけないものと相対している。

そんな今の自分に……彼は一つだけ思った。

自分の人生はどうしてこんなにも……踏《ふ》み外《はず》し続けたのだろう、と。

◆◆◆

■王城四階

最後通告を受けて、モーターは絶望の淵《ふち》にいた。「帰らなければ終わり」だというテレジアの言葉を、他《ほか》ならぬモーターの全細胞《ぜんさいぼう》が真実だと告げている。

モーターとて、ここで引き下がっていいのならば引き下がっている。

下がれないからこそ、これほどの焦燥感《しょうそう》を抱いているのだ。

(……ああ、何だって……こんなことになってんだ……)

改人となるのを選んだとき、〈IF〉のサブオーナーを襲ったとき、〈遺跡〉での成功者狩りを生業にしたとき、ストリートチルドレンの犯罪集団に仲間入りしたとき、身一つの境遇《きょうぐう》になったとき……いくつもの選択《せんたく》の瞬間《しゅんかん》が脳裏《のうり》に浮《う》かぶ。

(畜生《ちくしょう》が……！　俺の人生って奴《やつ》は、どうしてこうも……！)

どうして自分は要所要所で選択を誤るのかと、モーターは嘆《なげ》いた。

しかし、今回は違《ちが》う。最初と……天涯孤独《てんがいこどく》になったときと同じだ。

モーター自身に、選択する権利すらない。

『退けねえ、退くことを……選べねえ……』

「？」

『俺のこの体は、俺の意思を尊重しちゃくれねえのさ』

彼は今回の自分にはそもそも選択の余地すらないのだと、言葉にした。

『俺の体には、〈エンブリオ〉が入っている。俺が命令に背《そむ》けば、俺の体を……畜生が!!』

言葉の途中《とちゅう》に、モーターの体は彼の意思に背いて動き出す。

『畜生!!　ラ・クリマの野郎《やろう》……！』

それを行うのは、彼の体に混ざり込んだイデアの分体。秘密の吐露《とろ》が命令違反《いはん》に抵触《ていしょく》すると判断したイデア分体が、彼の肉体のコントロールを奪い取ったのである。

そして彼よりも明らかに精度の劣《おと》る操作で、絶望極《きわ》まる相手への特攻《とっこう》を行わんとする。

飛んで火に入る虫ですら、もう少し生存率は高いだろう。

『死にたくねえ……！　こんな、こんな形で死にたくねえ……！』

自由になる口で悲鳴を上げながら、モーターの体……【ウェスペルティリオー・イデア】はイデア分体によって動かされ、致命《ちめい》の突撃《とつげき》を行った。

「………………」

テレジアはそれをやはり感情のない目で見ている。

けれど不意に、両の手を打ち合わせた。

そして超音速《ちようおんそく》であるはずの【ウェスペルティリオー】よりも速く、彼女が打ち合わせた手に連動するように――床《ゆか》から巨大《きよだい》な腕《うで》が生えて彼を挟《はさ》み潰《つぶ》した。

『が、あ……』

全身の骨を砕《くだ》き、その動きを完全に拘束《こうそく》しているものの……まだ生きている。

「……嫌《いや》だわ。性能が前よりも上がってる。やっぱりレベルが上がっているのね……」

思ったよりもダメージを与《あた》えたことを、彼女は困ったように呟《つぶや》いた。

床から生えた岩の両腕《りようで》は、彼女の眷属。モーターと戦ったモンスターの同類だ。

ただし、危険に反応して自動的に作られたあれらと違い、この両腕はテレジアが自分の意思で作成した眷属だ。速度も精度も桁《けた》が違う。

それこそ伝説級にも匹敵《ひつてき》するモンスターをワンアクションで作り出していた。

過剰《かじよう》な攻撃《こうげき》になったが、モーターの体は止まった。

「ドー」

テレジアが述べた言葉は一言だけだったが、彼女の意を察したドーマウスは歩きだし、眷属に拘束されているモーターに近づく。

そして、テレジアはドーマウスの上からモーターにそっと手を伸《の》ばし、

「……これかしら」

――彼の体内からイデア分体を摘出《てきしゅつ》した。

『…………!?』

半死半生の状態でモーターは驚愕《きょうがく》する。肉体に完全に一体化していたはずのイデア分体を、木の葉の毛虫でもつまむように取り上げたのだから。

そんな彼を気にする様子もなく、テレジアは毛虫というよりはヒトデのようなそれをあっさりと木の実のように握《にぎ》り潰した。

『……え？　あ……』

それは、モーターにとっては首輪を外された瞬間。

しかしそれから間もなく、彼の体を強烈《きょうれつ》な苦しみが襲う。

『ぐ、ぅうあああがあああああ……!?』

「……取ってあげたから帰ってほしいのだけど」

『テレジア。この者の体はその〈エンブリオ〉で繋がっていたのである。繋ぎがなくなればバラバラになる道理。そも、取り外した分だけ体内に隙間《すきま》ができるのである……』

「ああ。そうだったのね。ごめんなさい。知らなかったから」

テレジアは謝《あやま》るが、五体を引き裂《さ》かれる寸前のモーターはそれどころではない。

『既《すで》に〈エンブリオ〉は入っていないので、我輩《わがはい》がトドメを刺《さ》すこともできるのである。そうすればリソース吸収は最小限になるのである、……？　何を考えているのであるか？』

「……繋ぎがないのよね？」

『うむ』

「ドー。私は少し考えていることがあるのだけれど」

『む？』

「前に相談したあの保険、私とドーだけだと色々と大変よ」

『まぁ、我輩のアバターは人型ではないゆえにな』

「だから、大人も必要だと思うわ。シュウは事情も知っているけれど、そこまで頼むわけにはいかないもの」

『相談すれば受け入れそうなものであるが』

「……だからこそよ。用意しておきたいの」

『用意？　……まさか、あれをするのであるか？』

「しても大丈夫《だいじょうぶ》？」

『……できるのならすればいいのである』

「ありがとう」

死の淵で交《か》わされるそんな会話は、モーターの耳にはほとんど届いていなかったが。

「ねぇ、あなた」

自分の目を覗《のぞ》き込んでくるテレジアの両目と、

「ここで死ぬのと、人間を辞《や》めるのと、どちらを選ぶの？」

いつか聞いた言葉に似た選択肢《せんたくし》を突《つ》きつけられた。

『………』

モーターが選んだ選択は――。

◇
◆

選択の後、その部屋にはテレジアとドーマウスしか残っていなかった。

「あの人も片付いたことだし、そろそろ私を捜《さが》しているリリアーナと合流しようかしら」

無表情なまま、しかしどこか一段落といった様子でテレジアはそう言った。

テレジアはリリアーナが自分を捜していることも知っていたが、この緊急《きんきゅう》時に誰かが傍にいれば《眷属変性》で正体が露見するため、何よりリリアーナの身が危険になるため一人（と一匹《ぴき》）で逃《に》げ隠れていたのである。姉の友人で友人の姉だ。死なせたくはない。

逃げている内にモーターには見つかったものの、口封じはできた。

『テレジア、一つだけ言いたいことがあるのである』

「なに？」

『先ほど、なぜ秘密を明かしたのであるか？』

そう、口を封《ふう》じはしたが、彼女はモーターに自身の秘密を明かしている。

重要な単語が聞こえなかったとしても、【邪神《ジ・イーヴィル》】捜しをしている者に情報を持ち帰られれば……それで全てが露見していた。

紆余曲折《うよきょくせつ》あって既に【邪神】として幾《いく》らか覚醒《かくせい》しているテレジアであったが、シュウやドーマウスの助けもあってまだ第三王女として生きることが出来る範囲《はんい》に留《とど》まっている。

しかし先ほどの彼女は、彼女が彼女でいられる最後の堤《つつみ》を崩《くず》そうとしたに等しい。

事前に何もするなと念を押されていたのでドーマウスは何も口出ししなかったが、しかし内心では混乱もあった。

ドーマウスの当然の質問に、テレジアは無表情なまま自分の考えを述べる。

「《真偽《しんぎ》判定》が発動しなくても、嘘《うそ》とバレることはあるわ。だったら本当のことを話した方が良い。それに情報だけ手に入れて彼《かれ》らが退いてくれるなら、それでも良かったわ」

『というと？』

「遠くまで逃げる時間が手に入るわ。私はドーのお仲間の能力の対象にならないから、歩いて移動するしかない。逃げる時間は必要だもの」

『逃げる時間？』

「ねぇ、ドー。ドー達にとって、そして私にとって最も避けるべき状況《じょうきょう》は何だと思う？」

『……〈終焉《ゲームオーバー》〉の起動である』

「そうよ。今の生活を続けられなくなることよりも、私が死ぬことよりも、避けるべきがその状況。私が完成して、アレが起きる最悪の結果。でもそれは、私の秘密が露見することと必ずしも繋がってはいないの」

『……？』

「私が【[redacted]】《邪神》だとバレても、王国から逃げて姿をくらませてしまえばいいもの。ドーが一緒《いっしょ》なら結界を出ても[redacted]《リソース吸収》のほとんどは抑《おさ》えられるわ。それに〈マスター〉や〈エンブリオ〉が相手でなければ、危険はドーが対処してくれるのでしょう？　ドーにとっての大事は、ドー達の目的が達成されるまでアレが起きないことだもの」

　テレジアの言葉に、ドーマウスも納得《なっとく》する。【邪神】のカモフラージュがあれば、少なくともジョブスキルでは発見できない。

〈DIN〉などの情報機関も管理AIの手の内。行方《ゆくえ》をくらます手段はいくらでもある。

『随分《ずいぶん》と我輩頼《わがはいだよ》りなのは気になるが……それでいいのであるか？』

　生まれ育った王国や家族の下から去ると言うテレジアに、ドーマウスは尋《たず》ね返した。

「いいわ。その方がお互《たが》いのためだと思うもの」

　どこか晴れやかな表情で、そう答えた。

『………』

　その「お互い」が誰と誰を指すのか、ドーマウスは聞かなかった。

『……まぁ、今回はそうならずに済んで良かったのである』

　結果として、口封じは出来た。テレジアの真実が流出することはない。

「そうね。……けれど、どちらにしてもそろそろ潮時なのかしら」

『【邪神】捜索《そうさく》を目的とする者が現れたのなら、限界は近いかもしれぬ』

「王国では【[redacted]】の脅威《きょうい》が昔話の中にしか残っていなかったけれど、他国では違ったのね。それとも、数百年ぶりにハイエンドでも生まれていたのかしら。あるべきでない才能を持つハイエンドは、〈アーキタイプ・システム《ジョブの管理者》〉から〈■■《終焉》〉のことも含《ふく》めて情報提供されるものね。私を捜して殺そうとしても不思議ではないわ」

『世の中、余計なことをする輩《やから》が多いのである』

「先代までの間に余計なことをしたのはドー達よね」

『……否定できぬのである。面目《めんぼく》ない』

対症療法《たいしょうりょうほう》で【邪神】を討伐し続け、結果として【邪神】の強さを通常ペースより早く高めてしまったことを揶揄《やゆ》され、ドーマウスも沈《しず》んだ顔をする。

「私は怒《おこ》ってないわ。歴代には悪いけれど、こうしていられるのはドー達のお陰《かげ》だもの」

『……対策に効果があったのは救いである。もっとも、サービス開始までに見つけられなかったのは失策だったのである』

「ドーに会ったのは、シュウやゼクスと会った後だものね」

『……我輩達《わがはいたち》の悲願も、地球の〈マスター《おしまい》〉を迎えたことで最終段階の一歩……二歩手前まで来ているのである。ここでゲームオーバー、というのは困るのである』

ドーマウスは深く思《おも》い悩んだ――しかし動物顔なので分かりづらい――表情で呟いた。

それからふと、何かを思い出したように言葉を漏《も》らした。

『「オンラインゲームにサービス終了《しゅうりょう》はあってもゲームオーバーはない」と、アヤツなら言いそうであるな』

「あやつ？」

『……何でもないのである』

ドーマウスは話をそこで打ち切り、テレジアもそれ以上は聞かなかった。

『今回は幸運だったのである。特殊《とくしゅ》な手合いを相手にして、何事もなく終わったのだから』

ティアンやモンスター、機械兵器の類であれば、かつてトムが〈遺跡〉で煌玉兵《こうぎょくへい》を殲滅《せんめつ》した時のように撃破《げきは》による口封じが出来る。

逆に〈マスター〉であればこその対処法もある。

しかしティアンと〈エンブリオ〉の融合体《ゆうごうたい》という特殊なパターンに対応が遅《おく》れ、後手に回ったのは不覚だった。この結果は不幸中の幸いである。

『……ダッチェス。先ほどの攻防《こうぼう》と言動、見聞きした〈マスター〉はいるであるか？』

ドーマウスが思い出したように、その場にいない人物に呼び掛《か》けると……。

【いない……わ。私の監視《かんし》する限り……そちらで起きた出来事、会話、現象の情報を……取得した〈マスター〉はいない……。あの分体も……遠く離《はな》れた本体と……常時リンクしているわけではない……わ】

――唐突《とうとつ》にドーマウスの眼前へと出現したウィンドウのメッセージが応《こた》えた。

『それは良かったのである』

メッセージの主は、〈マスター〉の視覚とウィンドウを管理している管理AI七号ダッチェス。三種の視覚を管理すると同時に〈マスター〉の見聞きした情報を取得し、状況をコントロールするための存在。

現在はドーマウスの要請《ようせい》で王都に存在する〈マスター〉に焦点《しょうてん》を絞《しぼ》って監視中で、〈マスター〉がテレジアの真実に気づきそうな状態にあるならば伝えることになっている。

その彼女が問題ないと告げるのならば、真実の漏洩《ろうえい》がなされなかったことは確実だ。

「……そんなに便利な監視網《かんしもう》があるなら、この襲撃《しゅうげき》も事前に潰せなかったの？」

『〈マスター〉の自由を縛《しば》れないのも、我輩達の制限であるゆえに。加えて、ダッチェスの監視網も完全ではないのである。視界の見せ方に演算能力のほとんどを費やしているので、同時に情報リンクできる人数はあまり多くはないのである』

管理ＡＩの「あまり多くはない」がどの程度かは不明だったが、この〈Infinite Dendrogram〉で神にも等しい管理者にも限度はあるのだと、テレジアは改めて思った。

「あの人もドーは排除《はいじょ》できなかったし……色々と不便な制限があるのね」

『〈エンブリオ〉……〈マスター〉への攻撃権《こうげきけん》を持つ管理ＡＩは少数である。というか、我輩達ごと権限で縛ってでもそうした行動を抑えねばならぬ同胞《どうほう》もいるのである』

最も短絡的《たんらくてき》かつ攻撃的《こうげきてき》な管理ＡＩを思い出し、ドーマウスは溜息を吐いた。

「…………」

情報量は多くとも完全ではなく、権限の行使者としても制限があり、対処も完璧《かんぺき》とは言えない。ドーマウス達のそうした動きに、テレジアは生物的な揺らぎを感じた。

【ドーマウス……少し……いいかしら】

不意に、ダッチェスから新たなメッセージが届いた。

『何であるか？』

【一人そちらに向かっている……わ。……ああ、攻撃態勢……ね】

『なに？』

そんな会話の直後、――テレジア達のいた王城の一室が消し飛んだ。

◇◆

「……確認。《天空絶対統制圏《ウラノス》》での核融合《かくゆうごう》反応の直撃《ちょくげき》を確認」

王城四階の上にある屋根で全身を包帯に包んだ怪人《かいじん》……ゼタがそう呟いた。

彼女《かのじょ》は王都に送り込んだ改人の内、【レジーナ・アピス】、【アラーネア】、【ウェスペルティリオー】の反応が途絶《とぜつ》したことを既に確認している。

ゼタがクラウディアから受けた依頼《いらい》は、「王都で奇妙な人物を無差別攻撃し、特異な反応を示す人物を特定。もしも可能ならば排除。不可能だと判断すれば攻撃を止めて観察」というもの。あまりにも攻撃対象の指定が曖昧過ぎたため、依頼自体は改人に任せていた。

その中でも最も奇妙な反応に向かわせたはずの【ウェスペルティィリオー】の消失が怪《あや》しいと感じ、ゼタは珠《たま》の捜索を一時中断して付近へと急行。

そして戦闘《せんとう》があった部屋の位置を把握《はあく》し、ウラノスで読み取った大気の状態から敵手が今も内部にいると確認して……必殺スキルによる初撃を見舞《みま》ったのである。

（……もしも、という言葉からして彼女は対象を殺せないとほぼ確信している）

それが如何《いか》なる者かはゼタも聞かされてはいないが、余程《よほど》に強いか……あるいは特殊な性質を有しているのだろうと判断した。

（問題なのは、攻撃した相手が対象で……なおかつ依頼主《らいぬし》の予想に反して私の攻撃で死亡した場合。特異な反応を示す前に跡形《あとかた》もなくなってしまうと、攻撃対象が本当に依頼対象なのか確認も取れません）

そうなると依頼《いらい》達成がそもそも不可能になるとゼタは心配していたが……。

「………生、存？」

生憎《あいにく》と……攻撃対象はゼタの作り出した超高熱《ちょうこうねつ》の中でも生きながらえていた。

生物ならば生きていられるはずもない、物質であろうと形も残らない灼熱《しゃくねつ》の地獄《じごく》に、ソレは存在した。

しかし、ゼタにはソレが何なのかが理解できなかった。

なぜならソレは——真っ黒な〝渦〟としか言いようのないものだったからだ。

◇◆

『核攻撃《かくこうげき》とはなつかしい。かつての戦争で食《く》らって以来である』

〝渦〟の中心でドーマウスが呟くが、その声は〝渦〟に呑《の》み込まれて誰にも聞こえない。

そして呟いた獣《けもの》の姿は、寸前までとはまるで違う。丸々とした体に短い手足のついた愛《あい》嬌《きょう》のある姿ではなく、妖怪《ようかい》絵巻にでも現れそうな恐《おそ》ろしい容貌《ようぼう》に変じている。

全身を漆黒《しっこく》の力場で覆い隠し、その黒体を中心にして黒い〝渦〟が逆巻いている。

〝渦〟は、核融合反応による熱気や電磁波を悉《ことごと》く呑み込んでいる。

それだけに留まらず、周辺の熱量を吸収して早々に鎮火《ちんか》させ……凍結《とうけつ》までも引き起こしている。外部の光さえも呑み込むために、〝渦〟の内側を目視することもままならない。

それはあたかも……近づくエネルギーの全《すべ》てを呑み尽《つ》くしているかのようだった。

「………」

彼の背の上で、テレジアは無表情なままだった。

そして、核融合の只中《ただなか》にあっても彼女のセーフティは発動していない。

直撃したところで【邪神《ジ・イーヴィル》】ゆえにダメージは受けなかっただろうが、それが理由ではない。

黒い渦を纏《まと》ったドーマウスの背中こそが最も安全であるがゆえに、彼女のセーフティは未《いま》だ作動しないのだ。

【連絡《れんらく》……よ。国境付近の……戦闘は……王国が優勢で……決着の兆《きざ》し……あり。連動して……そちらの襲撃犯も……撤退《てったい》するかもしれない……わ】

『ならば今少し耐《た》えるだけでいいという事であるな。第七の出力でもそのくらいは可能である。体のサイズを抑えているので少々窮屈《きゅうくつ》であるが』

ダッチェスの言葉にそう答えて、ドーマウスは裂けた口で口角を上げる。特殊な敵手だったモーターにはこの手を使えなかったが、〈マスター〉と分かっていれば話は別だ。

『我輩は〈マスター〉に攻撃できぬ。だが……防いではならない、隠してはならない、という縛りはないのである』

ゆえにドーマウスは防衛戦を始めた。

ゼタもまた正体不明の〝黒渦〟に対して万能《ばんのう》のウラノスの力で排除を試みる。

しかしそれこそは不可能への挑戦《ちょうせん》。

彼は管理AI八号にして、危険物担当として数多《あまた》の〈イレギュラー〉を滅《ほろ》ぼしたモノ。

あらゆる熱量エネルギーを飲み込む史上屈指《くっし》の殲滅生物にして、無敵の城塞《じょうさい》。

彼こそは、TYPE：インフィニット・フォートレス。

――【無限変換《へんかん》 シュヴァルツァー・トート《黒死病》】。

◇◆

二〇〇〇年前に襲来《しゅうらい》した〝化身〟は、当時の〈終焉〉を討伐《とうばつ》した先々期文明にとっても規格外の怪物達《かいぶつたち》だった。

死した英雄《えいゆう》達と同じ性能の人形を量産する〝冒涜《ぼうとく》の化身〟。

生物を塵《ちり》に、塵を生物に交換《こうかん》する〝天秤《てんびん》の化身〟。

疫病《えきびょう》、灼熱、飢饉《ききん》、極寒《ごっかん》、数多の地獄を作り出す〝自然の化身〟。

決して届かず、決して逃げ切れぬ〝鳥籠《とりかご》の化身〟。

あらゆる生物から現実を奪い去る〝夢遊の化身〟。

伝説の武器を使い捨てるように幾万と放つ〝武装の化身〟。

未来を予知するかのようにあらゆる戦術を無為《むい》とする〝左右の化身〟。

強度も速度も関係なく一瞬《いっしゅん》で万物《ばんぶつ》を斬断《ざんだん》する〝秒針の化身〟。

山野を埋《う》め尽くし、尽きることのない増殖《ぞうしょく》を繰《く》り返す〝獣の化身〟。


更《さら》には〝化身〟の中でも特に恐れられた三体。

山脈すらも容易《たやす》く轢《ひ》き潰す〝石臼《いしうす》の化身〟。

戦えば戦うほどに際限なく成長する〝進化の化身〟。

規格外の能力を数え切れぬほどに行使する〝万死《ばんし》の化身〟。


〝異大陸船〟を除く一三体の〝化身〟の内、一二体はそのようなものだった。

そして残る一体が〝黒渦の化身〟……【無限変換　シュヴァルツァー・トート】である。

〝黒渦の化身〟は、〝化身〟の中で最も強かった訳ではない。

最も強固だった訳ではないし、最も破壊力《はかいりょく》があった訳でもない。

最も殲滅力があった訳ではないし、最も戦力を揃《そろ》えられた訳でもない。

恐らく、純粋《じゅんすい》に戦闘力《せんとうりょく》を比べたとき、〝化身〟の中で最高と言えるものは一つもなかった。

しかし、同時に先々期文明から……そして同じ〝化身〟からもこう思われていた。

――最も強くはないが……最も性質《たち》が悪い、と。

◇◆◇

その時、ゼタは想定を遥《はる》かに上回る難敵を前に困惑《こんわく》していた。

（……私の手の内が何も通じない）

ウラノスの必殺スキルによって熔解《ようかい》したその部屋に、〝黒渦〟は在り続ける。

外部からゼタが放った空気の砲弾《ほうだん》も、武器も、全ては〝黒渦〟に触れた瞬間に無為と化す。触れれば運動エネルギーは消失し、持っていた熱量さえも奪われて、凍結し、エネルギーを失った空っぽの物体として床に転がる。

ゼタが〝黒渦〟の内部を真空や有毒気体に変じさせようとしても、ウラノスの空気制御《せいぎょ》そのものが〝黒渦〟を境にして機能しなくなる。

（……相性《あいしょう》差、とも言えません）

あらゆるエネルギーを吸収し、無力化する相手に相性も何もあったものではない。

（例外があるとすれば、あの〝黒渦〟に触れずに内部にいるであろう何者かを攻撃できるスキルを有する者、くらいですか）

奇《く》しくもゼタがここに来る前に倒《たお》した迅羽がその類だ。その彼女にしても、僅《わず》かにでも着弾点《ちゃくだん》をしくじれば義手義足が〝黒渦〟に触れ、手足を失うことになるだろう。

（あの〝黒渦〟は内外を完全に隔《へだ》てる壁《かべ》。光も音も内部には届いていない。……であれば、相手もこちらは見えていないはず）

〝黒渦〟が廃墟《はいきょ》と化した部屋の中央に陣取《じんど》って不動のままであるのは、外部の様子が探《さぐ》れないからではないかとゼタは推測した。

（あの〝黒渦〟は防御《ぼうぎょ》結界の類とは思いますが、異常に強力。海属性魔法《まほう》のエネルギー減《げん》衰《すい》……それを突き詰《つ》めたものに似ていますが、それでもあそこまで何もかもエネルギーを奪うような手合いは見たことがない）

ウラノスの必殺スキルを……核爆発《かくばくはつ》に匹敵する熱量を無力化したことを考えても、確実に〈超級エンブリオ〉相当の力は有している。

（それに、これが減衰ではなく吸収ならば……何らかの攻撃に転用する恐れもある）

自分が指導したローガンを倒したレイ・スターリングのように、ダメージ・エネルギー吸収型の相手はカウンターを警戒《けいかい》すべきとゼタは考えた。

何より、【ウェスペルティリオー・イデア】は間違《まちが》いなくこれに倒されているのだから、初撃が通じなかったことも含めて注意をし過ぎるということはないとゼタは考えた。

ゆえに一時攻撃の手を止め、対象の出方を窺《うかが》うことにした。

実際にゼタの推測の多くはモーターの件を除き、正しかった。この〝黒渦〟こそが【無限変換】のエネルギー吸収能力、《感染城塞》《インフェクシオン・ブルグ》である。

この〝黒渦〟に接触《せっしょく》したものは何であれ、エネルギーの全てを吸収される。炎《ほのお》であれば熱も音も光も飲まれ、生物であれば体温、運動エネルギー、神経を走る電気信号すらも食われる。エネルギーに依存《いそん》するあらゆる攻撃は無為となり、生物であれば接触は死に直結する。

そして吸収したエネルギーによってこのスキルを維持《いじ》、拡大し続けるのである。

抵抗《ていこう》が無意味どころか力を与える。迫《せま》る〝黒渦〟を前に打つ手なし。〝黒渦〟とは正に黒き死《シュヴァルツァー・トート》であると、数多の存在から恐れられた力である。

しかし、それは全てではない。本来ならばエネルギーの吸収は《感染城塞》の感染《かんせん》たる由縁《ゆえん》、シュヴァルツァー・トートの名を冠《かん》した必殺スキル……最も恐ろしい能力に繋《つな》がる。

だが、今のドーマウスにはそちらの力を行使する気はなかった。

これは防御に限定した戦闘。〈マスター〉を攻撃する権限はドーマウスにはない。

『吸収が緩《ゆる》やかになったのである。攻撃の手を休め、こちらの動きを見ているのであるな』

《感染城塞》の全方位展開中のドーマウスは、周囲の様子を確認《かくにん》することが出来ない。

しかし、攻撃を受けているかどうかはエネルギー残量の上下で察することが出来る。

『ダッチェス。動きは……？』

【……【獣王】が戦闘停止。【女教皇】と、交渉《こうしょう》中……。あなたを攻撃している【盗賊王】は……動きを止めている……わ】

そんなメッセージと共に、ウィンドウには『〝黒渦〟を見ているゼタの視界』がそのまま映し出された。自身が見えなくとも、ダッチェスによって外部の動きを伝えられている。

そしてダッチェスの能力は通常の物理法則とは異なる力ゆえに、〝黒渦〟によって阻害《そがい》されることもない。単体であれば欠点もあるが、連携《れんけい》すればそうした弱点の多くは潰せることをドーマウス達《たち》は経験で知っていた。

そもそも本来であればこの《感染城塞》の展開にはエネルギーを消耗《しょうもう》する。

エネルギーを吸収し続ければ問題ないが、吸収するエネルギーがなければドーマウス自身のエネルギーを取り崩すしかない。〈無限エンブリオ〉としての本体ならばともかく、第七形態の出力では外部からの補給なしに長時間維持することはできない。

しかし、今は違う。城の結界の機能もほとんどが停止した現状、【邪神】であるテレジア目掛《めが》けて集まるリソースをドーマウスが吸収することでエネルギーを補い続けている。

〝黒渦〟を張り続ける限り、ドーマウスはテレジアにとって難攻不落《なんこうふらく》の城塞と言えた。

【ただ……王国の……何といったかしら……近衛騎士団《きしだん》の女騎士が……そちらに近づいている……わ。王城に入った〈K&R〉の〈マスター〉とも一緒……ね】

『リリアーナであるか……』

それは少しマズい、とドーマウスは思った。

この状況を目撃《もくげき》したときの反応が読めない。悪い方向に転がって【邪神】の覚醒を促進《そくしん》させる可能性がある以上、彼女がここに辿《たど》り着く前に事態を収束させておきたかった。

（今も観察を続けているのは情報収集が目的であるから、こちらの正体を掴《つか》むまで帰らない可能性もありうる……）

そこまで長丁場になることは、ドーマウスとしてもリスクが大きい。

ゆえに、彼は特例として、もう一人の管理AIの手を借りる。

『ダッチェス。《第二世界への招待《ディドリーム》》の限定使用は可能であるか？』

【ええ。いつでも――誰にでも】

◇◆

ゼタには眼前の〝黒渦〟の城塞を突破《とっぱ》する手立てがなかった。

（……理不尽《りふじん》な相手は、苦手です）

ウラノスのコントロールは〝黒渦〟の内側に届かず、外部で発生させたあらゆる事象も届かない。〝黒渦〟の外部を真空化して息切れを待つことも考えたが、〝黒渦〟の内側に干《かん》渉《しょう》できない以上、空気をアイテムボックスに充填《じゅうてん》していれば問題なく対応されてしまう。空気用のアイテムボックスを持つことはグランバロアでも半ば常識的な備えであったし、このような全周長時間防御能力持ちがその程度の対策を施《ほどこ》していない訳がない。

〈エンブリオ〉の能力ではなく【盗賊王】のジョブスキルならば通じるかもしれなかったが、そもそもジョブスキル自体が接近しなければ使えない。心臓を抜《ぬ》くべく手を伸ばしても、〝黒渦《うず》〟に触れてそこでお陀仏《だぶつ》だろう。

それにゼタの第三の切り札……超級《ちょうきゅう》武具【モビーディック・レフト】もこの状況では使い道がない。

万能型《ばんのうがた》のゼタであるが、その万能の全てが通じない相手はどうしようもない。

（しかしこのまま撤退するにも、依頼を達成するには不足が……。せめて相手の顔だけでも確認しなければ……ッ！）

ゼタがそう考えた正にその時――〝黒渦〟の一部が消えた。

〝黒渦〟を張り続けるエネルギーの不足か、それとも別の理由か。

〝黒渦〟は解けて……その中心にいた人物の姿を晒《さら》した。

「……！」

ゼタはそこに立っていた一人の人物の姿をしっかりと脳裏に焼き付けた。

同時に攻撃態勢に入り、カメラも取り出そうともしたが、それらを実行するよりも早く〝黒渦〟の綻《ほころ》びは直り、再び完全に覆《おお》い隠《かく》されてしまった。

（……今の綻びは手落ちなのか、それとも罠《わな》なのか。どちらかは定かではありませんが、どちらであっても報告する内容はできた……）

少なくとも、依頼である『奇妙《きみょう》な人物』の発見と確認はできた。『ここで退いて、自分の目的である珠の窃盗《せっとう》に専念しても問題ないかもしれない』、ゼタがそう考えたとき……。

『ゼタ。私ですわ』

包帯の内側で身に着けていた通信機から、依頼主であるクラウディアの声が流れた。

「…………」

この状況にあることを予感しながら、無視する訳にもいかずにゼタは応答する。

「確認。この通信機が使われたなら、そちらは失敗ですか？」

『ええ。負けましたわ。そちらは？』

「……未遂《みすい》。貴女《あなた》に依頼された仕事の内、ターゲットの発見及《およ》び確認は達成しましたが、排除は難航しています。仕留めたと思ったのですが、私の〈エンブリオ〉の攻撃が届いている気がしません」

『ああ、やはりそうなりますわね。それも含めて、確認がしたかったのですわ』

やはり攻撃が通じず倒せない前提で依頼していたのだな、とゼタは確認する。

『ところで私の依頼ではなくあなたの私的な目的はどうなりました？　盗《ぬす》めましたの？』

内心で「あなたからの通信がなければこれから盗みに行くところでした」と言いたくなりながらも、ゼタは努めて冷静な口調で応える。

『拒否《きょひ》。回答を拒否します』

「そう」

聞いてはみたが特に興味のなさそうな様子であった。

クラウディアにしてみれば、眼前の〝黒渦〟の情報が最優先なのだろうとゼタは察した。

実際には、〝黒渦〟の情報はクラウディアの求める情報とはズレていたのだが。

「指示。排除が不可能であり、そちらの状況が思わしくないのならば次の指示を乞《こ》います」

『プランCに移行。あなたには例の準備を済ませて王都から撤退してもらいますわ』

プランCという言葉に、『そういえばそんなプランもあった』と思い出した。

皇国側が交渉と戦闘の両面で負けた場合にしか発生しないプランであったため、記憶《きおく》の隅《すみ》に追いやられていた。

内容自体は覚えていたので、ゼタはそれを了承《りょうしょう》する。

「移行。報酬《ほうしゅう》は指定の方法で。私が確認した対象の情報もその際に渡《わた》します」

そこで通信を切って、ゼタは再び〝黒渦〟に向き直る。

(ともあれ、これでもうこの〝黒渦〟の相手は終了。プランCに移行しつつ、地下へと移動しましょう。もしかすると珠も地下に避難《ひなん》した者が持っているのかもしれません)

次の仕事と自分の目的。その両方をこなせる可能性がまだあると考えて、ゼタは〝黒渦〟から距離《きょり》を取って離れる。

そして一気に速度を増して城の外壁《がいへき》を駆《か》け下りながら、一路地下への道を進んでいく。

(地下といえば、【イグニス】が向かったはず。一階から隔壁《かくへき》を熔《と》かして向かったはずなので私もそこを通れば……?)

そうして下へと向かう最中、ゼタは不意に悪寒《おかん》のようなものを感じた。

次いで奇妙な胸騒《むなさわ》ぎと共に、ラ・クリマから預かっていた四体の改人の状態を表示する機器を取り出す。

その内の三体は機能を停止していたが、残る一体……【イグニス・イデア】は違《ちが》う。
今も倒されないままに活動を続けている。
否、活動が活発すぎる。
体温を示すデータが、炎使いであることを差し引いても異常値を指し示していた。
「疑問。何が、起きているの？」
また想定にない事態が発生したらしいと知り、ゼタは包帯の内側で冷《ひ》や汗《あせ》をかいた。

◇◆

『……撤退したようであるな』
【ええ。彼女は去って……、地下に……向かった……わ。戻《もど》る気配もない……わ】
ダッチェスからの言葉を聞いて、ドーマウスは〝黒渦〟を解除した。
『久しぶりに《感染城塞》をフルに使って、少し疲《つか》れたのである』
【…………疲れた？】
『すまぬ。多分ダッチェスよりはずっと疲れてないのである』
全ての〈マスター〉の視覚を制御しているブラック労働の同僚《どうりょう》に、ドーマウスは心から詫《わ》びた。二四時間連続での能力発動を四年以上続けている彼女と比べれば、一戦闘くらい比較《ひかく》にならなかった。

「ドー」

『分かっているのである。流石《さすが》にこんな戦場跡《せんじょうあと》みたいな部屋にいると、リリアーナに見つかったときの言い訳が難しいのである。もっと壊《こわ》れてない部屋に移動するのである。ダッチェスも移動中に見つからないようにナビゲートお願いするのである』

しかし、ドーマウスの言葉にダッチェスは答えない。

『ダッチェス。さっきの不用意な発言は本当に悪かったから、機嫌《きげん》を直して……』

ドーマウスは改めて彼女に謝《あやま》るが、

【ドーマウス。……すぐに【邪神】を連れて……王都から退避《たいひ》】

それに対する彼女の言葉は……極《きわ》めて切迫《せっぱく》した忠告だった。

『……何があったのである？』

【……分からない？　ああ、制御室《せいぎょしつ》にいないもの……ね。……じゃあ、言う……わ】

そしてダッチェスは、

【あと数分で……その城が消し飛ぶ……わ】

——大惨事《だいさんじ》をアナウンスした。

第二十六話 《超新星》

■炎

ツァンロンとの戦いの中で【イグニス・イデア】……フュエル・ラズバーンは、自分が生きて勝利することはないと確信していた。

ラズバーン家に生まれて研鑽《けんさん》し続け、他者を倒し続けた経験。

そして、【大賢者】に完膚《かんぷ》なきまでに敗れた経験。

二つの経験が明確な死の確信を彼に抱《いだ》かせていた。

それも無理からぬこと。彼の炎でツァンロンは倒せない。全身の過半を消し飛ばしたところで、すぐに再生する。あるいは一片《いっぺん》の肉片《にくへん》になっても蘇《よみがえ》るかもしれない。

そして逆に、ツァンロンの力は彼を打倒《だとう》するには十二分なのだ。

（……あと、どれほどか）

半ば諦《あきら》めの境地に立ちながら、周囲の人間に魔法をばら撒《ま》いて足止めしている。

しかしその時間稼《かせ》ぎも長くはもたないだろう。王国の者達の中で傷を負ってもまだ動ける者が、他の者を引きずりながら少しずつ避《ひ》難所《なんじょ》から脱出《だっしゅつ》していく。

庇《かば》う相手がいなくなれば、ツァンロンは容易く彼を殺せるのだ。

(どうしてこんなことになっているのか……)

彼は考える。なぜこんな場所で、こんな相手と戦うことになっているのかを。

この城にいるはずの、少なくとも手掛《てが》かりはあるはずの【大賢者】は未だ見えない。

だというのに【大賢者】よりも難敵かもしれぬ相手と交戦している。

そして、そのまま【大賢者】に見《まみ》えることなく彼は死ぬのだ。

必敗の戦いだが、退いて態勢を立て直すことなどできない。体内のイデア分体は敵前逃《とう》亡《ぼう》を許しはしないだろう。それが異形の体と莫大《ばくだい》な魔力《まりょく》を得る引き換《か》えに交《か》わした契約《けいやく》だ。

しかし、仮に逃《に》げられたとしても彼は退かないだろう。

これだけの魔力を手に入れたというのに、退くこと自体が敗北だ。

己《おのれ》の限界以上を手に入れてさえ、勝利出来ないという証明なのだから。

ラズバーン家の魔法の最強を証明したい彼にとっては、その時点で敗北なのだ。

(……私は何のために)

フュエル・ラズバーンは己の人生の意義を考える。

それはあるいは、死に瀕《ひん》して走馬《そうま》燈《とう》の如く回顧《かいこ》していたのかもしれない。

過去の修練の日々、父の死、【大賢者】との試合と敗北、その後の日々、ラ・クリマとの契約。ほんの僅かな時間、けれど彼《かれ》自身には短くもない時間を経て……。

『…………?』

彼は自分の人生の、そもそもの終着点について考えた。

その答えは一つ、最強を証明することである。火属性魔法の最強を、それのみに心血を注いだラズバーン家の最強を世界に証明すること。

そのための手段として〝魔法最強〟の【大賢者】打《だ》倒《とう》を、彼と彼の父は目指していた。

しかし父は志半ばに倒れ、挑《いど》んだ彼も敗れ去った。

そして彼は生まれ変わり、再び最強を証明するために【大賢者】を捜《さが》していた。

『…………』

そう、つまり【大賢者】打倒とは……手段である。

終着点ではなく、――必須でもない。

『……クク、ハハハハハハハ』

『?』

唐突に笑い出した彼をツァンロンが、そしてまだ避難所から脱出しきっていなかった者達が訝《いぶか》しげに見る。

彼の唐突な笑声《しょうせい》は気が触《ふ》れたわけではない。

ただ、最後の最後で……自分自身の間違いに気づいてしまっただけだ。

『我《わ》が生涯《しょうがい》の全ては……到達《とうたつ》と証明のために』

そう、彼は見誤っていた。考《かんが》え違いをしていた。ずっと間違えていた。あるいは彼の父が間違えていたから、彼の父の遺言《ゆいごん》がそれだったから、彼も間違えたのかもしれない。

【大賢者】の打倒そのものが、彼の……ラズバーン家の終着点ではない。

〝魔法最強〟である【大賢者】を倒すことは最強への到達を証明する手段。

ラズバーン家の最強を世界に示すために、称号《しょうごう》を欲《ほっ》したに過ぎないのだ。

そうであるならば……今この時に、別の手段であっても最強を証明できれば、それで目的は達せられる。

この事実と自身の遠からぬ死を自覚した彼は、ひどく澄《す》んだ心境だった。

『……何をする気ですか？』

彼の気配の変化に、ツァンロンが問いかける。先刻までの狂《くる》った火炎《かえん》放射器の如き有様よりも、どこか見る者に恐怖《きょうふ》を抱かせる彼に……問いかけずにはいられなかった。

それに対する彼の答えは……。

『天地と黄河の〈境海〉、カルディナの砂漠《さばく》。この大陸に数多ある傷痕《きずあと》こそは、それを成した者の実在証明』

意味の通じにくい言葉だったが、ツァンロンはその意味を考えて……気づく。

〝化身《けしん》〟による天地と大陸の分断、先々代【龍帝】と【覇王】が争った結果生まれた立ち入り禁止区域、あるいはかつての黄河の内戦で生まれた汚染《おせん》区域。それらが生まれてしまったのは、その土地を変えてしまった者がいたからだ。

巨大《きょだい》な力の持ち主が、世界地図の形さえも変えてしまったという事実。

つまり、彼……フュエル・ラズバーンは、

『ゆえに、この地こそを証明とする。『ここに最強の魔法使《まほうつか》いがいた』証明に!!』

己の魔法が最強であることを――この地の形を変えることで証明せんとしている。

『……！』

ツァンロンは、そうはさせまいと彼に近づこうとする。

しかしその直前に、彼の異形の体から全方位に向けて莫大な熱波が放たれた。

人間を容易く蒸発させるほどの熱波が発生し、逃げ遅れている者達に迫る。

『くっ！　逃げてください……！』

身動きが取れなくなるが、そうしなければ王国の者達が即座《そくざ》に絶命すると悟《さと》ったからだ。

ツァンロンは咄嗟《とっさ》に《竜王気《りゅうおう》》を広く展開した。

《竜王気》の壁で熱気を阻《はば》む間に、彼らは灼熱の避難所から脱出していく。

『制御術式――全廃《ぜんぱい》。全魔力――熱量に超臨界変換《ちょうりんかいへんかん》。熱量増大術式――起動』

そうしてツァンロンを足止めする間に、フュエルは自身の魔法を構築する。

今放つ熱波は余波に過ぎず、彼の魔法はこれから放たれる。

否――これから生まれるのだ。

彼は今この場で、零《ぜろ》から新魔法を構築していた。

『変換ロス――体組織が原因――細胞焼却《さいぼうしょうきゃく》による魔力直結』

制御ではなく、威力《いりょく》にのみ魔力を集中する。構築には自身の肉体の損壊《そんかい》さえも伴《ともな》う。

それは自爆《じばく》であり、彼自身を巻き込んで消滅《しょうめつ》させるのは必定だが……構わない。

彼はもう気づいたのだ。自分の真の目的には命など要《い》らない、と。

(私は〝魔法最強〟であると証明し、その後に栄誉《えいよ》と賞賛を受けたかったのか？　【大賢者】を打倒して、それで世の人々に誉《ほ》めそやされたかったのか？)

違う。断じて違う。彼自身が定めた生涯の意味は最強への到達と証明こそが終着であり、成《な》した後の生命も行いへの評価も求めてはいない。

戦いも、思いも、全ては遠く。彼が抱くは己の全てを賭《と》した集大成のみ。

『確認。【イグニス】、あなたは何をして……』

『五月蝿《うるさ》い』

異常を察知したゼタから入った通信に一言そう答えて、自分の耳に埋め込まれた通信機器を肉ごと引きちぎる。

もはや、この魔法以外の全ては彼にとって不要なのだ。【大賢者】との因縁《いんねん》も、ラ・クリマとの取引も知ったことではない。

彼が構築するこの魔法。完成し、発動すれば……王城は跡形もなく消え去り、王都も灼《や》け、熔けた瓦礫《がれき》の廃墟と化すだろう。

『ハハハハ！　ハハハハハハハハッ!!』

火力のみを求めたラズバーン家の宿業《しゅくごう》か、己が構築している魔法の発揮するであろう威力を想像し、彼の口から笑声がこぼれる。

同時に、四つあった腕《うで》の一つが床《ゆか》に落ちる。体内に増加された魔力供給脳髄《のうずい》も煮《に》えたぎっている。ラ・クリマのイデア分体さえもこの熱量に死に絶えた。

フュエルは顔面の細胞《さいぼう》さえも沸騰《ふっとう》し、視界が赤く染まり、鼓膜《こまく》が破裂《はれつ》し、繋ぎ止《と》められていた体の崩壊《ほうかい》が加速する。
（しかしそれでも構わん。この最後の魔法だけ使えればいい）
彼は何を失うことも厭《いと》わない。己の命など、どうせなくなる運命なのだから。
全てを費やしたとしても、彼はこの魔法を構築する。

『――王都全てを焦土《しょうど》に変える、我が生涯最後の魔法を』
――彼が編み出す、全く新たな最終奥義《おうぎ》を。

◇◇◇

□龍《りゅう》について

【龍帝】蒼龍人越《ツァンロンレンユェ》……ツァンロンは自分が生まれたときのことは覚えていない。
誰だってそうであるように、赤子の頃《ころ》の出来事など記憶にはさほど残らない。
それは【龍帝】として生まれた身でも変わらない。
彼が最初の記憶で覚えているのは、赤い視界だけ。

何が見えていたのかは分からない。赤色の意味を、理解してもいなかっただろう。

物心がついたときに……彼は自分が兄や姉、そして父から疎《うと》まれていることを悟った。

彼が【龍帝】であることは宮中でも秘されている。

知っているのは皇帝《こうてい》とその実子、ごく一部の側近のみ。

何も知らない家臣達はツァンロンを第三皇子として扱《あつか》う。

乳母《うば》は【龍帝】であることを知っていたが、それでも彼をよく世話していた。

しかし、家族は違う。彼の家族は、まるで敵を見るかのように彼を見る。

その理由が彼には分からなかった。【龍帝】が特殊超級職であり、皇帝と同等かそれ以上に黄河にとって重要な存在だとは教わったが、それが疎まれる理由とも思えなかった。

だからだろうか。ある程度物事も覚えたときに、ツァンロンは直接父に聞いたのだ。

「どうして僕《ぼく》を疎むのですか」、と。

その後に彼が見たのは、見たこともない表情で彼を殴《なぐ》りつけた皇帝の姿だった。

【龍帝】とのステータスの差もあり、傷つくのは皇帝の拳《こぶし》だけだった。

それでも、手を砕《くだ》きながらも……皇帝である父は彼を殴った。

そして、まるで溜《た》め込んだ全てを吐《は》き出すように……こう言ったのだ。

「お前が！　愛する妻の命を奪《うば》ったからだ!!」、と。

それを聞いて、ツァンロンは理由に納得《なっとく》しかけて……しかし疑問を抱いた。

ツァンロンの母が彼を生むときに死んだのは知っている。

しかし、出産に伴う死とは珍《めずら》しいものではない。

そうして生まれた子に向ける感情にも様々なものがあるだろうが、理由と比して皇帝が彼に向ける憎悪《ぞうお》がより根深いものであり、愛情というものが一片もない。

決して親が子に向けるものではない。

まるで、愛する者をバラバラにして殺した下手人でも前にしているかのようだった。

「…………あ」

そこまで考えて、ツァンロンは答えに辿り着いた。

母はツァンロンを産むと同時に死んだ。ツァンロンは、【龍帝】として生まれた。

そして【龍帝】は先代のレベルを引き継《つ》いでいる。

特化型の超級職さえ凌駕《りょうが》するステータスを持って、生まれる。

それこそ——出産の時点で。

それが原因であり、答えだ。

ツァンロンの母は、出産に伴う病などで死んだ訳ではない。

本当に、ツァンロンがバラバラにしたのだ。腹の中にいた【龍帝】の赤子が外へもがき出ようとして……その過剰《かじょう》すぎる力で母体を引き裂《さ》いたのだ。

父である皇帝が、そして兄姉《けいし》が彼を疎む理由の全《すべ》てがそれだった。

彼らは、ツァンロンによってバラバラにされた妻と母の姿を見たのかもしれない。

彼らにとってツァンロンは家族を奪った憎《にく》い相手。

人間ですらない生まれながらの化け物《イレギュラー》。

しかし同時に黄河の象徴《しょうちょう》にして最高戦力であり、排《はい》することは絶対にできない。

それゆえに、彼らはずっと我慢《がまん》していたのだろう。

だが、ツァンロンの不用意な発言で何かが切れてしまったのだ。

あるいは彼を殴るときに、皇帝は自分が死ぬことも覚悟《かくご》して殴ったのかもしれない。

きっと己の妻を殺した化け物に返り討《う》ちにされることを考えていた。

だが、ツァンロンにとって皇帝は父であり、殺そうとは欠片《かけら》も思わなかった。

しかし同様に欠片も思わずとも……ツァンロンは母を殺して生まれたのである。

この日、ツァンロンも皇帝も死ぬことはなかった。

しかし、ツァンロンと家族の関係は……この時点で修復不可能なものとなった。

それからツァンロンは皇子として、【龍帝】としての公務を続けた。祭事や式典では【龍帝】としての姿となり、異形となったツァンロンの顔を隠す面を被《かぶ》って参加した。

皇子としても年齢《ねんれい》相応には教育を受け、公務を行った。

しかし、家族との時間はツァンロンにはなかった。

彼を育てる乳母や共に育つ乳兄弟《ちきょうだい》はいたが、血の繋がった家族は……皇帝が拳を振《ふ》り下ろした日を最後にツァンロンと一切《いっさい》接することはなかった。

暴力を振るうことはないが、言葉をかけることもない。

公務で接する必要があるときのみ、最低限の会話をするだけの関係だった。

ツァンロンもまた、彼らに触れようとは思わなかった。過大な力を持つゆえに……不用意に触れれば母のように殺してしまうかもしれなかったから。

そんな風に家族と触れられない彼が曲がりなりにも愛情や友情の実在を知ることが出来たのは、事情を知りながらも彼を育てた乳母や何も知らないが彼の面倒《めんどう》をよく見る乳兄弟のメイハイがいたからだろう。

しかしそんな彼女達《かのじょたち》相手でも、ツァンロンは触れることを恐《おそ》れていた。

彼が他者と心置きなく触れ合えたのは、結界の敷《し》かれた闘技場《とうぎじょう》での決闘《けっとう》だけだった。

決闘の場で彼は皇族の、そして【龍帝】の力を示すために戦った。相手を砕いても、試合が終われば元に戻る闘技場は、化け物として生まれた彼が誰も殺さずに済む世界だった。

屈強《くっきょう》な体躯《たいく》と龍の特徴《とくちょう》を色濃《いろこ》く残す容姿。面で顔を隠されていたこともあり、誰も彼を幼い第三皇子だとは思わなかった。

そして彼は幾度《いくど》も決闘の舞台《ぶたい》に立ち、黄河最強の決闘一位の座にも容易《たやす》く到達し、皇族の威光《いこう》と黄河帝国《ていこく》の象徴である【龍帝】の力を示した。

けれど、彼の家族がそれを褒《ほ》めることは一度もなかった。

そして決闘を通して力の制御を学んでも、彼が家族に触れることは……一度もなかった。

あるとき、彼は先代【龍帝】紅龍人超《ホンロンレンチャオ》から次代の【龍帝】……ツァンロン宛《あ》てに残された手紙を読んだ。

手紙には、まるでツァンロンがこうなることを知っていたかのような文面も書かれていた。

あるいは、先代もまたそのような生まれ方をしたのかもしれない。

手紙には『罪に囚《とら》われるな』と書かれていたが、自分には難しいとツァンロンは考えた。

どうしても、母殺しの罪は鎖《くさり》となって彼の人生を繋ぎ止めてしまっていた。

そんな彼の日々に変化が生まれた。

それは〈マスター〉の増加だ。

不死身にして、特異な力を持つ者達。

かつて先々代【龍帝】と渡り合った【猫神《ザ・リンクス》】の同類。

ツァンロンにとって初めての、彼以外の規格外が数多く現れたのだ。

やがて決闘の場でその規格外の一人、迅羽との試合を行った。

結果はツァンロンの勝利だったが、彼は自身と渡り合える人間……対等に接することが出来る人間と初めて会ったのだ。

それゆえに、彼は迅羽によく懐《なつ》いた。ようやく年相応に甘《あま》えられる相手を得たように。

もっとも……甘える相手の正体が同年代の少女であったことは、彼もいささか驚《おどろ》いたが。


今年になって、彼は皇帝である父から公務として王国に見合いに行くように告げられた。

見合いというより、婚姻《こんいん》が前提であるかのようだった。

なぜ兄達ではなく、疎まれる自分なのか。ツァンロンには分からなかった。

しかし、公務でありそれに逆らう気もなかった。

異国の地で自身の正体と力を隠すために、先々代の遺《のこ》した宝物庫から適した〈UBM〉

の珠《たま》を捜して討伐《とうばつ》し、無力な子供となった。

護衛を務める迅羽に守られながら、彼は王国を訪《おとず》れた。

それからは〈流行病《はやりやまい》〉に罹《かか》るなど予定外のこともあったが、大過はなく。

そしてつい先日、ツァンロンは自身の見合い相手であるエリザベートと顔を合わせた。

エリザベートは天真爛漫《てんしんらんまん》で、よく笑う子だった。皇子である彼と、王女である彼女《かのじょ》。立場は近いのに、どこか自分と大きな違いがあるように感じた。

けれど、そんな彼女の笑顔《えがお》は、彼を理由として泣き顔になってしまった。

彼女の姉が告げた、黄河への嫁入《よめい》り話。

それは戦争が始まりそうな王国で、エリザベートを守るための選択《せんたく》でもあった。

しかし彼女はそれに抗《あらが》い、姉や妹を置いて自分だけ王国を離《はな》れることを否定していた。

そうして姉妹は言い争ったが、言い争ってはいてもお互《たが》いを思うがゆえのものであると傍《はた》から見ていて分かった。

愛し合う家族の存在。ツァンロンはそれこそが自分と彼女の違い……自分の持たざるものなのだろうと察した。

愛し合い、一緒《いっしょ》に生きる家族など……彼には一人もいないのだから。

彼にとって二人の姿はあまりにも眩《まぶ》しく、同時にそんな姉妹が自分を原因として言い争うのは心が苦しかった。

彼女達を引き裂いて、愛のない黄河へと連れていくことも。

だから翌日、ツァンロンはそのことをエリザベートに謝りたくて彼女の下を訪れたのだ。

その後、迅羽らの計らいによって、愛闘祭で彼女と見合いを兼《か》ねたデートをすることになった。それは彼にとっては想定外だったが、しかしエリザベートのことをもっと知りたいと思っていたのも事実であり、彼はデートに応じた。

エリザベートと並んで、祭りで賑《にぎ》わうギデオンの街を歩いた。

祭りの中で、様々な面を売る屋台を見かけた。

その中には彼が黄河で着けている面……【字伏龍面】に似せたものもあった。

本来は金属に対して強引《ごういん》に自身の魔力を流し、変形させて顔を隠すためのものだが、売り物のお面は彼の物よりも見栄《みば》えが良かった。

「ツァンロンも選んだのじゃ？　む、なんだか怖《こわ》いお面じゃのぅ」

怖いお面と言われて、咄嗟に返す言葉も思いつかなかった。己の異形を隠すための面ですら恐ろしいならば、その素顔《すがお》はより恐ろしく、彼女にとって受け入れづらいだろう、と。

同時に、『自分が化け物であることも明かさずに、彼女を妻として黄河に連れ帰るべきなのだろうか？』と改めて悩《なや》んだ。

しかし悩みながらも、天真爛漫なエリザベートに惹《ひ》かれていく自分を……ツァンロンは理解していた。

そうして見合いを続ける内にツァンロンは疲れ、体を休めることになった。

本来の彼であれば百里を駆けようと疲れることはないが、そのときの彼は【自戒封巻《じかいふうかん》】によって子供同然だったために息が上がっていた。

しかし休憩《きゅうけい》中に、エリザベートに服の内側に巻いた【自戒封巻】を見られた。

「それはケガか、ビョウキなのか?」

「そう、ですね。病のようなものです。この黒い包帯は、生まれもったハンデを抑《おさ》えるための処置です」

その言葉は嘘《うそ》ではない。

自分が人間として生きられないハンデ……【龍帝】としての力を抑えるためのものだ。

自分が【龍帝】で良かったと思うことなどツァンロンにはなく、ハンデでしかない。

「……すみません。お見苦しいものをお見せしてしまいました」

「あやまることではないのじゃ! ビョウキのなにがみぐるしい! 生まれもったビョウキが、なんだと言うのじゃ! そんなことをわたしがいやがると思ったらおおまちがいなのじゃ」

その言葉に、ツァンロンは胸が詰《つ》まりそうだった。彼女は本当にツァンロンが何らかの病気を持っていたとしても、それを見苦しいとは言わないのだろうと分かったから。

あるいは、自分の正体を明かしても……受け入れてくれるかもしれない、と考えた。

しかし結局は躊躇《ためら》い、彼は彼女に真実を話さなかった。


それから彼女の姉妹に対する思いを聞いた。

姉妹を守るために、嫁入りの覚悟をしている彼女の思いを聞いた。

彼女の覚悟を聞きかけて……しかしツァンロンはそれを保留にしてもらった。

彼女の覚悟を聞く前に、自分も真実を話す覚悟をしなければならないと思ったから。

化け物《龍帝》であることを、彼女に明かす覚悟を。

◇

そして今日、ツァンロンとエリザベートを炎《ほのお》の猛威《もうい》が襲《おそ》い、彼が彼女に真実を言葉で告げるよりも早く、彼は彼女の前で正体を晒すことになった。

化け物であることを知られることに、恐怖はあった。

それでも、躊躇《ためら》いと後悔《こうかい》はなかった。そうしなければ守れないと知っていたから。

『己の守りたいと思ったものを守れ。

己のなしたいと思ったことをなせ。

己の意思で何かを行うことを恐れるな』

かつて読んだ先代の手紙に遺された言葉を思い出しながら、彼は己の惹かれた少女を守るために……戦うと決めたのだ。

◇◇◇

□■地下避難区画

フュエルの魔法《まほう》の構築に伴い、余剰《よじよう》の熱波はさらに火勢を増す。

《竜王気》越《ご》しですら、ツァンロンの龍鱗《りゆうりん》の皮膚《ひふ》が熱を帯び始めている。

（この魔力と熱量……、相手の息の根を止めたとしても爆発《ばくはつ》は避《さ》けられない……！）

魔法の発動と絶命による暴発。どちらであっても同じことだ。この熱量が解き放たれれば、避難区画全体が一瞬《いつしゆん》で熔解《ようかい》する。逃げた者達《たち》も、絶命は免《まぬが》れない。【ブローチ】があろうと、押《お》し寄せる熱波に全身を焼かれて即座に死ぬ。

それどころか王城も王都も、溢《あふ》れ出る熱気で壊滅的《かいめつてき》な被害《ひがい》を受けるだろう。

その事態を防ぐには、爆発前にフュエルをどこか遠くに運び去るか、熱量そのものをこの場で抑え込まなければならない。

だが、地下深い避難区画からフュエルを移す術はない。

(防げるのか……、僕の《竜王気》で……)

これが先々代の【龍帝】であれば、無数の術法によって如何様《いかよう》にも対処できただろうが、それは先々代のみの特殊《とくしゅ》な技術。

先代も、そしてレベルは最も高くとも未熟なツァンロンも、使うことはできない。

身体能力として身につけた《竜王気》では、先触《さきぶ》れの熱波を防ぐのが限界だった。

それでも《古龍細胞《さいぼう》》を持つ【龍帝】であれば、防御《ぼうぎょ》に集中すれば爆発の中心地にいても生存することは可能だが……それでは彼以外は誰《だれ》も助からない。

(けれど、その爆発を防げなければこの王都も……彼女も……！)

限界であってもやるしかない。

(……生命力を魔力に変換《へんかん》して、《竜王気》の出力を最大にする)

それが、自身の生命を削《けず》ることになったとしても。

彼が覚悟を決めて、臨界に達しつつあるフュエルと向かい合った時……。

『……!』

背後に、気配を感じた。ほとんどの人間はこの避難所から退避したはずなのに、それでも一人……彼の後ろに誰かがいる。

「ツァン……」

その人物は彼が最も守りたいと思った少女……エリザベートに他ならなかった。

『エリザベート! どうしてまだここに⁉』

《竜王気》で阻んでいるとしても周囲の気温は徐々《じょじょ》に上がっている。そう時もかからず《竜王気》越しでも人命を奪うに足る熱量になるだろう。爆発すれば言うまでもない。

しかしそれでも、エリザベートはツァンロンの後ろに立っていた。

「ツァン、ツァンも……いっしょににげるのじゃ!」

その言葉に、彼は悟る。この少女は炎の中に残った彼を心配して、戻ってきたのだと。

化け物としての姿を晒《さら》した自分の身を……彼女は案じてくれたのだと。

そのことに心が緩《ゆる》みかけるが、しかし彼は歯を食いしばった。

そして彼は……面を外して彼女を見る。

人ではなく、龍でもない。人と龍が混ざった……相対する改人同様に醜《みにく》い姿だ。

その素顔をエリザベートに見せながら、ツァンロンは言う。

『僕は【龍帝】……化け物だ』

化け物であることを、自らの口で述べる。

『化け物だから、君とは違うんだ。だから、君は早くここを離れて……』

エリザベートを拒絶《きょぜつ》する言葉を彼が口にして……、

「――バケモノなんかじゃない！」

そんな彼の言葉こそを、エリザベートは否定した。

ツァンロンはそんなものではないと、彼が抱《かか》えた自責と負い目を吹《ふ》き飛ばすように。

「ツァンは、わらわのともだちで……」

ツァンロンは【龍帝】であるかもしれないが自分の友達であり、

「こんやくしゃで……これからかぞくになるのじゃ!!」

『――――』

生涯を共に歩むと決めた相手なのだと……彼女ははっきりと口にした。

「だから……！　まだ、はなしたいことも、ききたいことも、たくさんあるのじゃ！　だから……だから……！　いっしょに……」

胸に詰まる感情ゆえか、迫《せま》る炎の恐怖ゆえか、涙《なみだ》が交じった声からは続きが出ない。

けれど、彼には聞こえた。

――いっしょに生きよう、と。

その声なき言葉が、ツァンロンには聞こえたのだ。

『…………』

ツァンロンは彼女に背を向けて、外した面をもう一度着け直した。

……その時、彼の顔を覆《おお》う面の隙間《すきま》から流れた涙は、熱気の中で消え失《う》せた。

けれど、彼の心には……消えることのないものが生まれた。

「殿下《でんか》！　エリザベート殿下ぁ！」

その時、フィンドル侯爵《こうしゃく》が避難所の入り口から戻ってきて、エリザベートを残った片腕《かたうで》で抱え込んだ。

『フィンドル侯爵、エリザベートを頼《たの》みます』

「……はい！」

エリザベートを逃がす役目を、彼に託《たく》して……ツァンは炎へと向き直る。

「ツァン……！」

『……必ず、君のところに戻《もど》る。だから、ここは任せてほしい』

「………、うん！」

そうして彼は約束をして、避難所から退避する彼女達を背中で見送った。

駆《か》け去っていく足音を聞きながら、彼は言葉を発する。

『……【炎王】』

呼びかける相手は、眼前で炎の塊《かたまり》へと変じつつあるフュエル・ラズバーン。

『さっきまでは、命を賭してでも君を止めるつもりだった』

自分の全魔力と全生命力で、爆発を抑え込もうとしていた。

『でも、今は違《ちが》う。君に僕の命はあげられない。僕の命は、彼女のものだ。僕は君の炎を止めるし、僕の命も守り抜《ぬ》く。総取りで悪いけれど、一つだって譲《ゆず》れない！』

彼自身の命を……愛する人との約束と、未来のために守り抜く覚悟を決めた。

『僕は……自分でそう決めたんだ!!』

そして、彼は全てを飲み込む破滅《はめつ》の炎に向かい合う。

『………』

炎は……目も耳も残っていないフュエルはもはやその言葉を聞いてはいないだろう。

だが、何かを感じ取ったのか、微《かす》かに形を残した口元を歪《ゆが》めて……笑った。

そして彼は完成した最終奥義の名を――唱えた。

『――《超・新・星《スーパー・ノヴァ》》』

《超新星》。魔力の熱量変換を特性とする火属性魔法、その極致《きょくち》。

それは【炎王】の奥義として定められている《恒星《こうせい》》の……真逆に位置するスキル。

《恒星》は膨大《ぼうだい》な熱量を圧縮し、制御《せいぎょ》し、万物《ばんぶつ》を焼き熔《と》かす火球で貫《つらぬ》く魔法だ。

対して、《超新星》は圧縮しないし、制御もしない。

制御に回す魔力は皆無《かいむ》。しかしそれゆえに魔力MPの最大値に比例する制御限界を考慮《こうりょ》して魔法が構築されることもなく、全魔力を一度に放出できる。

無制御ゆえに、通常の魔法なら制御に割《さ》くはずの過半の魔力すら全て熱量に代わる。

そう、《超新星》は己の全魔力を、熱量増大術式を多重に展開しながら放出するだけの魔法だ。全方位に、見境なく、自身すらも巻き込む。

自爆以外の何物でもなく、ゆえに……どうしようも、な、い。

超級職《スペリオル・ジョブ》と比較《ひかく》してすら桁外《けたはず》れの魔力を有する今のフュエルが、その魔力の全てを無制御の熱量に変換したならば……止めることなど不可能なのだ。

しかしそんなことは、ツァンロンも理解している。

理解していても、諦観《ていかん》は抱《いだ》かない。今ここで諦《あきら》めるのは、彼と彼の愛する人の命を諦めるということなのだから。全開を超《こ》えた全開を尽《つ》くしても、彼は全てを守らんとした。

覚悟と決意を定めたツァンロンの眼前でフュエルの最終奥義は発動し、フュエルはその全身を人間大の——太陽の如き姿へと変じさせた。

直後、全方位に向けて全てを灰とする……否、灰すらも残らぬほどの熱波が押し寄せる。

拡散すればエリザベートのいる避難《ひなん》通路はおろか、王都までも灼熱《しゃくねつ》の地獄《じごく》と化すだろう。

『オオオォ!!』

ゆえに、ツァンロンは古龍の肉体の体機能にすら影響《えいきょう》を及《およ》ぼすほどに、己の全身全霊《ぜんしんぜんれい》を《竜王気》の展開と減衰《げんすい》効果の上昇《じょうしょう》に集中させる。

熱量を爆発させるフュエルを包み込むように、膨大な量の《竜王気》を放出する。

そして熱波と《竜王気》が激突《げきとつ》し——室内の気温が瞬時《しゅんじ》に三〇〇〇℃以上も上昇する。

避難所だった部屋は一瞬で溶鉱炉《ようこうろ》へと様変わりしていたが、それでも全開の《竜王気》による大幅《おおはば》な減衰で熱波の影響はほぼ避難所の中だけに押し止《とど》められている。

『ぐ、う……!』

鱗《うろこ》と肉が煙《けむり》を噴《ふ》き上げるが、それでもなおツァンロンは《竜王気》を緩めることはない。

小さな太陽を封《ふう》じ込めるような、熱量との戦い。規格外の【龍帝】の力を以《もっ》てしても、本来のスペックから外れた力の発揮を要求される。

両腕《りょううで》を、そしてそこから放出する《竜王気》を熱波へと叩《たた》きつけ、抑え込む。

力を緩めれば待っているのは愛する人の死だと分かっているから、彼は決して退かない。

そして、退かぬ彼と押し寄せる熱波の戦いは、この時点では五分に見えた。

『…………！』

彼が決死で抑え込む熱波の中心で、太陽の如き火球が煌々《こうこう》と燃え盛りながら……少しずつ膨張している。

その変化に、ツァンロンは灼熱の中で寒気を覚えた。

（まだ、これほどの熱量も、前触《まえぶ》れに過ぎないのか……！）

地震《じしん》の先進波のように弱く速い力が先に到達し、強力で遅《おそ》い力が全てを破壊《はかい》する。

前段の弱い熱波ですら、【ゴーレム・ベルクロス】を熔解せしめた《恒星雨》と同等以上の熱量。真の《超新星《ちょうしんせい》》の熱量は、ツァンロンの予測すらも遥《はる》かに飛び越《こ》えていた。

『それでも……！』

それでも彼《かれ》は逃《に》げず、動かず、そこで熱波を押し止め続けることを選ぶ。

彼こそは【龍帝】。現代のティアンにおいて、最強の座に近き者。

そして愛する人を持つ少年。

ゆえに彼は、覚悟と共にその場で不動の姿勢を取り続ける。

ツァンロンが燃《も》え尽きるのが先か、漏《も》れ出た熱波が王城と王都を焼き尽くすのが先か。

あるいは奇跡《きせき》の如き勝利を彼が掴《つか》むのか。

それはまるで神が賽《さい》を振るように、決定されようとして――。


「――手を貸そうか？」

――神《管理者》の手から賽を奪う者が現れた。


灼熱の溶鉱炉の中で、ツァンロンに声をかける者がいた。

いつからそこにいたのか。ツァンロンの背後には……誰かが立っていたのだ。

炎と彼しか存在しなかったはずの部屋へ突如《とつじょ》として現れた気配に、彼は驚愕《きょうがく》する。

まるで空中から湧《わ》いて出たかのように、声の主は唐突《とうとつ》に出現したのだ。

「おっと、『手を貸そうか？』は言い換《か》えよう。この城に吹き飛んでもらうわけにはいかないから、断られても困る。是非《ぜひ》とも手伝わせてほしいな。どの道、私一人でも君一人でも、この魔法は手に余るからね」

ツァンロンに聞き覚えのないその声は……若い女性のものだった。

しかし、『誰だ』と誰何《すいか》する余裕《よゆう》も、今のツァンロンにはない。

常人であれば瞬《また》く間《ま》に焼死《しょうし》するこの空間。まるで見計らったかのような——事実見計らった——登場をしたその人物はどこか悠々《ゆうゆう》とした声音《こわね》でツァンロンに話しかけている。

「ああ、一言言わせてもらえば、そのままの《竜王気》はこういった事象には向かないよ。《竜王気》は物理攻撃《こうげき》や魔法を総合して減衰させる防御機能だから。単一事象に限定すると、用いる魔力《まりょく》に比しての減衰効率はさほど高くない。こういった事象には、熱量減衰の一点に絞《しぼ》った術式が効果的だ。そちらにシフトした《竜王気》を展開してほしい」

『え？』

それは悠々という言葉でも足りず、気さくな教授が講義でもしているかのようで……。

「ああ。先々代の【龍帝】はそういう細工が非常に上手《うま》かった……らしいけれど、君はそうではないのかな。だったら無理を言ってごめんよ。それと、初対面で自己紹介《しょうかい》より先に講釈《こうしゃく》をたれてすまないね。それで今の【龍帝】……ツァンロン皇子だったかな。悪いね、ため口だ。生憎《あいにく》と、敬語は死んだ師匠《ししょう》相手にしか使わないと子供の時分に誓《ちか》ったものでね。手紙だと丁寧《ていねい》に書けもするんだが、割合頑固《がんこ》なこの身だよ」

本当に何者なのか、と問いたげなツァンロンの様子を気配で察したのだろう。

その人物は、こんな状況《じようきよう》でも笑いながらこう言った。

「ハハハ、私が誰かは気になるだろうね。まぁ、一言で言えば、【炎王】が捜《さが》していた者さ」

『……！』

その言葉に、ツァンロンの脳裏《のうり》に『まさか』という言葉がよぎる。

「彼自身はもう目も耳も熔けて外界を認識《にんしき》しているか怪《あや》しいけどね。自己紹介だ」

そう言ってその人物はツァンロンに、そして彼の体を衝立《ついたて》にした先にいるフュエルを見ながらこう言った。

「私は師匠の全てを継いだ者」

そして彼女は腕を組み、右目のモノクルに指を添《そ》えてから……こう言った。

「――【大賢者】インテグラ」

第二十七話　炎の生涯

□■王城四階

『……全く、厄介《やっかい》な話である』

フュエル・ラズバーンが《超新星《スーパー・ノヴァ》》を発動させたのと同時刻。地下の爆発による王都壊《かい》滅《めっ》の可能性を聞き、ドーマウスはテレジアと共に退避《たいひ》しようとしていた。

《感染城塞》ならば《超新星》の膨大な熱量も吸収してテレジアを守れるかもしれないが、王都を壊滅させるほどの大爆発《だいばくはつ》の中で無事でいること自体が今後の活動を難しくする。

ドーマウス自身が直接停止に向かっても同様だ。

ならばテレジアを連れて爆心地《ばくしんち》から逃《のが》れるのが先決というダッチェスの判断は誤りではなく、ドーマウスもそれに従うつもりだった。

『待ちなさい、ドーマウス。避難の必要はないわ。その場に留まりなさい』

だが、その動きは同僚《どうりょう》からの通信によって制止させられた。

指示を出したのはダッチェスではなく……〈エンブリオ〉を担当するハンプティ・ダンプティだ。ダッチェスのウィンドウとは違い、ドーマウスの思考に直接通信が飛んでくる。

『何用であるか、ハンプティ。それに避難の必要がないとはどういうことである？』

『今自爆《じばく》しようとしているティアンから〈エンブリオ〉の反応が消失したわ。これで相手はただのティアンよ。理屈《りくつ》の上ではね』

『それがどうしたのである？』

『分からないかしら？　ティアンの攻撃なら、【邪神《ジ・イーヴィル》】に徹るのでしょう？』

『……！　ハンプティ、まさか……！』

ハンプティの言わんとしていることは、ドーマウスにもすぐ理解できた。

今ならフュエル・ラズバーンは【邪神】にとっての異物ではない。

ゆえに――その自爆で【邪神】であるテレジアを焼却《しょうきゃく》せよ、と言っている。

『………』

ドーマウスは無言のまま、己《おのれ》の背で黙《もく》したままのテレジアのことを考える。

【邪神】が死亡すると、新たな【邪神】の完成までにある程度のスパンは必要になる。

その期間は死した【邪神】の完成度によって大きく変動するが、少なくとも今テレジアが死ねば……次の【邪神】は彼らの計画が終わった後だ。

最大の問題点とさえ言える【邪神】と〈終焉《ゲームオーバー》〉。それらを計画から完全排除《はいじょ》できるフュエルの自爆は、管理AIにとっては好機以外の何物でもない。

『ハンプティ、それは……』

しかし、ドーマウスはその言葉に従うことに躊躇いを覚えた。

『あら？　何を迷っているの？』

『……このまま我輩《わがはい》が管理していれば、計画中の【邪神】完成の可能性は低いのである。むしろ自爆に巻き込めば、セーフティの解除によって予想外の結果を招く恐れも……』

ドーマウスはハンプティにそう抗弁《こうべん》するが、しかしそれはどこか言い訳のようだった。

『そう。それで予想外の結果と完全消去。どちらの可能性が高いと思うのかしら？』

『それは……』

『ドーマウス。あなたは情をかけているだけでしょう？』

ドーマウスは、ハンプティの言葉に反論が出来なかった。

実際に、それは正しかったからだ。【邪神】……テレジアを保護しているのは彼の役割であるが、その役割に何の感情も持っていない訳ではない。

むしろテレジアに対して今のドーマウスは……役割だけの関係ではなくなっている。

『今代の【邪神】があなたの〈マスター〉に似ていたから、守るという行いに感情的な理由を付与《ふよ》してしまっているだけよ。合理的とは言えないわ』

『……！』

かつてただの〈エンブリオ〉であった頃《ころ》、彼の〈マスター〉は病弱な少女だった。

助けてあげなければ死んでしまいそうなか弱い少女。あるいは彼の守る力も、病の如き真の力も、〈マスター〉が彼女であったから生まれたのかもしれない。

彼はその力で少女を守るために成長し、〈超級エンブリオ〉に至り、最後の試練を越えて〈無限エンブリオ〉にまで届いた。

そして〈マスター〉であった少女──その時には既《すで》に女性と言える年齢であったが──は、ドーマウスが〈無限エンブリオ〉になって、〈マスター〉なしでも存在できるようになった後……それを見届けて安心したように死んでいった。

ドーマウスがそんな在りし日の〈マスター〉と、病弱にして己が守らねばならぬ存在であるテレジアを、重ねていないと言えば嘘になる。

『けれど、それは無駄《むだ》なことよ、ドーマウス。あなたの〈マスター〉に似た【邪神】が生きようが死のうが、どうせ計画が終わればこの〈Infinite Dendrogram〉は……』

『分かっているのである！　だが……！』

『随分《ずいぶん》と悩んでいるようね。その理由は〈マスター〉への思い……かしらね』

ドーマウスの言葉にどこか冷ややかな声で返しながら、ハンプティはこう言った。

『悪いけれど、私には――全く共感できないわ』

あるいは、チェシャやラビットであれば、そうでなくとも他《ほか》の管理AIであれば多少はドーマウスの言葉に心動かされることはあっただろう。

しかし、このハンプティだけは絶対にそれがないということを、ドーマウスも知っていた。

己の〈マスター〉への強い思いを、彼女だけは一切持たないということ。

だからこそ、彼女が〈エンブリオ〉の管理を担当しているということも。

『哲学的ゾンビの貴様には分からないのである……』

『あら、私をそんな風に呼ぶのは死にたいという意思表示かしら――ドーマウス』

通信越しだというのに、ハンプティの言葉に乗った殺気はドーマウスを射抜《いぬ》く。

ドーマウスは知っている。物理的・化学的に絶対を誇るドーマウスの防御を破れる数少ない存在、その一体がこのハンプティであるということを。

かつて〝万死《ばんし》の化身《けしん》〟と恐れられ、如何《いか》なる〈無限エンブリオ〉でも一対一では絶対に勝てない存在であるということを。

そんな存在の殺気を受けながらも、ドーマウスは己の思いを曲げずになおも言葉を返そうとして……。

【そこまでに……して】

二人の言い争いを、ダッチェスが止めた。

【どの道……もう避難は間に合わない……わ。だから、ドーマウスはその場で……。守るかどうかは……その時に決めな……さい】

『……分かったのである』

ダッチェスの言葉に、ドーマウスが頷《うなず》く。

会話の相手だったハンプティは、既に通信を切っていた。

「殿下《でんか》！　テレジア殿下ー！」

それから間もなくして、テレジアを呼ぶ声が四階に響《ひび》く。それはテレジアを捜し続けていたリリアーナのものだ。傍には城の爆発に駆けつけた〈K&R〉の〈マスター〉達もいる。

彼女達はすぐにテレジアとドーマウスを見つけ、駆け寄ってくる。

「テレジア殿下、よくご無事で……！」

「うん……リリアーナも……」

合流したことで、リリアーナ達はテレジアの安全を確保できたと安堵《あんど》する。

しかしドーマウスは、これでますます王都外への避難はできなくなったと考えた。

「それでは、地下の避難施設《ひなんしせつ》に向かいましょう。エリザベート殿下達《たち》も先に……」

その言葉に、ドーマウスは『それはまずい』と考えた。リリアーナはまだ情報を得ていないが、今の地下避難施設ほど危険な場所はこの王都にない。

その情報をどのようにして伝えようか、ドーマウスが思案していると……。

「え？」

彼らの周囲に、突如としてウィンドウが開いた。

否、それはウィンドウではない。ウィンドウのように半透明《はんとうめい》で宙に浮《う》かぶ看板のようだったが、ダッチェスの操《あやつ》るそれではない。

それは幻影魔法《げんえいまほう》の応用で作られたホログラムであり、そこにはこう書かれている。

『警告範囲《はんい》に近づくべからず。当方は地下において爆発物《ばくはつぶつ》の処理を行っている。地下避難《ひなん》施設《しせつ》及《およ》び、壁《かべ》の周囲から離れるべし』

ホログラムのメッセージの後ろには、海属性魔法の壁が形成されている。四階の一角で円形の壁となるように配置されており、壁の内側が空洞《くうどう》であれば筒《つつ》のような形状だ。

そして恐《おそ》らくは、その筒は一階から三階までも同様に配置されているのだろう。

それはまるで工事現場の囲いのようであったし、あるいは天に向けられた……。

「こんなもの、一体だれが……え？」

リリアーナが訝《いぶか》しんでメッセージを読み進めると、それを為《な》した者の名前も……『【大賢者】インテグラ』と明記されていた。

「インテグラ⁉　いつの間に帰ってきていたの⁉」

旧友の名にリリアーナが驚くが、ドーマウスは彼女のことを然程《さほど》知らない。

【大賢者】の弟子《でし》であり、王城の結界を張った本人であるということくらいのもの。

『…………』

その中で確かなことは、彼女が【炎王】の自爆を食い止めようとしているということ。

功を奏するか、無為《むい》となって王都が消し飛ぶのかは、ドーマウスにすら未知の未来。

だが、もしも自爆を食い止められなかったとき。自分がテレジアを守るのか、守らないのか……今のドーマウスにはそのときの自分の選択が予想できなかった。

〈無限エンブリオ〉の演算能力を以てしても……自分の心の全《すべ》ては分からない。

◇◆◇

□■地下避難区画

【大賢者】を名乗った彼女に、熱波の中心である太陽がほんの少し揺《ゆ》らめいた。

目も耳も消え失せて、人の形すらなくし、脳さえ影《かげ》も形も残っていないだろうに。

「お待ちかねの【大賢者】だよ、フュエル・ラズバーン。師匠との決闘《けっとう》を望んでいたのならば、それもまた私が引き継《つ》ぐものさ。ああ、君が『もう要《い》らぬ』と因縁《いんねん》を捨てようとしても、私は引き継いだものを捨てはしない」

まるで魂《たましい》はそこに在ると言わんばかりに、【炎王】フュエル・ラズバーンの成れの果てである太陽超新星は、彼女……【大賢者】の言葉に反応していた。

「だから、あの日の続きだ。今度は同じやり方じゃなくて、君に勝つために最も効果的かつ容赦《ようしゃ》なくやらせてもらう。それが君への手向《たむ》けと、師匠の答えだからね」

そう言って、インテグラは……新たな【大賢者】は不敵に笑った。

《超新星》の本体爆発まで残された時間はあと僅《わず》か。

使える手はツァンロンの《竜王気《りゅうおうき》》とインテグラの魔法のみ。

【大賢者】であるインテグラは天地海三大属性の全魔法と、他属性の魔法の多くを使える。

この避難所《ひなんじょ》に出現した転移魔法や、彼女の直接の師匠である先代が完成させた闇属性複合《イマジナリー・》大魔法《メテオ》も彼女《かのじょ》は使用できる。

しかし、それだけだ。あの【グローリア】の《終極》をも上回る超絶《ちょうぜつ》熱量を相手に、人《ティ》の身《アン》の魔法だけで立ち向かわねばならない無謀《むぼう》。

恐らく彼女が全開で防御魔法《ぼうぎょまほう》を使っても、断熱に特化した結界でも耐《た》えきれない。

それほどに《超新星》の熱量は桁《けた》が違う。

だからこそ、細工は必要だ。

「さて、ツァンロン君。悪いけれど、あと二分ほど全力で《竜王気》を展開していてくれたまえ。なに、二分以上はかからないよ」

インテグラの言葉に、《竜王気》を放ち続けながらツァンロンは頷く。

王国の【大賢者】。王国や西方において最強と謳《うた》われた魔法職の存在は、ツァンロンも知っている。老齢《ろうれい》の男性だったはずだが、継いだというのならば新たな【大賢者】が生まれたのだろうとすぐに納得《なっとく》した。

今このタイミングで唐突に現れたことを僅かに怪しみはするが、願ってもない援軍《えんぐん》だ。

そして、この状況を打破する算段があるのならば従う以外に選択肢《せんたくし》はない。

「まぁ、遅くても二分で終わるよ。なにせ、あと二分もすれば王都は吹っ飛ぶからね」

『!?』

だが、その言葉には驚愕して危《あや》うく《竜王気》の出力を落としかけた。

「いや、耐えきれないとか、あの魔法の本命の熱波があと二分で来るとかじゃなくてね。……あと二分程度で壁が熔解して、地下水脈が流れ込んでくるんだよ」

この避難所が王城地下の水源を取水して籠城《ろうじょう》できる仕組みであることは、ツァンロンも既に知っている。

それはつまり、この避難所と地下水脈は直通ということだ。

地下水脈そのものに今のフュエルが接触《せっしょく》すれば、王都の地下で超規模《ちょうきぼ》の水蒸気爆発を引き起こし……王都が読んで字のごとくひっくり返るだろう。

「正直、伝導する熱だけでもうまずい。早いところ手を打つ……彼の熱量をここから退かさないとね」

その言葉に、ツァンロンはインテグラが現れた時のことを思い出す。

あれは恐らく、短距離《たんきょり》転移魔法。ごく限られたものにしか使えないとされる、魔法の秘《ひ》奥《おう》。

それを使って、フュエルをどこかに送り込むつもりなのかと考えたが。

「ああ。動かすと言っても転移は無理だよ。私は自分しか転移できないし、距離も長くない。そもそも、あんなものを転移させようとして触《ふ》れたら先に私が燃え尽きる。だからまあ、方法はもっとシンプルで……初歩的なものさ」

そう言ってインテグラは……上方へと手をかざす。

「と言っても、少し難しい準備は必要だけどね。ああ。今までの長口上は許しておくれ」

インテグラはそう言ってモノクルをつけていない左目でウィンクをして、

「だって、これ全部《詠唱》だったのだもの——《ハイエンド・ヒート・レジスト・ウォール》、〝超多重展開《ちょうたじゅう》〟」

彼女がそう宣言した直後、インテグラとツァンロンのいる避難所には何の変化もなかったが、王城の地上部分……テレジア達のいる四階部分も含《ふく》めた直上にはメッセージを載《の》せたホログラムと、円形に囲まれた壁……筒のような結界が出現していた。

地上一階から王城の屋根すら突《つ》き破《やぶ》って空高くへと伸《の》びる筒状《とうじょう》の結界。

《詠唱》の文言が自由とはいえ、とても《詠唱》とは思えない長い《詠唱》を経《へ》た魔法。

遠距離《えんきょり》発動と多重展開で形成された数百枚もの対熱エネルギー限定海属性魔法結界。

それは工事現場の囲いのようであり、天に向けられた——煙突のようでもあった。

インテグラの思考した《超新星》への対処法は、シンプルかつ初歩的なものだ。

「さて、ツァンロン君。君は《クリムゾン・スフィア》などの火属性魔法がどのような原理で構成されるかご存知《ぞんじ》かな？」

『…………？』

「〈アーキタイプ・システム〉によってジョブスキルとして成立し、レベルを上げれば原理など知らなくとも使えてしまうが、分解すると三つの要素で構成される」

インテグラはそう言って、講義のような《詠唱》を続ける。

「魔力の熱エネルギーへの変換、不要な拡散を防ぐための制御、そして攻撃にベクトルを与《あた》える指向だ。そんなことは頭で考えなくてもジョブスキルとして使用できるが、あの【炎王】がそうしたように、仕組みを理解して手を加えれば自分で魔法を構築もできる。彼が熱量変換以外の全てを切り捨てたように」

『…………』

「オリジナルの魔法を作れるかどうかは、ジョブによって簡略化した魔法の仕組みに切り込める頭脳と才能を有しているかにかかっている。ああ、魔法職ではないが、先々代の【龍帝】はその技術が桁違《けたちが》いだったと記お……記録されているよ」

歴代の【龍帝】の中でも桁違いの怪物《かいぶつ》に少し触れながら、彼女はモノクルを押し上げ、

「そして【大賢者】《私》は――それができなきゃ始まらないし引き継げない」

――自らが手を加えた《クリムゾン・スフィア》を起動した。

「まぁ、長々と言葉を吐《は》いたが、これくらいしか打つ手はないのだけどね」

本来は火球を撃《う》ち出す魔法《まほう》の三要素から、一つの要素のみを抜き出して構築した。

制御ではない。範囲指定の制御には熱量変換よりも膨大な魔力が必要であり、魔力に勝る相手が変換のみに集中したならば、インテグラでも制御術式を加えることはできない。

だが、指向ならば話は別だ。《超新星》は一切《いっさい》の制御をなくした熱量変換のみの魔法。

言うなれば、ベクトルを持たない熱量だけが浮いているということ。

ゆえにインテグラが編んだのは《超新星》の真逆、熱量にベクトルを与えるのみの魔法。

即《すなわ》ちフュエルの発動した最終奥義《おうぎ》に対し、外部から干渉《かんしょう》して熱量にベクトルを与えて受け流そうとしている。

(逸《そ》らす先は……上しかない)

ここは地下。四方と下方のどこに撃っても地下が熔解し、地上の被害が拡大する。

そして最悪の場合、地下水脈に接触して水蒸気爆発《ばくはつ》で王都が壊滅する。

ゆえに、真上……遥か上空に熱量を放逐《ほうちく》するしかない。

熱を持った暖炉《だんろ》の煙を、煙突から空へと放出するように。

(そのために、予《あらかじ》め煙突は用意してある)

インテグラの形成した断熱結界は、上空へと逃がす《超新星》の熱量が通過する際に城内を焼かれないためのものだ。

単に上方へと放つだけでは、溢《あふ》れる熱波で城内を焼き尽くされる。

しかし彼女の断熱結界でカバーしていれば、通過の余波はやりすごせる……計算上は。

「ツァンロン君、上方への《竜王気》を他方に集中してくれたまえ。それと、私が指示したら出力をもう一段階引き上げて欲《ほ》しい。できるね？」

『……はい！』

インテグラの指示に従い、ツァンロンが《竜王気》の濃淡《のうたん》を操作する。

同時に、インテグラは上方への熱量指向魔法を起動させる。

（さて……どうなる）

遮る《さえぎ》《竜王気》がなくなり、熱量に指向性が与えられたことで《超新星》の熱量の大部分が上方へと流れていく。熱気は避難所の天井《てんじょう》の隔壁《かくへき》を熔解《ようかい》し、地上へと灼熱の熱気が到達《とう》し、インテグラが形成した断熱結界の煙突を通り、火柱が各階の天井を貫きながら空へと上昇。

熱量の解放された王都の空から、雲という雲が蒸発して消え去っていく。

まるで天変地異のような光景だが、それを為すのは化学の実験のように精密な操作であり、規模に比してむしろ静かな流れだった。

（……現時点では、成功）

現時点で誘導《ゆうどう》に問題はなく、空へと抜ける熱量の余波を吸収する断熱結界の綻《ほころ》びもない。

避難所に放射される熱量が減少したことで室内の加熱も収まり、壁の融解《ゆうかい》と地下水脈の流入もひとまずは遠のいた。

（計算上は、このままいけるはず）

しかしこの後に来る本命の爆発でも、熱量を空へと逃がすことが出来るか。

その過程で、城内の断熱結界が最後まで耐えきれるか。

そして、爆発の起点……最大の熱量となるこの地下で防ぎきれるか。

大部分を空に逃がすとしても、爆発の起点であるこの地下が最大の熱量の直撃《ちょくげき》を受ける。

彼女がこれから集中展開する断熱結界と、ツァンロンの《竜王気》で防げなければ……

空へと逃がす細工があろうと関係なく、地下水脈の水蒸気爆発でこの王都は吹き飛ぶ。

（逃がせない熱量は概算《がいさん》で全体の二割。王都を消し飛ばす熱量の二割……地下水脈の水蒸気爆発を考えると、これ以上はまずい。相手の爆発の本命……防ぎきれる？　駄目《だめ》だったら、師匠達《ししょうたち》の継いできた何もかもを私の失敗で失うことになる）

ツァンロンには悠々とした態度を見せながらも、心の声には多くの不安が混ざっていた。

緊張《きんちょう》と恐怖《きょうふ》で流した冷《ひ》や汗《あせ》が、熱気により生じた生理的な汗に混ざって頬《ほお》を流れる。

「…………！」

しかし彼女はそんな不安を、自らの頬を強く張って振《ふ》り払《はら》う。

インテグラは恐れても、それを認めない。恐怖など抱くべきではないとも知っている。

師から教わった魔法は、たかだか命と引き換えの最終奥義にすら立ち向かえないものではないと、強く信じていたいから。

「…………」

ゆえに、インテグラはその瞬間《しゅんかん》を見極《みきわ》めんとする。

爆発の瞬間に、自らの最大の断熱結界を重ねるために。

《竜王気》越《ご》しに見える《超新星》……【炎王】フュエル・ラズバーンの成れの果てである太陽は膨張を続け……その臨界まであと一分もないだろう。

己の、そして己が継いだ者達の岐路《きろ》と言うべき瞬間までの僅かな時間に、インテグラは過去を思い返す。それは先代の【大賢者】が【炎王】との決闘において、相手の十八番を奪《うば》って圧倒的《あっとうてき》な差を見せつけるような勝ち方をしたときの話。

あるいは先代の【大賢者】が火属性魔法を用いて【炎王】を倒《たお》していなければ、こんなことにはなっていなかったかもしれない。

しかしそれにはニつの理由があったのだと、今のインテグラは知っている。

一つは、【大賢者】の存在を示すため。〈マスター〉の増加が始まっていた四年前のことだ。万能《ばんのう》でありながら火属性魔法を用いてさえ火属性魔法の大家を完全に上回る。それほどに比類なき【大賢者】の力を世に見せ、後の展開に繋げること。

もう一つは、【炎王】フュエル・ラズバーンを高めるため。【炎王】であったフュエルに彼の魔法のその先を見せることで、奮起と研鑽《けんさん》を促《うなが》した。

それで心折れるならば、どの道使えないという判断もあった。

そして二つ目の目論見《もくろみ》は結果としていくらかは正しく、しかし大きく外れてしまった。

フュエル・ラズバーンは折れず、奮起し、研鑽を重ね、強くなった。

しかしイデアと混ざり、【大賢者】の計画を大きく狂《くる》わしかねない存在となってしまった。

先代も、こうなるとは予想できていなかっただろう。

（だからこそ、師匠の誤算は……今の私が正さなければならない）

先代の【大賢者】の行動に端《たん》を発し、障害となってしまった【炎王】。それを清算すべきは、師匠の全てを継いだ自分しかいないのだと……インテグラは決意している。

やがて、その時は来た。

膨張する太陽の如き炎が、チカチカと小さな発光を繰《く》り返し……臨界の予兆を報《しら》せる。

「《竜王気》を全開で、今！」

『オオォォォ!!』

インテグラの指示に応《こた》え、ツァンロンの《竜王気》が生命力までも変換《へんかん》し、限界を超えて展開される。同時に、インテグラも待機していた最大の断熱結界を起動させる。

「起動――〝百層断熱結界〟」

まるで箱のように、フュエルの四方と下方をそれぞれ二〇枚の断熱結界が囲い込む。

断熱結界が太陽を隠《かく》し、その周囲をツァンロンの《竜王気》が覆《おお》い、運命の瞬間――世界が消え去りそうなほどの輝《かがや》きが空間を満たした。

◆◆◆

■炎

生涯の最期《さいご》に、己の生まれた意味を知る者は世界にどれだけいるのだろう。

その割合はきっと数値化できない。己の命の灯火《ともしび》が消えるその瞬間に、死にゆく者が何を想《おも》うのかがそもそも余人には分からない。

何のために生まれて、何のために生きて、そしてその生涯に満足できたのか。

本人だけが己の生まれた意味を知り、……あるいは知らずに消えていく。

フュエル・ラズバーンの生涯は炎だった。炎だけに、捧《ささ》げた生涯だった。

時間も、他の生き方も、倫理《りんり》も、体さえも捧げた。

彼の人生は炎によって照らされて、炎によって燃え尽きた。

最期《さいご》には彼自身を、文字通り炎に替《か》えた。

彼も理解している。最強の炎、最強の魔法を証明するために全てを賭《と》したのだと。

だが、その意味は……結局分からなかった。

炎に捧げた彼の生涯は、何のためにあったのか。

【大賢者】に勝とうとした理由が、火属性魔法の最強を証明するためであったことは思い出した。一族の悲願、幼い頃から続けた研鑽の果て、……最強の証明のため。

だが、最強を証明する理由は……探しても見つからない。

最強の証明のために生きてきたが、その証明は何のためだったのか。

幼い頃から証明のために生きてきて、それ以外に理由が見当たらない。

——まるで、炎のようだ。

何かを燃やして、輝いて、後には燃え尽《つ》きた灰しか残らない。

意味のあるものは何も残らぬ、一時の輝きと熱量のみの生涯。

そして目指した最強さえも証明できなかったのならば、より一層に何にもならない。

骸《むくろ》さえも遺《のこ》らないこの生涯の意味は……。

「……生きてる……ね。本当に……凄《すさ》まじい魔法だったよ……」

考える脳髄《のうずい》を失いながらも自問自答する彼に、不意に賞賛のような言葉が届いた。

そのとき目も耳も肉体も失くしたフュエルであった彼が感じ取ったのは、女性の声。

その声を聴《き》くのは初めてだ。彼女が話していたとき、彼は既に耳を失くしていたから。

その声の主は……彼の炎を生き延びたインテグラだった。

インテグラは避難所だった場所にまだ立っている。

彼女のいる避難所の光景は一変していた。王城の水源である地下水脈と避難所を隔《へだ》てる壁は融解し、今は小川のように地下水が流れ込んでいる。

加熱された避難所の壁や床《ゆか》に触れて水蒸気となっているが……それは水蒸気爆発を引き起こすようなものではない。壁の融解が軽微《けいび》な範囲に止《とど》まったことと……熱源であった《超新星》が既に失われているからだ。

今は焼け石を冷やすように、赤熱した金属の壁を地下水が少しずつ冷却《れいきゃく》している。

避難所の中心付近に立つ彼女のほかに、ツァンロンもまた地下水に【龍帝】としての巨《きょ》体《たい》を横たえながら……しかし呼吸は途《と》切《ぎ》れていなかった。

王都の壊滅は避《さ》けられ、それを成した者達も生きている。

王宮も地下から最上階の天井までを貫《つらぬ》く大穴が空いてはいたが、消し飛んではいない。

つまり……【炎王】フュエル・ラズバーン最後の魔法は、その破壊力《はかいりょく》を世界に示すことなく防がれたということだ。

「〝百層断熱結界〟と歴代最高クラスの【龍帝】の《竜王気》で阻《はば》んで、おまけに師匠手製の炎熱《えんねつ》ダメージカットのアクセサリーを着けていてもこの有様だよ」

インテグラはひどい有様だった。全身に【火傷《やけど》】を負い、部分的にはより重度の傷痍《しょうい》系状態異常を患《わずら》っている。纏《まと》った衣服にも耐熱性《たいねつせい》はあったはずなのに、今は炭クズの襤褸《ぼろ》切れになり果てている。

「それに目と耳もダメだ。熱量に絞った結界で、光だの音だのは素通《すどお》しだったもの……。おかげで瞼越《まぶたご》しでも網膜《もうまく》が焼けて、鼓膜《こまく》も破れた。正直、こうして長広舌《ちょうこうぜつ》をふるっても、聞いてる者がいるのかすら定かじゃない。もしかすると死んで魂だけになっているかもしれないね。そうは言っても全身が火傷で痛いのだから、私は生きてはいるのだろうけど」

インテグラが重傷を負いながらもなお話し続けているのは、あるいは自分が生きているということを実感したいがためかもしれない。それほどに、紙一重《かみひとえ》の結果だった。

「燃《も》え尽きているかもしれないけれど一つだけ言わせてもらうよ、フュエル・ラズバーン」

もはや影も形もない彼《かれ》に、インテグラが言葉を紡《つむ》ぐ。

それは自らが負った傷への恨《うら》み言か、あるいは馬鹿《ばか》な真似《まね》をしたという侮蔑《ぶべつ》か。

彼女の口から放たれる言葉は、

「二〇〇〇年の知識を継ぐ【大賢者】の名に懸《か》けて保証する」

そのどちらでもなく、

「君の魔法は……二〇〇〇年間で最強の火属性魔法だった。こと火属性魔法において君より秀《ひい》でた者は、間違《まちが》いなくいなかったよ」

彼の魔法を……評価するだけの言葉だった。

影も形もない彼に……その魂に、確かに届く言葉だった。

「君の魔法は忘れない。全ての魔法を記憶《きおく》する私達が、絶対に忘れないさ……」

そして彼が編み出した魔法に対する言葉を受けて、彼は少しだけ己の生涯の意味を見出《みいだ》して……満足した。

——そうか。

——それなら意味は——あったのだろう。

瞬《まばた》きほどの時間が過ぎた後、そこには魂さえも残ってはいなかった。

怨念《おんねん》も未練もなく、思い残すことなどないかのように。

炎に全てを捧げた男は……燃え尽きた。

エピローグ

□王都アルテア

ライザーは頬に感じる微《かす》かな熱で目を覚ました。

ぼやけた視界を瞬かせて戻《もど》し、少しずつ目の焦点《しょうてん》を合わせていく。

そうして視界がクリアになると、彼は王都の上空から王城を見下ろしており、その王城からは膨大《ぼうだい》な熱量が空へと立ち上っている。

熱気は彼にも伝わってくるが、それは人体を害するほどではない。

「あれは……」

「あ！　ライザーさん！　目が覚めましたか！」

その声に顔を向ければ、そこには〈バビロニア戦闘《せんとう》団〉のメンバーであるラングの顔があった。そこでようやく、ライザーは自分が彼のヒポグリフの背に荷駄《にだ》のようにもたれかかっていることに気づいた。

「……あれから、どうなった？」

「ライザーさんはあの蜂《はち》人間の親玉を倒しました。そしたら街中の蜂人間も動きを止めて、俺《おれ》が空に上がるとちょうどライザーさんが落っこちてきたんでキャッチしました！」

「あの火柱は？」

「分かりません、ちょっと前に出てきはじめて……でも城の中の人達は大丈夫《だいじょうぶ》そうです」

「……そうか」

ならばひとまずは何とかなったのだろうと、ライザーは安堵した。

ほどなくして、二人を乗せたヒポグリフは地上……【レジーナ・アピス・イデア】との戦場だった噴水《ふんすい》広場に降りた。

街の様子はライザーが飛び立った時と変わりなく、被害《ひがい》も拡大していないようだった。

降下する様子が見えていたのか噴水広場に残っていた者達が彼らに近づいてくる。

「ライザーさん……ご無事……で……？」

霞《かすみ》が声を掛《か》けようとして、しかし何かに気づいて首を傾《かし》げた。

それはイオとふじのん、他の者も同様だったらしい。

「どうかしたのか？」

「ライザーさん……ですよね？」

「ああ。なぜ尋《たず》ね……ん？」

そこでようやく、ライザーは自分の頭部の違和感《いわかん》に気づいた。

両手で頭を何ヶ所か触《さわ》り、確信する。

「ああ。仮面がなくなったんだったな」

彼の最大の特徴《とくちょう》であったフルフェイスの仮面が、空中での攻防《こうぼう》によって砕《くだ》け散っており、今の彼は（アバターではあるが）素顔《すがお》の状態だった。

半世紀以上前の特撮《とくさつ》ヒーローの変身前のような顔だったが、そもそも顔の造形以前に彼の顔が見えているということに動揺《どうよう》が広がっていた。〈バビロニア戦闘団〉のメンバーでさえ動揺を隠せない。

「あれがライザーの素顔か……初めて見た」

「あいつ、顔あったのか……」

『一体自分は何だと思われていたのだろう』、とライザーは深く疑問に思った。

「ラングさんは驚《おどろ》いて……ないですね？」

空中でマスクなしのライザーを拾った張本人であるラングだけは、彼の顔にも驚いている様子がなかった。

「ああ。前にライザーさんと風呂《ふろ》入ったときに見てるからな」

「「おふろ」」

ラングの言葉に三人娘《むすめ》は声を揃《そろ》え、ライザーは『そんなこともあったな』と思い返す。

ラングと一緒《いっしょ》にカルチェラタンに赴《おもむ》いて、宿の大浴場に入ったときのことだ。

流石《さすが》に仮面をつけたまま風呂に入るほど非常識ではなかったので顔を見られている。

もっともライザーはポリシーで仮面を着け続けているだけであり、顔を隠しているのは副次的なものなので見られても気にしなかったが。

「……二人でおふろ」

「男同士の裸《はだか》の付き合い」

「ライランですね！　ごちそうさまです！」

「「ライラン？」」

ライザーとラングがイオの意味不明な言葉に首を傾げるのと、ふじのんがイオの脇腹《わきばら》にボディーブローを叩《たた》き込むのは同時だった。

「ぐえふぅ……!?　り、理不尽《りふじん》だぁ……！　ふじのんもギリギリ危ないこと言ってたのにぃ……！」

「イオは発言が直截《ちょくせつ》的すぎます」

「ううぅ……！　でもコレクションはふじのんの方がえげつな……」

「宣戦布告と受け取りました」

「あわわわ……ふ、二人とも……やめようよぉ……」

そんな彼女達《かのじょたち》のやりとりにライザーが苦笑《くしょう》していると、周囲からも笑声《しょうせい》が零《こぼ》れだす。

それは広場に集まった……〈マスター〉以外のティアンの声も含まれている。

事件の後の、穏《おだ》やかな人々の様子に……改めてライザーは思う。

「今度は……守れたか」

気絶する前に述べた言葉を……もう一度確認《かくにん》するように呟《つぶや》いた。

◆◆◆

■地下避難《ひなん》区画

フュエル・ラズバーンによる《超新星《スーパー・ノヴァ》》が王城や王都を崩壊《ほうかい》させることなく防がれた後、地下には水の流れ込む音だけが響いている。

既《すで》に避難していたエリザベート達や消え去ったフュエルはもちろん、気絶したツァンロンも、重傷の身ながら彼を抱《かか》えて地上へと移動したインテグラもいない。

壁の穴からは地下水脈が少しずつ避難区画全体へと流れてゆき、《超新星》の熱によって融解した天井の大穴からは数十メテルを経て地上の陽光が少しだけ入り込んでいる。

そんな空間に……全身を包帯で包んだ一人の女性の姿が現れた。

「寸前。もう少しで次のプランまで崩《くず》れるところでした」

腰《こし》下までを地下水に浸《ひた》しながら、ゼタはそう呟いた。

フュエル……彼女にとってはラ・クリマの改人である【イグニス・イデア】の暴走。それによってクラウディアから請《う》け負《お》ったプランCまで崩れるところだった、と。

「…………」

内心で、ラ・クリマの手腕《しゅわん》に疑問を抱《いだ》きもする。

今回投入された改人は量産型である【アピス・イデア】以外は、改造の素体となるティアンの人格を残したまま改造されている。それはティアンとしての戦闘経験をフル活用するには良い手法だ。スタンドアローンでの行動力から見ても極《きわ》めて重要となる。

ラ・クリマは人格を残さないタイプも作れるが、そちらはラ・クリマ自身や【レジーナ・アピス・イデア】のような司令塔《しれいとう》がいなければまともに機能しないからだ。

人員の補強が難しい〈IF〉にとって、改人は重要な戦力だ。一時的な戦力ならばローガンの悪魔召喚《あくましょうかん》で代用できるが、今後増えるであろう盤面《ばんめん》に対して動かす駒《こま》が不足する。

しかし今回のように制御《せいぎょ》不能になるのであれば、デメリットが勝るのではないかとゼタは考えた。【イグニス・イデア】のように、『強化した分の魔力《まりょく》で作戦も何もかも関係なく自爆《じばく》する』などということが頻発《ひんぱつ》すれば問題しか残らない。

（それについて、ラ・クリマにレポートを出す必要がありますね）

問題を起こした【イグニス・イデア】にしても、改造された上で自我《じが》があったからこそ、これほどの魔法を編み出した。改人の製造においてメリットとデメリットの天秤《てんびん》は非常に危ういところにある。

もっとも、そのメリットとデメリットの天秤のどちらの皿にも……『ティアンが素材である』という事柄《ことがら》は載せられていなかったが。

「移行。さて、プランCの下準備に移行しましょう」

彼女は水で満たされつつある避難区画の中を、壁に空いた穴に向かって歩いていく。

懐《ふところ》から鯨《くじら》を模した白いアクセサリーを取り出しながら、流れ込んでくる地下水を見る。

「……豊富。それにしても、本当に水と空気が豊富ですね」

壁から流れ込み、自身の下半身を浸す地下水に触れながら、ゼタはそう呟いた。

かつて、彼女が所属していたグランバロアに初めて降り立ったときにも述べた言葉だ。

リアルの彼女にしてみれば、水浴びできるほどの水など望むべくもない。

最初にあの国を選んだのも、それが理由だった。

「…………妬《ねた》ましい」

それゆえか、少しだけ本心が漏《も》れた。水と空気がいくらでもある〈Infinite Dendrogram〉を妬ましく、憎《にく》たらしく感じた彼女の本心。

それは、持たざるがゆえの妬ましさと憎らしさ。彼女にとっての〈Infinite Dendrogram〉とは、現実逃避《とうひ》に……現実からの避難に過ぎないのだと誰《だれ》よりも彼女が知っている。

そして同時に、彼女が避難できるからこそ、ここがただのゲームではありえないとも理解している。

「…………」

ゼタは、ゆっくりと頭上を仰《あお》ぐ。天井に遮られて空など見えない。

しかし彼女の心には天井の先にある空と、そのさらに向こう側が見えていた。

「……こちらには……手の届かない世界に手を伸ばした人々はいなかったのでしょうね」

ゼタは誰にも届かない言葉を漏らして、

不意に――――その視界を喪失《そうしつ》した。

星のない夜のような漆黒《しっこく》の中に放《ほう》り込まれ、前後や上下すら定かではない。

（これは？）

目を見開いても何も映らない闇。咄嗟《とっさ》にウラノスで圧縮空気の防壁《ぼうへき》を展開しようとしたが、それよりも早くに軽い衝撃《しょうげき》が彼女の体を揺らす。

同時に暗黒が消えてなくなり、彼女の視界が戻る。

そして彼女が自分の体を見下ろすと、彼女の胸の間から異形の腕《うで》が伸び……彼女の心臓を掴《つか》みだしていた。

一瞬《いっしゅん》、自らが葬《ほうむ》った迅羽を思《おも》い浮《う》かべるが、これは違《ちが》う。

金属でできたあの義手と違い、この黒い腕は生物的なものだ。

振り向くよりも先にウラノスの圧縮空気弾《くうきだん》で後方へと攻撃《こうげき》を仕《し》掛けるが、黒い腕の持ち主は彼女の心臓を握《にぎ》ったまま腕を引き抜《ぬ》いて一瞬で距離を取った。

心臓を失ったゼタは倒れかけるが、空気をコントロールして自らの体を支える。

しかし受けた傷は致命《ちめい》のもの。不意の一撃《いちげき》であり、加えて【ブローチ】を迅羽に砕かれていたために防ぐこともできなかった。

そして自らに致命傷《ちめいしょう》を与えた相手の姿を見る。

「……ウェスペル、ティリオー……」

それはイデア分体の反応がロストしたために死亡したと思われていた【ウェスペルティリオー・イデア】……モーター・コルタナだった。

ゼタの視界を奪ったのは、ラ・クリマが彼に与えた《暗黒結界》によるもの。

しかしそれはおかしい。改造された体を繋ぎ止《と》めるイデア分体は、既にない。

だというのに、モーターの体は繋がりを保っている。

否、イデア分体に繋がれていた時より、生物としてより洗練された造形だ。

日本のコミックに描《えが》かれた……人に悪魔《あくま》が宿った男のようなその姿。

今の身ごなしと、彼女に一切気づかれずに心臓を奪い去った手腕。

明らかに、それまでのモーターとは別物だった。

「…………」

HPが尽き、コントロールも限界となったゼタは水の中に倒れ、沈《しず》み込む。

ゼタのアバターが水中で消えゆく中で、彼女は考えた。

……やはりラ・クリマには文句を言わなければならない、と。

◇◆

『…………』

ゼタの姿が水中で消えてなくなるのを見届けた。

消失が光学迷彩《めいさい》の類による偽装《ぎそう》でないことも、音により確認《かくにん》もした。

それから、モーターは口を開かずに言葉を述べる。

『俺だ。元の飼い主は始末した』

『……そう。じゃあ、また用事があったら呼ぶから、しばらくは王都で待機していて』

『……ああ』

今この場にはいない自分の新しい飼い主である少女とそんな会話を交《か》わし、モーターは念話を切った。

そう、今の彼は少女……テレジアによって生かされている。

あの時、テレジアに選択《せんたく》を迫《せま》られて……モーターはまた生きることを選んだ。

生きていればそこで終わる以上に最悪なことになる可能性もあった。

しかしそれでも、モーターは思ったのだ。

『自分の人生を、ここで終わらせたくない。俺はまだ何もしちゃいない』、と。

彼は、【炎王】とは違った。生涯《しょうがい》の意味のために死んだ男と違い、自分の生涯の意味にまだ納得《なっとく》も満足もしていなかったから生きることを選んだのだ。

彼はイデア分体の代わりに【邪神《ジ・イーヴィル》】の《眷属変性《けんぞく》》を受け入れ、生まれ変わった。

今の彼は人ではなく、モンスターとも違う存在。

人でなくなったゆえに全《すべ》てのジョブ……超級職《ちょうきゅうしょく》【奇襲王《きしゅう》】すら彼から離《はな》れていったが、
しかし同じだけの力はまだその体に残っている。

改造で得た力を上回る、眷属の力。

しかし彼は力を気に入るつもりも、力に溺《おぼ》れるつもりもなかった。

今の彼が考えることは、たった一つ。

「…………今度の選択は間違えてない、よな?」

人間を辞《や》めて改人となり、それすらやめて【邪神】の眷属となった男は、心の底からの思いと共にそう呟いた。

◇◇◇

□王城・医務室

王城の一階には、大量の薬品を備蓄《びちく》した医務室がある。

西方の戦乱や【邪神】の争乱の直後に建造された城であるがゆえに、いざという時のための籠城《ろうじょう》の備えは整っていた。

襲撃《しゅうげき》によって王城の設備の大半が破《は》壊《かい》されたが、この医務室は魔力を用いた設備が薬品保管庫程度だったため、被害を受けずに無事なまま残っている。

「…………」

その医務室に、リリアーナは立っていた。

リリアーナの周りには数多くの棺《ひつぎ》が置かれ、それぞれ一人ずつ人間が入っている。

それはまるで死者を収めているようだったが、棺の中身は【劣化快癒万能霊薬《レッサー・エリクシル》】などの薬液で満たされ、テオドールをはじめとした十数人の【聖騎士《パラディン》】がその中に安置されている。

彼らはまだ生きているが、しかし全員がこの棺から出ることはできない。

彼らは、【アラーネア・イデア】と相対した【聖騎士】達だ。

彼らの奮闘《ふんとう》により【アラーネア】は撃破《げきは》されたが、その代償《だいしょう》も大きかった。【アラーネア】の放った猛毒《もうどく》と末期の瞬間に体内から溢れ出した大量の毒物に体を汚《お》染《せん》されたのだ。

一過性の毒でなく、大量の毒物を摂取《せっしゅ》したために体細胞《たいさいぼう》が変異してしまっているのである。毒を経て、薬だけでは治らない重篤《じゅうとく》な病に至ってしまった形だ。

ゆえに今は【劣化快癒万能霊薬】で満たした棺によって病状の進行を抑《おさ》え、睡眠魔《すいみんま》法《ほう》の使用で意識を断《た》つことで痛みを抑えている。(魔法を使うのは、睡眠薬《すいみんやく》では【劣化快癒万能霊薬】と反発して投与《とうよ》できないためである)

リリアーナはそんな部下達の……仲間達の姿を一人見ていた。

そんな彼女《かのじょ》の肩《かた》を、後ろから誰かがポンと叩いた。

「暗い顔をしているじゃないか。リリアーナは顔立ちが良いから憂《うれ》い顔《がお》も似合うけれど、ここだとまるで出棺《しゅっかん》直前みたいに見えるからもうちょっと明るくしたまえよ」

そんな笑えない冗談《じょうだん》を言い放った人物は……。

「インテグラ……！」

「お久しぶり。私が見聞を広める旅に出て以来だから……二年ぶり？」

「もうそんなになるのね……」

リリアーナの幼馴染《おさななじみ》であり、友人でもある【大賢者】インテグラだった。

「……地下でのこと、ありがとう。あなたなんでしょう？ 一階に撒《ま》かれた毒物の処理も」

「うん。少し前に王都に戻ってきたけれど、地下に異常な魔力を感知してね。出向いたら自爆寸前の【炎王】がいたのだもの。何とかしなきゃって焦《あせ》ったよ。毒物もついでにね」

近衛騎士団《きしだん》が毒物に呑《の》まれた後、インテグラが彼らの下を訪《おとず》れて毒物を除き、彼らを救命していた。それはまるで『戦闘を開始から終了《しゅうりょう》まで監視《かんし》した上で事後処理に現れた』ようなタイミングだったが、そのことを怪《あや》しむ人物は誰もいなかった。

また、地下での《超新星》の爆発《ばくはつ》で彼女も重傷を負ったはずだが、今は目立つような傷はほとんどない。彼女自身の回復魔法《まほう》や手持ちの希少アイテムで大半は回復していた。

「話を戻すけどそんなに憂い顔な理由はやっぱりここで眠《ねむ》る彼らのことかな?」

「……そうよ。私、今回も……何も出来なかったから……」

「ふぅん? はぐれたテレジア殿下《でんか》を捜《さが》していたって聞いたけど?」

「ええ。けれど、仲間達が死線を潜《くぐ》っている間に、彼らの今の指揮官である私だけが……戦うこともなくこの危難を終えてしまった。だから……」

「優先すべきものを優先した結果だから、仕方ないと思うけれどね」

そう言って友人を慰《なぐさ》めつつ、インテグラは内心で思う。

(……実際にはリリアーナの捜索《そうさく》も保護もあれにはいい不要だっただろうけど)

インテグラはテレジアが【邪神】だと知っている。ドーマウスが〝化身《けしん》〟に連なるものだとあたりもつけている。かつて、【破壊王《シユウ》】と【犯罪王《ゼクス》】が関《かか》わったテレジアの誘拐《ゆうかい》事件で、先代の【大賢者】がその事実を確認しているからだ。

(これまでに〝化身〟が【邪神】を邪魔者《じやまもの》として消してきたのは記録から明白。そして今はもうティアンを誘導しても殺せなくなったから、保護して完成を遅《おく》らせようとしている。

実際、戦闘系超級職でも単騎《たんき》なら余裕《よゆう》で返り討《う》ちだった）

まるでモーターとの交戦も監視していたかのように、インテグラは思考する。

（唯一《ゆいいつ》危なかったのは、【炎王】の最終奥義《おうぎ》だけ。あの爆発で殺しきれると判断したなら、どう行動するか読めなかった）

実際、テレジアを連れた〝化身〟は城から退避《たいひ》することも、【炎王】を止めることもしていない。それを危険だと判断したからこそ、インテグラは地下に降りたのだ。

（あの後も向こうからのアプローチはなし。最終奥義を止めているときに妨害《ぼうがい》もなかった。『どうしてもここで【邪神】を消しておきたい』という訳ではなくて、『可能なら消したかった』ということ？　……分からないな。二〇〇〇年分も行動記録があるのに、未《いま》だに理解しきれない。……外来種を理解できると思わないけれど）

どこか剣呑《けんのん》な思考を打ち切って、インテグラはリリアーナとの会話に戻る。

長い思考であったが、実時間では一秒すら経っていない。高速思考はインテグラに限らず超一流魔法職《ちょういちりゅうまほう》の基本技術。

そんな彼女の高速思考に気づく様子もなく、リリアーナは悩《なや》みを吐露《とろ》した。

「私は……ずっと一人では誰も助けられない。……私も含《ふく》めて助けられてばかりだから」

「まぁ、いいじゃないか。幸いにして、ここにいる彼らはまだ生きているのだから。アルティミア……陛下に同行しているっていう噂《うわさ》の【女教皇《扶桑月夜》】が王都に戻ってくれば、彼女の回復魔法で治るだろうさ」

「そうね……。それは……本当に救いだわ」

友人を励《はげ》ましながらも、内心で少しだけ穏やかでない気持ちがインテグラにはあった。

〈〈マスター〉と同行、か。先王と違って、アルティミアは師匠《ししょう》に思考方針を刷り込まれていない。先王からの影響《えいきょう》があっても、彼女の出した結論は違うってことだね〉

どちらにせよ、既に王国が共同戦線を張っているならばそれに異を唱える気はない。

共に〈マスター〉と合力した王国と皇国の間の問題を静観しつつ、〝化身〟の動きを見ることに決めた。

〈〈マスター〉からも情報を得た方がいいかな。だとすると対象は〈超級《スペリオル》〉と呼ばれる最上位グループか。あるいはアルティミアの方針転換《てんかん》の起点となった……〉

今後の行動方針を頭の片隅《かたすみ》で思考しながら、横目でリリアーナの表情を見上げる。

インテグラなりに本心で慰めたのだが、彼女の後悔《こうかい》や憂いは払拭《ふっしょく》されていないことが表情を見ればよく分かる。

それは現状を悲しむものであるが、根底にあるのは彼女が抱く自身の弱さへの怒《いか》りだ。

ずっと前から積み重なったもの。守るべきアルティミアよりも彼女は弱く、今回やこれまで王国で起きた事件の解決にほとんど寄与《きよ》できない程度の力しかない。

それらを総合した結果、リリアーナは表情を曇《くも》らせている。

そうした事が分かる程度には、インテグラは彼女やアルティミアと親友だった。

同時に、『本質的な立ち位置の違い』ゆえに少しの後ろめたさもある。

「リリアーナが戦えなかったことを悔《く》やむなら、私に助力できることは何もないよ。けれど力のなさを悔やむなら、助力できることはある」

「え？」

だからこそ、インテグラは私的な気持ちから……リリアーナにそんな話を切り出した。

「私が手に入れた知識の中に、君が強くなるための手段がある。リリアーナがそれを実践《じっせん》できるなら、確実に強くなれる」

奇《く》しくもその提案は、心が折れそうなときにリリアーナ自身が考えていたことだった。

「それは……？」

背丈《せたけ》の違う親友の両目を見上げながら、インテグラは言葉を続ける。

「――【天騎士《ナイト・オブ・セレスティアル》】、目指《めざ》してみるかい？」

かつてリリアーナの父が就《つ》いた超級職の名を、インテグラは口にした。

◇◇◇

□王城・貴賓室《きひんしつ》

ツァンロンが目を覚ましたのは、天蓋《てんがい》付きの寝台《しんだい》の上だった。

体を起こそうとして、左手にだけ僅《わず》かな重みを覚える。

動いた右手を見ると、人の体に戻っていた。

それから重みを感じた左手を見ると、

「……スゥ、スゥ……」

そこには彼の左手を両手で握ったまま眠りに落ちているエリザベートの姿があった。

室内の窓から外を見れば、既に日も落ちて暗くなっていた。地下での戦いから数時間は経っている。その間、エリザベートは寝台に眠る彼の手を握り続けていたのだろう。

ツァンロンが部屋の外の気配を探《さぐ》れば、扉《とびら》の向こうには騎士らしき気配があった。

今ここにエリザベートしかいないのは、彼女自身がそう頼《たの》んだからである。

「…………」

地下での爆発の最中に気を失って、気がつけば今になっている。

確かなのは……ツァンロンとエリザベートは共に生きているということ。

ツァンロンは静かに身を起こし、エリザベートの頭へと右手を伸《の》ばし……少し悩んで
……その髪《かみ》を撫《な》でた。

「むにゃ……」

エリザベートは体をよじるが、でもどこか穏やかな寝顔《ねがお》で眠り続けた。

「色々なことがあって、疲《つか》れてしまったんですね……」

地下でのこと、そして今回の襲撃そのもののこと。不明な点は多い。

けれど自分と彼女が生き残っている幸福を今は喜びたい、……と。

「……目が覚めたら、話をしましょう。話さなければならないことも、話したいことも、
沢山《たくさん》……ありますから」

そうして、ツァンロンは優《やさ》しくエリザベートの髪を撫でた。

ツァンロンが目を覚まして少しの時間が経った頃《ころ》、ノックの音が室内に響《ひび》いた。

控《ひか》えめで小さな音だったので、エリザベートが目を覚ますことはない。

「どうぞ」

ツァンロンがそう言うと扉が開き……巨大《きょだい》な齧歯《げっし》類《るい》が顔をのぞかせた。

「おじゃまします」

巨大な齧歯類……ドーマウスがのそのそと室内に入ると共に、その背に乗ったテレジアが姉を起こさないように小さな声で挨拶《あいさつ》した。

「テレジア殿下？」

ツァンロンは、何故《なぜ》テレジアがここを訪れたのかを考えた。自分の見舞《みま》いならば時間が遅《おそ》いため、姉であるエリザベートを迎《むか》えに来たのだろうかと予想したとき……。

「おちゃかいでは、せきをはずしてごめんなさい」

「え？　……ああ」

唐突《とうとつ》なテレジアの言葉に、そういえば今日は元々お茶会だったとツァンロンは思い出す。

あのお茶会は黄河に嫁《とつ》ぐ決意を固めたエリザベートが、テレジアとツァンロンを会わせるためのものだった。

テレジアに、己《おのれ》が生涯を共にすると決めた相手を教えるために。

ツァンロンに、己の愛する家族を教えるために。結局二人はお茶会ではほとんど話せず、その後にあの大事件が起きてからはバラバラだった。

事件が終息して、ようやく再び顔を合わせた形だ。

「ドー」

彼女が一言だけ述べると、テレジアを乗せていたドーマウスが彼女を下ろし、ドアの外へと歩き去っていく。

二人と眠るエリザベートだけになって……沈黙《ちんもく》が短いようで長い時間を満たす。

「…………」

ツァンロンはテレジアに問いかけず、彼女の言葉を待っていた。

テレジアは、暫《しば》しツァンロンと視線を交わした後……その視線をツァンロンの左手を握りしめたまま眠る姉へと移す。

それから先刻のツァンロンのように、姉の髪をそっと撫でて……。

「ねえさんを……まもってあげて」

ゆっくりと、短い言葉で……それだけを伝えた。

「…………」

それはきっと、感情の見えづらい彼女が本心から発した言葉だった。

彼女はこれを言うために、ここまでやってきたのだ。

あるいはお茶会の間もずっと……この言葉を言う機会を……己の覚悟《かくご》を決めようとしていたのだろう。

なぜならそれは、別れの言葉だから。

もう自分の手の届かないところへ行く姉を、誰かに託《たく》す言葉だったから。
ツァンロンは、それを察した。
「……必ず、守ります」
だからツァンロンも……己の心の全てで誓《ちか》いを立てた。
何があろうとも、誰が相手でも、必ずエリザベートを守り抜いてみせると。
そうしてツァンロンとテレジアは……【龍帝】と【邪神】は約束を交わした。

◆◆◆

■〝監獄《かんごく》〟・喫茶店《きっさてん》〈ダイス〉

その日の〈ダイス〉には、結局一人の客も姿を見せなかった。
少し前から店外から声すらも聞こえない。
外界の喧騒《けんそう》と無縁《むえん》の〝監獄〟の中でも、特に何事もないただの一日だった。
テーブルに突《つ》っ伏《ぷ》しながらペラペラと紙の資料をめくるガーベラはぼんやり考える。
口には出さないが、今日はオーナー……ゼクスの様子も少しおかしかった。

(ラスボスの話を口にしてから、穏やかで掴みづらかった雰囲気《ふんいき》が……なんだろう……でっかい猛獣《もうじゅう》がシャッシャと爪研《つめと》ぐみたいな雰囲気に変わった？ ……まぁ、私にもちょっとしか分かんないけどー……)

少なくとも、いつものゼクスとは違うのは確かだと、ガーベラは考えた。

(そんなのが分かるようになってきてる私も変よねー……。あ、逆だわ。私なんかにも分かるくらい剣呑だから……今日は来客がないのねー)

「なるほどなるほど」と自分の推測に頷《うなず》きながら、ガーベラは資料めくりを再開する。

それは〈IF〉の他《ほか》のメンバーからリアルで送られてきたデータを、内容を記憶《きおく》したゼクスがガーベラのために手書きで書き写したものだ。

ちなみにガーベラのリアルにもメールを送ればそんな手間は不要なのだが、ガーベラがリアルの連絡先《れんらくさき》をメンバーに教えていないので送れなかったのである。デンドロ内はともかく、リアルではそこそこネットリテラシーが高めなキクコ《ガーベラ》である。

(まぁ、デンドロ内で犯罪行為《こうい》しまくってるメンバーにリアルのアドレスとか教えられないものねー……人のこと言えた義理じゃないけどー)

暇《ひま》すぎるためかいつもよりさらにテンションが低くなっている状態で、ガーベラは資料を読み進める。

「ふーん。【イグニス】に【アラーネア】、【ウェスペルティリオー】に【レジーナ・アピス】……ねー。なんか悪役って感じだわ」

彼女が読んでいたのは本日ゼタの手で行われているはずの王都襲撃計画と、それに投入された改人の情報である。

(やってることもワルだわー……。喫茶店《こ こ》にいると忘れそうだけど、やっぱり私達《たち》って結構な悪の組織よねー……)

ガーベラがそんなことを考えていると、カランカランというベルの音と共に〈ダイス〉の扉が開いた。

「いらっしゃい。おや、お久しぶりですね」

「ヤッフ～♪　みんなの人気者、GODの入店なのネ♪」

砂糖菓子《かし》に蜂蜜《はちみつ》と果糖と人工甘味料《かんみりょう》をかけたような、聞くだけで頭蓋骨《ずがいこつ》が溶《と》けそうな声が店内に響く。

入店してきた人物は、これ見よがしにフリルと小さなぬいぐるみのついたデコレーションケーキのようなドレスを揺《ゆ》らしながら店内を歩き、カウンター席に座《すわ》る。

「ゼッちゃんにガッちゃん♪　お久しぶり♪　あ、キャラメル・マキアート注文なのネ♪」

衣服と合いすぎている甘々しくも痛々しい声で、ゼクスとガーベラを愛称《あいしょう》で呼ぶ。また、注文内容もゼクスがリアルのコーヒーショップを参考に作った甘《あま》ったるい飲み物だ。

「ゲッ……キャ、ン、デ、ィ」

数段テンションの下がった疲れ顔で、ガーベラは相手の名を呼んだ。

「相変わらず……きしょいわ」

「あ～！　ガッちゃんってばひどーい！　そういうこと言うとプンプンだぞ♪」

「そのノリ、今の私にはきついわ……」

冗談《じょうだん》抜きで吐《は》きそうな顔と気分になりながら、ガーベラは相手の顔を見る。

〝監獄〟で知り合った相手であり、これまで数えるほどしか会っていない相手だが……その数回を決して忘れられない程度には印象の強すぎる相手だ。

（……こいつ、またメイクがレベルアップしたわね。頭の可笑《おか》しい格好と声音《こわね》はともかく美少女に見えるわ……）

内心で遺憾《いかん》ながらもその容姿を褒《ほ》めた後、ボソリと呟いた。

「……男、な、の、に」

「チッチッチ♪　甘いのネ、キャンディちゃんは性別を超越《ちょうえつ》したＧＯＤなのネ♪」

ガーベラの指摘《してき》に対して、一切堪《いっさいこた》えてないようにそう返した。

彼の名は――キャンディ・カーネイジ。装いと顔は少女にしか見えないが、アバターもリアルもれっきとした男であるとガーベラは聞いている。

同時に、彼についてこの容姿と性格以上に重要な点も……よく知っている。

「GODがGODになれるこのデンドロだからちょっとの不敬は許すけど、不敬すぎるとガッちゃんも滅《ほろ》ぼしちゃうゾ♪」

「………分かってるわよ」

冗談めかして言われたその言葉が、一切《いっさい》の洒落《しゃれ》が混ざっていない宣告であると……ガーベラでも察せられる。

なぜなら彼は、既にそれをやっている。

彼こそ、この〝監獄〟に収監《しゅうかん》された〈超級〉の一人。

最大最悪の広域殲滅《せんめつ》・制圧型。

都市国家を滅ぼし、一〇万のティアンを殺戮《さつりく》し、【勇者《ヒーロー》】をも殺した男。

〝ティアン最多殺人者〟。〝国絶やし〟。

――【疫病王《キング・オブ・プレイグ》】キャンディ・カーネイジ。

「………」

自分が勝てない類の相手だと、ガーベラは知っている。

あるいはここまで接近した今ならば殺せるかもしれないが、本当に戦闘《せんとう》状態に入ったキヤンディは災害以外の何物でもない。

（オーナーとハンニャさんはよくこいつをシメられたわね……。あと〈超級殺し〉も……。デンドロって相性《あいしょう》ゲーよねー……それとリアルチート&クレイジー）

ガーベラは力量差と相性差と実力差を感じて凹《へこ》み、また机に突っ伏した。

「……そういえばキャンディ。あんたが外に出たにしては、街が静かね」

ガーベラは〈神造ダンジョン〉で一度、街で二度キャンディに会っている。〈ダンジョンでは顔も合わせないうちにデスペナルティになったが）

しかしこれまでにキャンディが街に出てきたときは、〝監獄〟の住人達が逃《に》げ惑《まど》うのが常だった。それこそ災害から逃げ惑うようにパニックになる。

ゆえに『今日はずっと静かだったから変ねー』とガーベラは思ったのだが……。

「お外の連中ならぶっ殺したのネ♪　無知蒙昧《むちもうまい》がキャンディちゃんのGOD衣装を笑ったから～、ちょっと頭がプチってして〝監獄〟の街もペチってしたのネ♪」

「…………さっきから輪をかけて静かだと思ったら」

そう言いながら『……あー、こいつパワーアップしてるわー。逃げる隙《すき》も与《あた》えないくらい速攻《そっこう》で感染拡大してぶっ殺してるわー』と、ガーベラは気怠《けだる》い気持ちがさらに増した。

「でもでも！　ちゃんとこのお店は圏外《けんがい》に設定してたのネ！　褒めて♪」

「あー、はいはい。えらいえらい」

「二倍褒められたからさっきの不敬も許すゾ♪」

（……許してなかったんじゃない、あぶなっ）

〝監獄〟の住人の中でもキャンディの扱《あつか》いはとりわけ難しいとガーベラは知っている。

恐《おそ》れられてはいても懐が広く対応も柔《やわ》らかいゼクスは問題ない。

カップルやフィガロの悪口など地雷《じらい》を踏《ふ》まなければ優しいハンニャも問題ない。

近づけば問答無用だが、定点で動かないので近づかなければいいフウタも問題ない。

だが、このキャンディだけは扱いが意味不明。気まぐれに街にも出てくるし、近づいてくるし、どこに怒りのポイントがあるのかも定かではないし、やるときはやりすぎる。

（一番面倒《めんどう》で、本当は関わり合いになりたくないのよねー……）

しかし無視すると確実に不興を買うので、ガーベラも対応するしかない。

『今日はもうログアウトしようかしら……』とガーベラが真剣《しんけん》に考えていると、ゼクスが注文されたキャラメル・マキアートを差し出しながら、キャンディに話しかける。

「それでキャンディさん。今日はどうなさったんですか？」

「そうそう！　今日は朗報があるのネ♪」

「朗報というと……ああ、終わったんですね」

「ちゅるちゅる……よく聞いてくれたのネ！」

キャラメル・マキアートをストローで啜《すす》ってから、キャンディは胸を張った。

「ついに、ついにやったのネ！　キャンディちゃんの【災菌兵器】討伐《とうばつ》……完了《かんりょう》なのネ♪」

「それはいいですね」

キャンディの言葉の意味は……恐ろしく大きい。

〝監獄〟には〈神造ダンジョン〉があるが、その中でも特殊《とくしゅ》な区画に……一体の〈ＵＢＭ〉が封《ふう》じ込められていた。

【災菌兵器】と銘打《めいう》たれたその〈ＵＢＭ〉は神話級すら超越し、レベル一〇〇をオーバーした〈イレギュラー〉だった。これまでに数多《あまた》の〈マスター〉がそれを討伐して特典武具を得ようとしたが、誰一人太刀打《だれひとりたちう》ちすらできずに滅ぼされた。

キャンディもまた【災菌兵器】に挑戦《ちょうせん》し、そして最も多く敗れた〈マスター〉である。

しかしキャンディは、自分ならばいつかは倒《たお》せる、と確信していた。

そうして彼は挑《いど》み続け、今日になってその決着がついた。キャンディはこの〝監獄〟において、〈イレギュラー〉の単独討伐を成《な》し遂《と》げたのである。

「苦節……どのくらいか忘れちゃったけどネ♪」

「……あー、今度は素直《すなお》に褒めるわ。すごいわね」

「これで大手を振《ふ》って……かはともかく〝監獄〟を出てもいいのネ♪　だから……」

キャンディは咲《さ》き過ぎた花のような笑顔《えがお》でそう言ってから、

「――ようやく趣味《しゅみ》が悪い黒尽《ず》くめの殺し屋をぶっ殺しにいけるのネ」

初めて笑《え》みではなく怒りの形相でそう宣言した。

（……思いっきり根に持ってたのね、ＰＫされたこと）

ガーベラ自身もルークに対する恨《うら》みというか、敵対心というか、リベンジ精神は持ち続けているので、そこは少しだけ共感した。

「でも趣味が悪いって、〈超級殺し〉もあんたに言われたくないでしょうに……」

「女なのに男装している時点で趣味合わないのネ」

ガーベラは『それ同族嫌悪《けんお》じゃないの？』と内心で思ったが、口には出さなかった。

「良い機会ですね」

キャンディの報告を聞いて、ゼクスは頷いた。

「キャンディさんの用事も済みましたし、ガーベラさんの仕上がりも上々です。それでキャンディさん。以前お話ししたことですが……」

「オッケーなのネ♪　ちょっとリベンジ延びるけど、一年は〈ＩＦ〉のお世話になるのネ」

キャンディの発言に、ガーベラが『私それ聞いてない』とか『マジで？』という顔をするが、ゼクスとキャンディはそれに気づく様子はない。

「それは良かった。……本当はフウタくんにも加わってほしかったところですが、彼は彼の道を行くでしょうからね」

「でも、本当にできる?」

「ええ。以前のハンニャさんの試行からすればこれまでも七割。そして今はガーベラさんのお陰《かげ》で確実に成功します」

「え? え?」

理解できぬまま進んでいる話の中で、何事かの決定打に据《す》えられているガーベラの疑問符《ふ》は本日最大となる。

しかしそんな彼女をおいて、ゼクスは最も決定的な言葉を口にする。

「そろそろ――この〝監獄〟から脱獄《だつごく》しましょう」

――犯罪者の王は、仮初《かりそめ》の宿から出ると宣言した。

トータルエピローグ 彼と彼女、そして……

□【聖騎士】レイ・スターリング

デスペナルティが明けてログインした場所は、初めてデスペナルティから戻《もど》ってきた時と同じあの大噴水《だいふんすい》だった。

あの日との違《ちが》いは、まだ日が高いことと……もう一つ。

「ネメシス……」

ネメシスが、紋章《もんしょう》から出てこない。

その理由は……俺《おれ》にも分かる。

【獣王《ベヘモット》】との戦いの最後の瞬間《しゅんかん》、俺はネメシスに俺自身を貫《つらぬ》かせたからだ。

ネメシスの性格は、分かっている。

俺のすることにいつもついて来てくれるが、同時に俺よりも俺を心配してくれている。

そんなネメシスに、『俺を貫け』と頼んだ。

彼女にとってどれほどのことかを……考えなかったわけではない。

「ごめんな……ネメシス」

『……ん』

紋章に呼びかけた俺の言葉に、ネメシスは頷くような声で応じた。

あの日のような、『要《い》らん』ではなかった。

やはり俺は、彼女に謝《あやま》らねばならないだけのことをしたのだと実感する。

「……悪かった」

『それでも……御主《おぬし》は望む可能性を掴《つか》むために、手段は選ばんのだろう……？』

「……ああ」

聞こえてきたネメシスの言葉に、嘘偽《うそいつわ》りのない本心で答えた。

『なら、仕方ない。それがレイであり、そんなレイを助けるのが私なのだから』

ネメシスはそう言って、紋章から外に出てきた。

その目は……少しだけ赤かった。

「御主はいつも無茶《むちゃ》をするし、自分の身も顧《かえり》みない。御主はいつもボロボロだ。……ビースリーから貰《もら》った鎧《よろい》もなくなってしまったではないか」

「そうだな……先輩《せんぱい》にも謝らないと」

先輩から譲《ゆず》ってもらった鎧は、【獣王】の攻撃《こうげき》で完全に壊《こわ》れてしまった。街にいる間は普段着《ふだんぎ》を着ているので問題ないが、近々また装備を替《か》えなければならないだろう。

「しかしな、レイ」

ネメシスは俺に背を向けて、

「御主がそうしてボロボロになったからこそ、守れたものもあるのだろう。だったらきっと、あの戦いで御主の望みを聞いた私の苦悩《くのう》も……同じように無駄《むだ》ではなかったのだ」

「ネメシス……」

背を向けたネメシスの表情は俺には見えない。見せないように、背を向けたのだろう。

そんなネメシスに、俺は何と言おうか悩んで……二つの言葉を発する。

「ネメシス」

一つの言葉は、彼女の名前。呼びかけに、彼女は振り返らないままに応《こた》える。

「……何だ？」

もう一つの言葉は、彼女に伝えたい言葉。

それは『ごめん』ではなく、『ありがとう』でもない。

どこかに掻《か》き消えてしまいそうな彼女の小さな背中に向けて、俺の口から出た言葉は、

「──俺と一緒《いっしょ》にいてくれ」

……放たずにはいられなかったその一言。

「…………」

ネメシスは振り返らない。俺に背を向けたまま、微動《びどう》だにしない。

いや、少しだけ……震《ふる》えている。

「……わ、私は、御主の〈エンブリオ〉なのだから……一緒に決まっているではないか……」

「〈エンブリオ〉だからじゃない。俺から生まれた存在だからじゃない。俺は、ネメシスがネメシスだから……傍《そば》にいて欲《ほ》しいと思ってる」

〈エンブリオ〉というシステムによるものではなく、一人の人格として……彼女に一緒にいて欲しいと思った。

誰《だれ》よりも俺を理解して、共に歩んでくれている彼女に。

「……フフフ、当然だ！　私は、最高の〈エンブリオ〉だからな！」

「ああ、ネメシスが最高だ」

「…………‼」

彼女の言葉に本心からそう応じると、彼女は固まったように動かなくなった。

「ネメシス？」

「な、何でもない！　何でもないが……、い、今は紋章に戻る！　ではまた後で、なッ！」

そうして、彼女は両手で顔を覆《おお》ったまま、紋章に戻っていった。

その態度の理由の全《すべ》ては分からなかったけれど、どうやら……今後も一緒にいてくれるらしいとは感じた。


王都を歩くが、俺より先にデスペナルティになった〈デス・ピリオド〉のメンバーとの合流はまだできない。チェックしても、まだログインはしていなかった。実時間で言えば僅かな差なので、デスペナルティが明けるのを待っていた俺が先にログインしたのだろう。

なお、リアルでの兄からの連絡《れんらく》によれば、アズライト達はまだ王都には帰還《きかん》していない。

その理由は、アズライトの体調不良だ。

どうやら、【衝神《クラウディア》】との戦闘で彼女はかなり消耗《しょうもう》したらしい。それでも戦いの後も【衝神】とやりとりをしていたらしいが、皇国側が撤退《てったい》すると緊張《きんちょう》の糸が切れたのか……倒れた。

戦いで使った奥義が理由らしいが……この二日間は動けなかったそうだ。

兄によると、「扶桑月夜《この寄生虫》に看病されることだけはないと思っていたのに、屈辱《くつじょく》だわ」と軽口（本気）を言っていたらしいので、今は体調を持ち直したようだ。

デンドロでの昨日に国境地帯を出発し、今日の夕方までには戻る予定だと聞いている。

メンバーやアズライト達と合流する前に、王城の状況《じょうきょう》を確認《かくにん》しようと思った。

噴水《ふんすい》の大通りを歩いて、王城へと向かって歩いていく。

「おい、あれ……」

今は戦闘装備ではなく普段着なので、以前ほど俺に気づく人は少ない。

けれど時折、俺の顔に気づき、話している人達もいる。

「あれが〝不屈《ふくつ》〟の……」

「【獣王】と引き分けた……」

……実際には引き分けとは言えないし、決して俺一人の力じゃない。

扶桑先輩《ふそうせんぱい》が【獣王】のステータスを下げ、ルークが俺にダメージカウンターを稼《かせ》ぐ機会を与えてくれて、先輩と共に追い込んで、マリーと月影《つきかげ》さんが超級《ちょうきゅう》武具を潰《つぶ》して、その結果が仕留めきれないままの敗北だ。

扶桑先輩が交渉で退かせてくれなければ、みんなの尽力を繋げられなかった。

しかし、まるで俺が【獣王】と正面から戦って引き分けたかのような噂が立っている。

その噂の出所は、ネットに上げられた動画だ。

どこから撮《と》られたものか、俺達《おれたち》の戦闘を隠《かく》し撮りした動画が投稿《とうこう》されていた。

加えて、本当にその場で戦ったものでないと気づけない編集が施《ほどこ》されており、その内容は俺……そして〈デス・ピリオド〉を持ち上げているようでもあった。

そのことに、なぜか気味の悪さを覚えた。


貴族街の門を潜《くぐ》り、王城へと辿《たど》りついた。既《すで》にアズライトから通行のための許可を貰っていたし、俺の顔を覚えている衛兵の人もいたのですんなりと王城の敷地《しきち》に入れた。

「……焼けてるな」

王城の門は、まるで強力な炎《ほのお》で熔《と》かされたように壊れていた。

それだけでなく、壁《かべ》に穴が空き、尖塔《せんとう》の幾《いく》つかが折れて、……黒く焼け焦《こ》げていた。どれほどの戦いが、この王城で行われたのか。

リリアーナ達は無事なのか。王城の変わり果てた姿に、不安を覚えていると……。

「先ほど連絡があり、あと二時間ほどで王都に帰還なさるそうです」

「私も久しぶりに殿下《でんか》に会えるのが嬉《うれ》しいよ。あ、今は陛下の方がいいのかな？」

聞きおぼえのある声が聞こえて、そちらに振り向く。

そこには少し怪我《けが》をしているものの、リリアーナの無事な姿があった。

「リリアーナ！」

「え？ ……レイさん！」

俺が呼びかけるとリリアーナがこちらを振り向いて駆《か》け寄ってきた。

「よくご無事で……！」

「それはこっちの台詞《せりふ》だよ。ミリアーヌや殿下達は？」

「……無事です。……その、問題もありますけど」

「問題って……」

「やあやあ、初めまして！ 君がレイ・スターリング君だね！」

問題が何か聞こうとしたとき、割り込むように俺の名を呼ぶ聞き慣れない声があった。

「あなたは……？」

それは先ほどまでリリアーナと話していた人物だ。

ネメシスと同じか、それよりも小柄《こがら》だけれど、幼い訳ではないと思えた。

まるで絵本の魔法使《まほうつか》いのようにローブを着て、魔女《まじょ》のようにトンガリ帽子《ぼうし》を被《かぶ》っている。

「会いたかったんだよ！ かのギデオンとカルチェラタン、二度も〈超級〉を破って王国の危機を救った君に！ いや、今は三度だったかな！」

朗《ほが》らかな声でそう言いながら、彼女《かのじょ》は俺の手をとってブンブンと上下に振った。

好意を声と態度の両方で示している。

けれど、なぜだろう。

態度に反して――この人の瞳《ひとみ》からは俺に対しての好意は一切感じられない。

むしろ、目の奥《おく》の輝《かがや》きはまるで獲物《えもの》を見つけた肉食獣《にくしょくじゅう》……違う。

処理すべき死骸《しがい》を見つけた……蟲《むし》のようだった。

「おっと、自己紹介《しょうかい》が遅《おく》れてしまったね！　私は……」

彼女は俺から手を離《はな》し、その場でクルリと回ってから大きく会釈《えしゃく》する。

そして、彼女は自己を紹介《しょうかい》する。

「私は先代【大賢者《アーチ・ワイズマン》】の愛弟子《まなでし》であり、今の【大賢者】」

俺が彼女のジョブに驚《おどろ》きを覚えている間に、

「名は――インテグラ・セドナ・クラリース・フ、、フラグ、、マン、、」

より驚くべき単語を含《ふく》んだ名前で、名乗りを上げた。

「以後お見知りおきを。〝不屈〟の英雄君《えいゆう》」

会釈する彼女の姿に……俺はどこかで大きな歯車が動き出したような予感がした。

あとがき

猫「あとがきの時間ですー。猫ことチェシャでーす」
羽「羽こと迅羽ダ。今回は前の巻にはいなかった二人でお送りするゾ」
猫「一五巻の迅羽は作中でも頑張ってたねー」
羽「ああ。今回は久しぶりの……三巻以来のバトル担当だったしナ」
猫「おつかれさまー。でも君、今回も燃やされてない？」
羽「オレがアンデッドだからってどいつもこいつも熱量攻撃仕掛けてきやがル……」
猫「しょうがないねー。さて、この巻ですが作者にも最大の敵が襲い掛かりました」
羽「それハ？」
猫「ページ数です。ボリュームが多すぎて、書籍作業でまとめるのに苦労しました」
羽「まぁ、オレ含めてバトルの数が多かったからナ」
猫「レイ君がほぼ不在ですが過去最多クラスの戦場数ですね」

羽「作者は大変だろうサ。俺は久しぶりに口絵にも出て嬉しいけどナ」
猫（……腕しか映ってなくない？）
羽「それよりページ数ギリギリで書き下ろしパート少ないよナ」
猫「はい。ですがその分は一五巻発売と同時期に公式ツイッターで開始されるはずの」
猫「ツイッターキャンペーンの書き下ろしSSで頑張ってます」
猫「きっと中々のボリュームでお届けすると思われます」
羽「思われまス？」
猫「……このあとがきを書いている時点ではまだ完成していないのでー……」
猫「ちなみにこのあとがき、作者がお正月に書いてます」
羽「お正月……」
猫「作家はお正月休み前に仕事を依頼されるので、年末年始の方が忙しかったりします」
猫「という訳で、そんな作者の恒例真面目コメントタイムです」

読者の皆様、ご購入ありがとうございます。作者の海道左近です。
コロナの感染者急増や大雪など年末年始も様々なことがありました。
作者は大雪の影響を受け、移動で不便な思いをすることも増えました。

でもうちの犬は大喜びで、わざわざ積雪の上を全力疾走し、雪の中に頭を突っ込んでいます。ポメMIXの室内犬の筈ですが、元気さは大型犬。ちょっとおバカだけど可愛いです。

あ、この一五巻の少し前に発売しているコミカライズ版八巻。今回もポメ……もといロボータの短編を書き下ろしておりますので、よろしければご一読ください。

さて、一五巻についてですが、今回は一三巻から続いていた講和会議にまつわる事件の完結です。講和会議の裏で起きていた事件を描き、インフィニット・デンドログラムの世界観の根幹に近い者……【邪神】と〈終焉〉がついに表に出たエピソードになります。

あれらと管理AIの関係は、『未完成品に仕込まれた自爆装置』と、『未完成品に手を加えて別の形で完成品にした者達』です。本来相容れません。

そして、相容れない黒幕達の策謀は幾重にも交差しています。

管理AI、【邪神】、フラグマン、皇王、カルディナ、他にも様々な者達の思惑が渦巻くインフィニット・デンドログラム。

その中でレイ達がどのような物語を繰り広げていくのか、今後もご注目ください。

しかし、次巻は一度レイ達から視点が外れ、王国より東のカルディナを舞台にもう一組のメイデンコンビであるユーゴーとキューコの物語が展開されます。

二人が出会う新たな〈超級〉達とのエピソードをお楽しみに。

これからも、インフィニット・デンドログラムをよろしくお願いいたします。

海道左近

羽「……犬の話が混ざってなかったカ？」
猫「なぜ猫の話ではないのかー！　作者は猫派ではなかったのかー！」
羽「どこにジェラってんだヨ……」
羽『あ。一六巻は二〇二一年六月発売予定だゾ』
羽「そういや、何で今回はオレ達二人なんダ？」
猫「本編にキツネーサンいないし、クマニーサンも過去パートしか出てないしねー」
羽「また微妙な本編リンクだナ……」
六「――では、この私は出てもよさそうですね」
熊・羽「!?」

六「こんにちは。この私が六ことゼクス・ヴュルフェルです」

六「この私がクロウ・レコードの二〇話に少しだけ出演中です」

六「また、次巻も〈IF〉のメンバーが出演するのでよろしくお願いいたします」

六「それではさようなら」（立ち去る音）

羽「言いたいことだけ言って帰ったぞアイツ……」

猫「……しゅ、出演アピールのために出てきたのかな」

羽「…………犯罪クランのオーナーって暇なのカ？」

発売予定!!

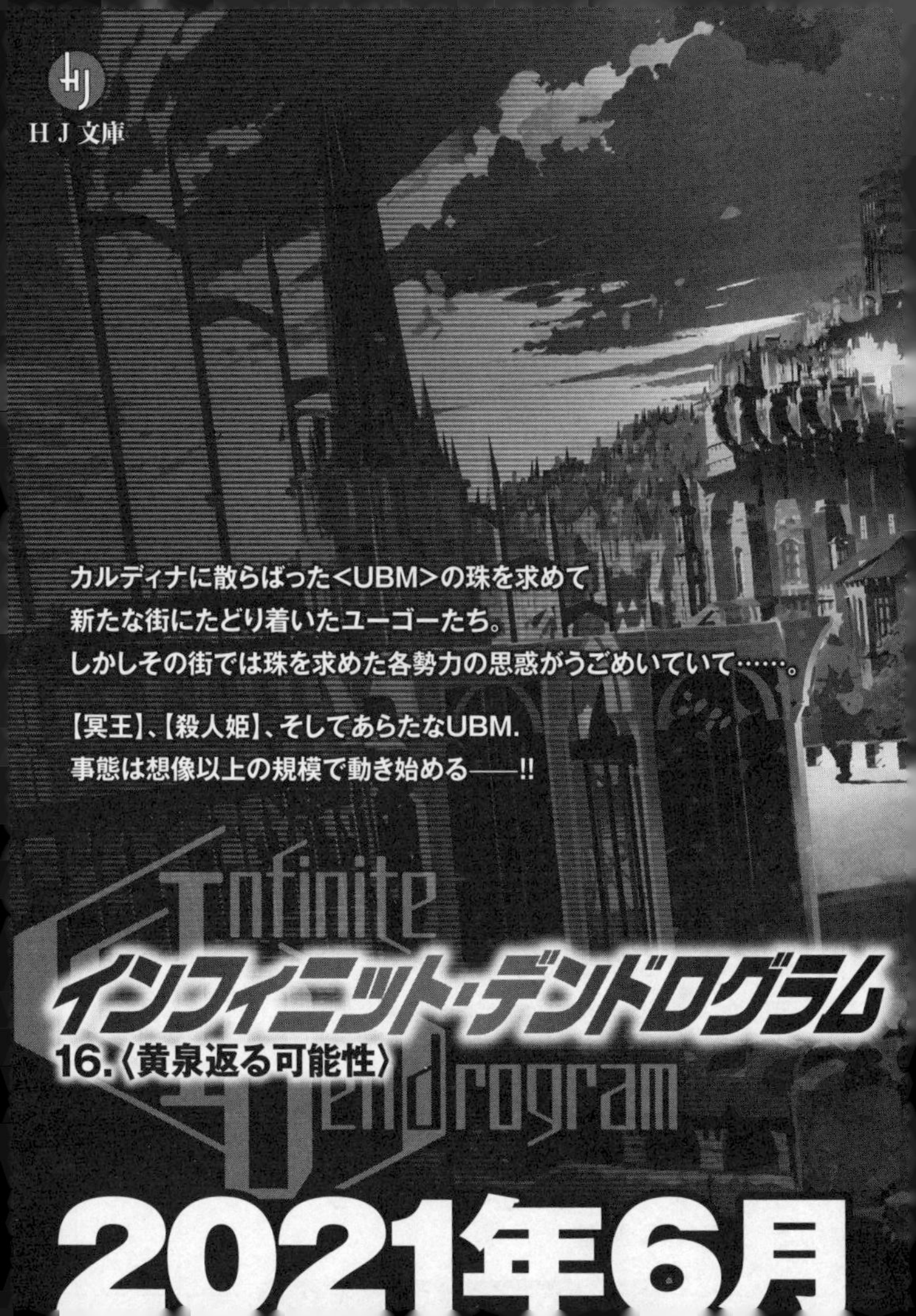
HJ文庫
カルディナに散らばった<UBM>の珠を求めて
新たな街にたどり着いたユーゴーたち。
しかしその街では珠を求めた各勢力の思惑がうごめいていて……。
【冥王】、【殺人姫】、そしてあらたなUBM.
事態は想像以上の規模で動き始める——!!
Infinite Dendrogram
インフィニット・デンドログラム
16.〈黄泉返る可能性〉
2021年6月

Note

HJ文庫 http://www.hobbyjapan.co.jp/hjbunko/
919

〈Infinite Dendrogram〉-インフィニット・デンドログラム-
15.〈GAME OVER〉

2021年2月1日　初版発行

著者――海道左近

発行者―松下大介
発行所―株式会社ホビージャパン

〒151-0053
東京都渋谷区代々木2-15-8
電話　03(5304)7604（編集）
03(5304)9112（営業）

印刷所――大日本印刷株式会社

装丁――BEE-PEE／株式会社エストール

Printed in Japan
ISBN978-4-7986-2416-7　C0193

ファンレター、作品のご感想お待ちしております

〒151-0053　東京都渋谷区代々木2-15-8
(株)ホビージャパン HJ文庫編集部 気付
海道左近 先生／タイキ 先生